文春文庫

知性は死なない

平成の鬱をこえて　増補版

與那覇　潤

文藝春秋

知性は死なない
平成の鬱をこえて
増補版

＊

目次

Prelude
――「うつ」の世紀に生きるあなたへ　015

はじめに　黄昏《たそがれ》がおわるとき　021
戦後日本の長い黄昏／敗北した平成の学者たち／「日本がわるい」では解決しない
没入ではなく再起動を／「知性」の再定義にむけて：本書の構成と内容

平成史関連年表　日本編　034

第1章　わたしが病気になるまで　037

「知識」を仕事にするまで
教科書って塗《ぬ》りかわることがあるんだ…平成の幕開け
この変化はどこまでいくのだろう…55年体制の終焉
「被害者」を叫ぶだけじゃダメなんだ…小泉改革の時代

大学教員としてみたもの
「ごっこの世界」だった論壇／震災の衝撃のなかで…激動の2011年
世間と戦わなくなった知識人／大学への幻想のおわり
「被害者」としていうのではなく

第2章　「うつ」に関する10の誤解　069

誤解1　うつは「こころの風邪《かぜ》」である
誤解2　うつ病は「意欲がなくなる」病気である

誤解3 「うつ状態」は軽いうつ病である
誤解4 うつの人には「リラックス」をすすめる
誤解5 うつ病は「過労やストレス」が原因である
誤解6 うつ病に「なりやすい性格」がある
誤解7 若い人に「新型うつ病」が増えている
誤解8 うつ病は「遺伝する病気」である
誤解9 「カウンセリング」が重いうつに効く
誤解10 うつ病は「認知療法」でなおる

第3章 躁うつ病とはどんな病気か

私が病気に気づくまで
ゴッホとカート・コバーン／仕事にうってつけの「軽躁」
病気の「意味」をもとめて：競争社会からの脱落

精神病理学と出会う

精神病は「自己」の病：統合失調症との対話

「私」はどこに存在するのか：ハイデガーと自己の輪郭《りんかく》／人間は世界の中心ではない

知識人は人間をどうみてきたか

言語と身体をめぐる左翼と右翼：戦後思想の構図

『批評空間』の時代とその後：言語の凋落《ちょうらく》／病者からみた言語と身体

躁という言語、うつという身体

躁状態と「暴言」：フルシチョフとチャーチル

エクリチュールとひき裂かれる自己：デリダとＳＮＳ社会

精神病と性愛／身体の自己主張としてのうつ

平成史関連年表　海外編　148

Interlude

——**大学でいちばん大切なこと**　150

第4章　反知性主義とのつきあいかた

知性主義という例外

「反知性主義の幽霊が出る」

宗教改革から赤狩りへ：「反知性主義」の言語と身体

大学・言語・身体のマトリクス

ベストセラーにみる大学の黄昏

にせものの哲学書：『超訳 ニーチェの言葉』／存在しない心理学？：『嫌われる勇気』

マクガフィンと化した大学：『ビリギャル』

「知性主義」の落城と再生

大学にとって知性とはなにか／「学級委員」たちの大学運営：教授会の正体

教員を守らない「教授会自治」：ある脅迫事件の実例

むなしい「グローバル人材」の実態／学生・教員・職員がかがやく改革を

第5章　知性が崩れゆく世界で　207

帝国が消えてゆく世界秩序

リベラルはなぜ衰退したのか／言語による帝国と民族《エトノス》という身体

似かよう米ソ両帝国の崩壊過程／冷戦がほんとうに終わるとき：集団的自衛権問題

地域の命運を決める「帝国適性」の高低

「ヨーロッパ帝国」は維持できるのか：ＥＵ離脱問題

「大日本帝国」解体の最終局面：歴史問題と沖縄

「帝国適性」の高い中国／はるかな帝国の幻影：トルコとイラン

あらたな「身体の政治」をもとめて

「最初のコミュニズム」としてのイスラーム

「私が民族《エトノス》だ」：ポピュリストの危険な身体

君主によるリベラリズム？：天皇退位問題

第6章　病気からみつけた生きかた

257

入院とデイケアの体験から

発病してわかった「友だち」の定義

「能力」をとらえなおす：ボードゲームからアフォーダンスへ

「能力主義」が見落としたもの

コミュニズムを訳しなおす／「地頭《じあたま》」という誤謬《ごびゅう》：迷走する大学入試

あらゆる資本主義はコミュニズムとのブレンド

あたらしい時代を生きる

「日本型新自由主義」の挫折：SMAP解散がしめすもの

ポスト平成政治のゆくえ：対抗軸は「赤い新自由主義」

社会で傷ついているあなたに

おわりに　知性とは旅のしかた

301

大学から遠く離れて／謝辞

Coda 1
――知性の敗北あるいは「第二のルネサンス」 307
知性が敗北した2020年／西欧ルネサンスのダークサイド
「中国の発見」と第二のルネサンス／日本の歴史学界は機能不全
「未来予測」の悪循環を止めよ

Coda 2
――大学のなかでこれ以上続いてはならないこと 319
「災後」の終焉と「逡巡《しゅんじゅん》」の衰退／「尊厳のデフレ」の時代だった平成
「地域貢献」のために投げ売られる授業
留学生入試が招く「アファーマティヴ・スパイラル」／競争社会が鬼胎した「能力の忖度《そんたく》」
教授会自治を称した「責任ロンダリング」／グローバル人材は「名誉白人」なのか
人文教育再興のために／病気からみつけたもの――互酬《ごしゅう》性の根源へ

Coda 3
――リワークと私――ブックトークがあった日々 349
2015年／2016年／2017年

参考文献 369
文庫版あとがき なつかしいリハビリの季節 375
解説 東畑開人 ゲームマスターと元歴史学者——そのワイルドな知性 379

・本書は、２０１８年４月刊の単行本『知性は死なない 平成の鬱をこえて』（文藝春秋）に、関連するテキスト５点を増補したものです。増補部分の初出については、各テキストの末尾に記しました。
・単行本の本文については、平成の末に世に問われた原文を尊重する方針とし、修正は最小限に留めました。「安倍晋三首相」など、肩書も当時のままとなります。そのため、たとえば本文中の「天皇」は令和における現上皇、「皇太子」が現天皇を指します。
・ただし、２枚挿入されている年表については、単行本刊行後の出来事を反映して修正しました。
・そのほか、文庫化に際して大きな追記を行った箇所は、〔 〕を用いて示しました。それ以外の括弧表記は、原則として単行本にもあったものです。

知性は死なない

平成の鬱をこえて

増補版

Prelude ——「うつ」の世紀に生きるあなたへ

「ノスタルジア」が、もともとは病気の名前だったことをご存じですか。叶わぬかもしれない望郷の念に苦しむ症状を指して、17世紀末にスイスの精神科医に命名され、19世紀まで研究されました。20世紀に入っても、映画監督タルコフスキーがソ連からの亡命の途上に制作した『ノスタルジア』（１９８３年）は、この原義をもとに名づけられています。

かつてはうつ病の同義語として用いられた「メランコリア」にも、似た性質があります。懸命に守ろうとしたにもかかわらず、周囲のあるべき秩序が失われてしまい、もう戻ってこない。そこから生じる苦痛を中心とするうつ症状は「メランコリー型」と呼ばれ、長くうつ病の本質のように見なされてきました。

『ノスタルジア』
KADOKAWA／角川書店

うつが単なる「気持ちの問題」ではなく「脳の疾患」に起因することが知られ、その症状にも多様性が認められている現在では、すべてのうつ病がメランコリアと関連づけられるわけではありません。しかし私たちが生きる21世紀がいま、「あるべき秩序」の崩壊のさなかにあることを知っておくのは、病気と社会の接点を考える上でも有益だと思います。

20世紀末、すなわち平成の初頭に、現実政治に長じた自民党と、護憲という理想を掲げた革新諸政党との絶妙な綱《つな》引きで成立していた戦後日本の政治秩序は、崩れさりました。目下の安倍晋三首相（初出当時）が狙っている憲法改正——9条への加憲（改憲）とは、この「すでに崩れてしまったという事実」の追認にすぎず、なにか新しいことが起きるわけではありません。

いや、崩れたのは表面だけで、対米従属の構造がそのままである以上「戦後日本のあり方はいまも変わっていない」と主張する識者もいます。しかし当の米国はトランプ政権を成立させ、日本を含めた同盟国とともに「全力をあげてこの崇高な理想と目的を達成」（日本国憲法前文より）しようとしてきたはずの世界秩序を、放り出そうとしています。

崩れてゆく秩序は、観念的なものとは限りません。戦後の内閣で最も「保守的」とされる安倍政権は2018年、外国人の単純労働者の受入解禁を表明しました。たとえあなたが故郷を一歩も出ないで生涯を送るとしても、その目に映る風景はこれから、大きく変わっていくでしょう。古民家で供される郷土料理を運んでくれる店員さんがベトナム人、といった日常が、すぐそこまで来ています。

空間的な移動を伴わなくても、社会の急変によってノスタルジア／メランコリアが喚起される時代。うつを「現代の病」と呼ぶとき、そこまで掘りさげて考えることで、私たちは「健康」とされる人でも陥《おちい》りうる、同時代の病理的な諸現象を理解できるのではないでしょうか。

「日本人でない奴が寿司を握るな」式の、幼稚きわまりない極右的なレイシズムや、「アベ政治を許さない」とだけ叫んで代替案は示さない、極左的な運動もどきの氾濫《はんらん》。それらは、こうした秩序の崩壊を認められないことからくる病理です。メランコリーが攻撃性を帯びる「反転したうつ症状」の様相が、メディアやSNSに広まってはいないでしょうか。

もうひとつの病理は、逆に崩壊への過剰な適応からくる「転向不感症」です。その時々の勝ち馬に乗りかえるためなら、自分の思想や信条と正反対の選択をしても苦痛を覚えない。そうした人びとが、知識人や大学教員にも平然と存在します〔本書1章〕。前者の病理が「自己への固執」によって起きているのなら、後者に現れた「自己の放棄」もまた、ひとつの狂気であり時代の病ではないでしょうか。

そうした社会を、健全に生きてゆくにはなにが必要か——。文字通りのうつ状態を体験した私は、「意味のしなやかさ」が鍵ではないかと感じています。

私もうつが重度になったとき、罪責妄想と呼ばれる症状が起こり、明らかに正当だった行為まで「自分の過ち、罪であり、この病気はそれへの罰だ」と感じました。完全な無意味よりは、そうした形であれ病気が「意味のある経験」であることを、人は望むのだと思います。

この重要性は、健常者の社会生活でも変わりません。たとえば部下の提案書を上司が受理した上で黙殺しても、本人の目の前で破いて捨てても、内容が採用されない点では同じですが、後者がハラスメントになるのは、相手が行為に込めた「意味」を毀損《きそん》しているからです。

逆に上司にとってだけ都合のよい「意味」を注入して、人を搾取するのがブラック労働ですね。戦争が恐ろしいのは、単に殺戮《さつりく》が行われるからではなく、殺戮が国家ぐるみで意味づけられ、同じ意味を承認しない人を排除するからです。

しかし、そうした意味の過少や過剰がもたらす病的状態に対抗しえるのもまた、意味の適切な組織化によってなのではないか。このことは、やはりうつ状態で損なわれる「能力」と対比することで、際立ってくると思います。

病気だけでなく加齢や、結婚・出産といった喜ばしい理由によっても、たとえば深夜まで職場で残業できる「能力」は下がります。ではそうした人びとは企業にとって、邪魔なのでしょうか。

むしろ彼らをサポートするという意味を、これら「能力の低い」人びととの共存から、組織や社会は得ていないでしょうか。同じ共同体に属するというときに私たちが共有してきたのは、地理的な近接性や経済的な利害関係以上に、こうした「意味の宿る場所」

だったのではないでしょうか。

意味を柔軟に共有することでこそ、競争至上主義のように人を外部に切りすてず、全体主義国家のように内部を画一的に塗りこめもしない共存がありえる。そうしたゆるやかな繋《つな》がりこそが、新しい世界の基礎たりえると感じます。

既存の秩序が全的な崩壊を迎えつつある時代、これまで感じてきた「この社会で生きる意味」を、誰もがもう一度ふり返り再定義すること。そこに、うつの世紀を生きる智《ち》慧《え》があるのだと思います。

（初出『文藝春秋オピニオン　2019年の論点100』2019年1月刊）

人間は否応《いやおう》なしに狂っているので、狂わずにいることが、他の狂気のあり方からすれば狂っていることになる。

私は、人間をほめると決めた人たちも、人間を非難すると決めた人たちも、気を紛《まぎ》らすと決めた人たちも、みな等しく咎《とが》める。私が認めることのできるのは、うめきながら探し求める人々だけだ。

――パスカル『パンセ』[1]

はじめに　黄昏《たそがれ》がおわるとき

戦後日本の長い黄昏

２０１９年4月30日。このときをもって、唐突《とうとつ》に平成という時代は、幕をおろします。２０１６年に天皇自身が、存命中の退位への意向を示し、翌年にそれにもとづく特例法が、国会で成立したためです。あらゆる時代はいつかおわるとはいえ、こうしたかたちでの「平成」の幕切れを予想した国民は、ほとんどいなかったのではないでしょうか。したがって、つぎに改訂される日本史の教科書には、「明治時代」や「大正時代」と同様に、「平成時代」という区分が設けられることになります。

じっさい平成という年号がつづいたのは、１９８９年1月からの30年強。かならずしも短いとはいえない期間です。たとえば大正時代は、足かけ15年のみですし、数多くの歴史のドラマを生んだ「昭和戦前期」も、正味18年半しかありません。

それらのより短い期間についても、私たちは「大正デモクラシーの時代」「戦争の暗い時代」といったキャッチコピーをつけて、なんらかの価値づけをおこない、時期区分としての意味を持たせようとします。

それでは「平成時代」とは、どんな時代としてふり返られるのでしょうか。

ひとことでいえば、「戦後日本の長い黄昏」ということになるのではないかと、私は思います。

この30年間に、戦後日本の個性とされたあらゆる特徴が、限界を露呈《ろてい》し、あるいは批判にさらされ、自明のものではなくなりました。

・海外への派兵を禁じているとされた、平和憲法の理想
・けっしてゆらぐことはないといわれた、自民党の単独一党支配
・つねに右肩上がりだと信じられてきた、経済成長
・いちど正社員になれば安泰だと思われた、日本型雇用慣行
・その地位は盤石《ばんじゃく》のはずだった、「アジアの最先進国」という誇り

平成の幕引きをになおうとする安倍晋三首相は、「戦後レジームからの脱却」が持論で、憲法改正の発議を目標としています。

その成否や賛否は、しばらくおきましょう。すくなくとも平成という時代が、戦後日本にたいする再検討とともにあり、最後の総仕上げとしての改憲問題を積みのこしつつ、閉じられようとしていることについては、多くの読者の同意を得られるものと思います。

敗北した平成の学者たち

自明とされてきた秩序がゆらぐ時代とは、ほんらい知性への欲求がたかまるときでもあります。じっさいに平成には、大学教員をはじめとする多くの知識人が、「なぜ戦後日本がいきづまったのか」を分析し、その少なくない部分が、みずからの望む方向に現実を変えようと、具体的な行動にでました。

しかしその結果は、死屍累々《ししるいるい》です。

比較的、現実社会との接点の多かった、社会科学からみてみましょう。2014年に安倍首相が「現行憲法のままでも集団的自衛権は行使できる」という新たな解釈を打ち出すと、ただちに多くの憲法学者が、強硬に批判しました。

しかし翌15年に安保法制は成立し、政権以上にむしろ憲法学界のほうが、社会的な信用をうしなう結果となりました。たしかに、いまも学界では「自衛隊違憲論が主流」という実情が報道されては、民意がはなれるのもやむをえないところがあります。

政治学者たちは平成のはじめに、「政権交代可能な二大政党制」への移行をうったえて衆議院への小選挙区制導入をみちびき、事実2009年からの3年間には、自民党を下野《げや》させて民主党政権が成立しました。

ところが現在、私たちが目にしているのは、昭和以上に支配的となった自民党一強の体制です。政権に批判的な野党は衆参両院で議席数の3分の1を確保できず〔初出時〕、

「憲法改正の発議を阻止する」という最低限の仕事すら、期待できなくなっています。

長期不況のなかで経済学者の一部は、規制緩和と歳出削減を中心とする新自由主義の政策をとなえ、2001年からの小泉純一郎政権で「構造改革」として採用されました。いまでは逆に、小泉改革が否定しさったはずのバラマキ政治の権化《ごんげ》だった、田中角栄を追慕《ついぼ》する書籍が街にあふれ、当時のおもかげはもはやありません。

また別の経済学者たちは、日本銀行が人為的にインフレをおこせば、円安による輸出改善と相まって景気が回復すると主張し、第二次安倍政権の発足時に「アベノミクス」の柱となりました。じっさいには、期待したほどのインフレはおこらず、輸入面での不利益から貿易赤字は拡大し、賃上げが追いつかずに実質賃金は低下しました。

教育学となると、学問的には素人《しろうと》の政治家による保守的な教育基本法改正をゆるしたほかに、実現したものはなにもありません。社会学も、フェミニズムをのぞいてはさほど現実にうったえて得たものはなく、しかもその成果についてすら、家族主義的な復古的改憲の懸念《けねん》がささやかれています。

ほとんどの学者のとなえてきたことは、たんに実現しないか、実現した結果まちがいがわかってしまった。そうしたさびしい状況で、「活動する知識人」の時代でもあった平成は、終焉《しゅうえん》をむかえようとしています。

「日本がわるい」では解決しない

わが国の知識人には戦後以来、こうしたときにお決まりの論法がありました。いわく、「日本がおくれた社会なのがわるい」。

敗戦後の焼け野原では、この説明にも説得力があったでしょう。しかし、GDPが世界で2位ないし3位の経済大国となり、当該年齢の約半数が大学にかよう時代にもなって、「おくれているから知性が社会に根づかない」というのでは、責任転嫁のそしりをまぬがれません。

そしてなにより、平成の最末期には「すすんだ社会」であったはずの欧米諸国でも、反知性主義とよばれる知識人の退潮があきらかになりました。

移民排斥をうったえる政党が各国で勢力をのばし、存続の危機に立つとされるヨーロッパ連合（EU）。排外主義と差別発言を連発しながら、大統領に当選したアメリカのトランプ政権。国際協調や人権の尊重といった、戦後日本の知識人が模範としてきた理想は、諸外国でも同様の危機にさらされています。

なかでも日本への影響が甚大なのは、同盟国である米国の変容です。トランプ大統領は選挙戦中に、コスト高を理由とする在日米軍の撤退をほのめかして、日米同盟を基軸とする保守派の安倍政権をもあわてさせました。

米政府内での最強硬派の失脚もあり、いまのところ日米同盟じたいがにわかに縮小される懸念は、ひと段落しています。しかしアメリカという国がもはや、多大なコストをみずから負ってでも「人権を守る自由世界の守護者」といった、かつて知識人がかかげた理想をまもるために努力してくれるとは、期待できなくなったことはたしかです。

平成の日本でも、ある種の排外主義や人種差別思想の台頭がみられましたが、欧米にくらべて影響は限定的でした。しかしこれは、たんに戦後日本が、ほとんど移民を受け入れてこなかったという事実の反映にすぎません。

かわりに代理戦争としておこなわれたのが、日本がもっと移民を出し入れしていた時代――戦前の大日本帝国期に由来する、植民地支配や在日外国人にたいする位置づけをめぐる「歴史認識論争」です。哲学者や歴史学者の一部が参加して、人文学としてはめずらしく、現実の政治にコミットする光景もみられました。

とはいえはっきりしたのは、ここでも知識人にできることはたいしてない、という事実です。従軍慰安婦をめぐる論争は、強制連行説をとなえてきた朝日新聞が報道を撤回するなどして収拾が不可能になり、けっきょくは史実をあいまいにした「政治的妥協」以外に、とれる方策はないことを再確認しただけでした。

近代的な理想の擁護者としてのアメリカの衰退により、ともに親米国家とされてきた日本と韓国とが歴史認識をめぐって、抜きさしならない関係に入り、いっぽうでは中国の覇権《はけん》の東アジアにおける拡大を、どの線でとめるのかも不透明になっています。

そんな状態でも、もし非核化をめぐって妥協できずに北朝鮮と米国が開戦すれば、集団的自衛権を行使可能とした日本も当然、第二の朝鮮戦争への参戦が不可避となります。

平成の30年間に知識人がこころみたのは、戦後という「パンドラの箱」の封印を解くことでもありました。たとえば憲法や軍事に関しては、かつてよりもタブーが少なく議論できるようになり、一般国民を先の大戦における軍国主義の「犠牲者・被害者」と位置づけてきた昭和の自画像にも、するどいメスが入れられました。
しかし、その開けてしまった箱のなかに、いまもまだ希望は残っているでしょうか。もういちど日本が「戦争」にまきこまれるという形で、「戦後」が完全におわりを告げるのなら、平成という長い黄昏のはてに待っていたのは、夜であり闇だったということになるのでしょうか。

没入ではなく再起動を

この本は、そういう平成の時代に自我を形成し、ごく短い期間だけ学者（大学准教授）として現実にコミットしようとした私の、挫折と自己反省の手記です。

私もまた、学問にもとづき自身の望むところを社会で実現したいと願っていましたが、かたちにできたことは、なにもありません。そして、その過程で躁《そう》うつ病（双極性障害《そうきょくせいしょうがい》）という精神の病をわずらい、教育・研究という任務をになうことができなくなったために、大学を離職することにもなりました。

しかしながら、本書はけっして、目下の世のなかにたいする恨《うら》みごとや、病気にともなう苦労話をつづった「お涙ちょうだい」の書物ではありません。

当初は知識人の好機ともみられていた、世界秩序の転換点でもある平成という時代に、どうして「知性」は社会を変えられず、むしろないがしろにされ敗北していったのか。精神病という、まさに知性そのものをむしばむ病気とつきあいながら、私なりにその理由を、かつての自分自身にたいする批判もふくめて探った記録が、本書になります。

知識人とされる人には、往々にして「世のなかはうつり変わるけれども、知性は変わらない」という信仰があります。知性を不動の価値基準として固定したうえで、目の前をうつろう諸現象の「問題点」や「限界」に筆誅《ひっちゅう》をくわえる。そうしたスタンスをとりがちなのです。

しかし知性のほうこそが、うつろいやすく限界づけられたものだとしたらどうか。そのような観点に立たなければ、日本のみならず世界的な、知性の退潮をただしく分析できないのではないか。

いちどは知的能力そのものを完全にうしない、日常会話すら不自由になる体験をした私が、そのような思考の転回を経験することで、もういちどものごとを分析し語ることができるようになった。その意味では本書もまた闘病記ではありますが、それはけっして、読者の同情をひくことが目的ではありません。

読んでくださるみなさんにお願いしたいのは、本書を感情的に没入するための書物にしてほしくないということ。むしろ、ご自身がお持ちの知性を「再起動」するためのきっかけにしてほしいと、つよく願っています。

なぜなら、知性はうつろうかもしれないけれども、病によってすら殺すことはできない。知性は死なないのだから。

「知性」の再定義にむけて：本書の構成と内容

読書の便宜のために、本書の構成について短くふれておきます。

1章は、発病にいたるまでの著者の略歴です。私という人間の思想形成と、大学への就職、そこでみた日本の「知識人」の現状と問題について、平成という時代の展開とからめながら書いています。

「自分語り」や「苦労話」をするためではなく、著者がどのような人物で、どういった思考のバイアスをもっているかを知っていただくことが、本書の主張との距離感を読者がきめるうえで、有益だと思って記しました。したがって、著者の思想や政治的な立場に同意してもらう必要はありません。むしろ異《こと》なる立場の人が、どんな感想をいだかれるのかを、たのしみにしています。

2章は発病以降、2年間近いうつ状態を経験した私の観点から、多くの精神病で併発する「うつ」とは具体的にどのような状態なのかについて、まとめたものです。病気になってからにわかに情報を集めても、不正確で誤解をまねくものが多く苦労した体験から、あえて「世間で耳にする誤解をただす」という形式としました。

うつの状態にご本人か、ご家族・ご友人がなやまれているという動機で本書を手にとってくださった方は、この章だけ読んでいただいても、病気治療のマニュアルとして役に立つものと考えています。

3章は、私の現在の診断名である躁うつ病について、たんに具体的な症状や体験を記すのではなく、「そのような病気が存在することの、人間学的な意味」について、掘りさげたものです。人間とはどのような存在かについて、理解を深める手がかりとして病気をとらえる、精神病理学という学問に接して、私なりに考えたことを書いています。

なお医学的には現在、躁うつ病ではなく双極性障害とよぶのが正しい名称となっていますが（のち双極症に）、社会保険上の手つづきなどには「躁うつ病」の呼称が残り、一般にも認知度が高いこと。むしろ双極性というよびかたにも、患者がつねに「両極端」の言動にひき裂かれているかのような誤解をまねくとして、批判があることにかんがみ、本書では「躁うつ病」の呼称を基本としました。

4章では、病気によっていちど知的能力をうしなった私の目で、目下の日本と世界における「反知性主義」の問題を考えます。知識人が批判するポピュリズムの台頭や、社会における大学の権威の低下、学問的に不正確な思想の流行について、たんに批判するのではなく、その理由を内在的に理解することを目的としています。

病者という著者の立場によって、すでに多数ある「反知性主義批判」の書物とは、まったく異なる内容になったと自負しています。また目下の日本の大学がかかえる問題についても、短期間ながら勤務した経験にもとづいて、私なりの「あるべき大学像」とあわせて記述しています。

5章は、世界の諸地域がかかえる課題について、平成の時代をつうじた「リベラルの衰退」という観点を軸に、分析していきます。その意味では、この序文の問題意識を、いちばんストレートに受けつぐ章になります。

ここまでの内容のつづきが気になるという方は、先にこの章から入ってみるのも、ひとつの読みかたです。そのあとに全体を通読していただければ、「帝国の解体と民族《エトノス》の台頭」という国際政治上の現象を、「言語と身体」の葛藤《かっとう》として解釈するこの章の枠組みが、どのように病気の体験を経由して生まれてきたかを、追体験していただけるものと思います。

6章では、病気の体験を経たいま、私が病気の有無をとわず、現在の社会での生きかたに悩んでいる人にむけて、つたえたいことを書きました。精神の病をわずらえば、当然に能力をうしない、病前とはおなじような就労や生活ができなくなる事例にも、事欠《ことか》きません。

そのことをなげくのは、本書の目的ではありません。むしろその体験を起点に、「能力」というもののとらえかた自体をどう変えていくか。それにもとづいて見えてくる、あたらしい社会の原理や個人の生きかたについて、現時点での提案をまとめました。

なぜ、知識人とよばれる人びとは、社会を変えられなかったのか。どうして、変革の時代であったはずの平成が、このような形でおわろうとしているのか。

それはけっして、日本の一般国民の「民度が低い」からではありません。ましてや、あまり知的ではない一連の書籍に書かれているような、「外国の陰謀」によるものでもありません。

病気を体験する前の私自身をふくめて、知識人であるか否かをとわず、多くの人々が考える「知性」のイメージや、それを動かす「能力」を把握する方法自体に、大きな見落としがあったのではないか。逆にいえば、知性というもののとらえかた、能力のあつかいかたを更新することで、私たちはもう一度、達成しそこねた変革をやりなおせるのではないか――。

もちろん、そのような本書のメッセージの当否を決めるのは、この本を手にされているあなたです。平成の次なる時代を前に、本書という一石が水面に投じる波紋が、ひろがってゆくことがあるのだろうか。いまはただ、静かにまちたいと思っています。

〔凡　例〕

本書は一般書ですので、文章そのものを引用するばあいのほかは出典表記を省略し、巻末の文献一覧にまとめました。ただし病気についての偏見を助長しないために、医学的な事項に関してのみは、参照した頁数もふくめて出典を注記し、読者が批判・検討できるようにしてあります。

なお「憂鬱」「陰鬱な」などの語彙で、「鬱」の文字はこんにちも多く用いられますが、医学用語としては「うつ病」のように、ひらがなで記すことになっています。病気をテーマとした書籍でもそれが通例となっていますので、本書も本文においては「うつ」という表記に統一しました。

そのほか、大学教育の分野に特有で理解されにくいと思われる事象や、同時代を体験していない世代の方にはなじみがないと思われる事項については、理解を助けるための語釈を附しました。

（1）パスカル『パンセ　中』岩波文庫（塩川徹也訳）、2015年、39・43頁。同『パンセ　I』中公クラシックス（前田陽一・由木康訳）、2001年、285頁。

平成18年	2006年	滋賀県彦根市が「ひこにゃん」お披露目、ゆるキャラブーム(p.253)始まる 第一次安倍晋三内閣発足／ニコニコ動画がサービス提供開始
平成19年	2007年	参議院選挙で与党敗北、のち安倍首相退陣（p.178） このころ「ロスジェネ」が話題に（p.288）
平成20年	2008年	橋下徹が大阪府知事に（2011年から15年まで大阪市長、p.52） 小林多喜二『蟹工船』が再流行（p.46）、格差社会批判がピークに 伊藤計劃『ハーモニー』（p.211） この年、厚生労働省の調査で気分障害（うつ病など）の患者数が100万人を突破
平成21年	2009年	臓器移植法（1997年制定）が改正、「脳死は人の死」に（p.121） 民主党政権成立（自民党が再び下野、p.23） この年まで高止まりしていた自殺者数が、翌年から下がりはじめる
平成22年	2010年	このころ「新型うつ病」バッシング高まる（p.89） 『超訳 ニーチェの言葉』がベストセラーに（p.168） サンデル『これからの「正義」の話をしよう』が邦訳（原著は前年、p.177）
平成23年	2011年	東日本大震災、福島第一原発事故（p.53） 新学習指導要領が施行、「脱ゆとり」が鮮明に LINE（p.139）がサービス提供開始 『ツレがうつになりまして。』映画化（原作は2006年、p.104）
平成24年	2012年	李明博・韓国大統領が竹島に上陸（嫌韓ブーム高まる、p.58） 『スタンフォードの自分を変える教室』など、「グローバル人材」ブーム（p.177）／第二次安倍内閣発足（自民党が政権奪還、p.176）
平成25年	2013年	黒田東彦日銀総裁就任、インフレ目標政策（p.24）が本格化 参議院選挙で与党が過半数回復（p.176） 麻生太郎財務相が「憲法改正はナチスの手口に学んでは」と失言（p.187）
平成26年	2014年	『嫌われる勇気』（前年刊）がヒット、「アドラー心理学」がブームに（p.172） 集団的自衛権の行使を容認する閣議決定（翌年に法制化、p.155） 朝日新聞が従軍慰安婦報道で強制連行説を撤回（p.26） 翁長雄志「オール沖縄」県政成立、政権と亀裂深まる
平成27年	2015年	『映画ビリギャル』（原作は2013年）がヒット（p.178） 電通の女性社員がうつ病で自殺（p.84） 朴槿恵政権との日韓外相会談で慰安婦問題合意（p.26）
平成28年	2016年	安倍首相、施政方針演説で「同一労働同一賃金」表明（p.289） 東京大学が初の推薦入試（面接中心）を実施（p.279） 参議院選挙で改憲賛成の政党が2/3を獲得、発議が可能に（p.23） 沖縄担当相が落選、沖縄選挙区の与党議員が不在に（翌年まで、p.234） 明仁天皇、退位の意向表明（p.251） SMAPが解散（p.285）
平成29年	2017年	米朝関係が緊張、米空母2隻が日本海に展開（p.26） 「忖度」と並んで「インスタ映え」（p.263）が流行語大賞に
平成30年	2018年	名護市長選挙で辺野古移設容認派が当選
平成31年／令和元年	2019年	4月末日で「平成時代」終わる

平成史関連年表　日本編

昭和63年	1988年	SMAP（P.285）が結成／消費税法が成立、翌年から税率3％で施行
昭和64年 /平成元年	1989年	昭和天皇崩御、明仁天皇が即位 参議院選挙で自民党が過半数割れ、単独政権に陰り
平成2年	1990年	株価が暴落、バブル景気（P.166）の崩壊始まる 慶應義塾大学湘南藤沢キャンパス（SFC）開学、AO入試導入（P.180）
平成3年	1991年	柄谷行人と浅田彰が『批評空間』創刊（2002年まで刊行、P.127） 東京大学が大学院重点化（P.114）を開始、以降全国に波及
平成4年	1992年	小林よしのり『ゴーマニズム宣言』連載開始（P.43） NTTドコモがサービス開始、携帯電話時代の幕開け
平成5年	1993年	細川非自民政権発足（55年体制の崩壊、P.40）
平成6年	1994年	村山自社さ政権発足（自民党が政権に復帰、P.40）
平成7年	1995年	阪神・淡路大震災起きる／オウム真理教事件が発覚（P.42） 慰安婦問題（P.26）で「女性のためのアジア平和国民基金」創設（2007年まで存続）／加藤典洋（P.129）の「敗戦後論」が論争に 映画版『攻殻機動隊』が第一作公開（P.140）
平成8年	1996年	日米両政府、普天間基地返還で合意。辺野古移設（P.234）が争点に 『ロングバケーション』がヒット、木村拓哉（P.286）がスターに 小選挙区制（P.23）の導入後、初の衆議院選挙で自民党が勝利
平成9年	1997年	「新しい歴史教科書をつくる会」結成、歴史認識論争高まる（P.230） 保守系2団体が合同して日本会議（P.243）を結成 北海道拓殖銀行が破綻、山一証券が廃業（不況が深刻化、P.287） 沖縄県名護市で住民投票、辺野古移設反対が過半数
平成10年	1998年	東浩紀がジャック・デリダ論でデビュー（P.127） この年、自殺者数が前年より約8500人増、初めて3万人台に
平成11年	1999年	日本で最初のSSRI（フルボキサミン）が発売（P.71） 2ちゃんねる（P.263）が開設／江藤淳（P.51）が自殺、論壇に波紋 国旗国歌法成立（P.43）／公明党が自民党と連立、政権与党に（P.244）
平成12年	2000年	電通裁判結審、最高裁が損害賠償命じる（1991年の過労自殺に対して、P.83） 『プロジェクトX～挑戦者たち～』放映開始（2005年まで、P.167） この年、大卒求人倍率が0.99を記録、就職氷河期が底に（P.288）
平成13年	2001年	小泉純一郎政権発足（P.24） ヤフーがADSLに参入、インターネットの普及（P.262）が加速
平成14年	2002年	小泉首相が訪朝、北朝鮮が拉致疑惑を認める（P.44） 学習内容削減の指導要領が施行、「ゆとり教育」への批判高まる（P.93）
平成15年	2003年	春にイラク戦争勃発、年末から自衛隊派遣（2009年まで、P.47） 内田樹『私の身体は頭がいい』（このころ身体論が主流に、P.165） 衆議院選挙で「マニフェスト」（P.300）配布、この年の流行語大賞に
平成16年	2004年	網野善彦（P.271）が死去／イラク日本人人質事件（P.45）
平成17年	2005年	佐藤優『国家の罠』（「地アタマ」の初出、P.277） 首都大学東京設置（東京都立大学を改組、P.50） 郵政解散による衆議院選挙で、小泉自民党が圧勝（P.46）

第1章

わたしが病気になるまで

拉致、8人死亡 5人生存

金総書記、認めて謝罪

正常化交渉を来月再開

不審船防止を約束

痛ましい歴史、直視して

2002年9月18日、朝日新聞朝刊

「知識」を仕事にするまで

教科書って塗《ぬ》りかわることがあるんだ：平成の幕開け

自分を「知識人」だと思うか、と聞かれたら、自分をそのようなたいしたものだと思ったことがないので、こたえはノーです。しかし、「知識」を生計の糧《かて》として働いたことがあるのか、といわれれば、非常勤をふくめると2005年から15年まで、足かけ11年にわたって大学で授業を持ち、最後の数年間には本を売ったり新聞や雑誌に寄稿したりしていたので、いちおうはイエスと答える資格があるのでしょう。

もちろん、世の中には「知識」以外を活用して暮らしている人もいっぱいいます。建設作業員やスポーツ選手の人たちは、どちらかといえば知識よりも身体能力をつかって活躍するわけだし、政治家の人たちだって、外交や内政に関する知識のスペシャリストとして選ばれているのか、それとも業界団体とのパイプ役や選挙戦でのシンボル役を期待されて、いまのポジションにいるのかは、よくわかりません。

べつに知識で食べていくだけが人生じゃないのに、どうして私がそんな道を選んだのかをふりかえると、「平成」が始まったばかりの1990年前後、小学校の高学年だった時期に行きつきます。たんに、ガリ勉型の「頭でっかち」な子どもだったというのではなくて、当時の世界が——不謹慎《ふきんしん》ですが、なにぶん子どもの目に映ったことですから——純粋に「おもしろかった」のが、大きな理由だろうと思います。

決定的だったのは1989年以降の「冷戦体制の終焉」*でした。もちろん、当時の私にはそもそも冷戦とはなにかもわかっていないのですが、社会科の地図帳に描かれていた「東ドイツ」と「西ドイツ」が合体してひとつになる、「ソビエト連邦」が消える、ということ自体が大きな衝撃だったのです。

学校で毎日、先生に開かされている教科書自体が、変わってしまうことがあるんだ。おそらくそのショックが、自分は「賢く」なりたい、教室で先生に教えられる以上のことを知りたい、できるならむしろ「教える」側にまわりたいという気持ちを、かきたてたのでしょう。

教員になってから、「学校の教科書を疑えなんて、そんなのは與那覇さんのような『頭のよい子』の発想だよ。ふつうの子にそんな教え方をしたら混乱するだけだよ」と、いろんな方にいわれました。それでも私が変わらなかったのは、これといって知識のなかった小学生の自分でも感じたような体験を、どんな人も必ずするときがくるはずだという、根拠のない確信のようなものに動かされていたのだと思います。

＊冷戦体制の終焉
第二次大戦後、アメリカを中心とする自由主義陣営と、ソ連を盟主とし資本主義の廃

絶を掲げる社会主義圏が対峙した構図を冷戦と呼ぶ。社会主義経済の限界から（5章209頁）、1989年に東欧諸国が次々に自由主義の側へと離反し、91年にソ連も崩壊した。

この変化はどこまでいくのだろう：55年体制の終焉

うつ病をはじめとする精神の病をわずらった人は、どなたも自分自身の「世界観」自体がうち砕かれてしまう経験をされたと思います。いままであたりまえにできていたことが、できない。自分がずっと信じてきたものが、信じられない。

病気をすると具体的にどうなるのかについては、次の章でのべますが、その人にとっての世界地図が描きかえられるということが、かならずしも幸せに満ちた体験でないことはたしかでしょう。

たとえば皇国少年として育ってきた世代が1945年の敗戦や、46年の昭和天皇の人間宣言に際して味わった心境は、広く知られています。左翼運動が輝かしかったころの青年なら、56年のスターリン批判や72年の連合赤軍事件*でしょうか。冷戦末期に地図帳の変更を無邪気にたのしんでいた少年も、似たような気持ちを体験するのに、さして時間はかかりませんでした。

もっとも印象にのこっているのは、中学生だった1994年のことです。前年に55年体制*が崩壊し、この年に発足した自社さ連立政権*（村山富市内閣）のもとで、日本社会党が戦後、掲げてきた政策の転換が劇的に進みました。いわく、彼らが憲法違反と主張してきた自衛隊は、合憲。廃止すべきとしてきた日米安全保障条約は、維持。戦前の軍国主義のシンボルとして、認めてはいけないものだったはずの日の丸・君が代も、承認。いわば「ずっと与党だった自民党の言ってきたことが、正しかった。野党時代のわれわれはまちがっていた」と、白旗を上げたのです。

私の学校はいわゆる進歩的な先生（わかりやすくいうと、自民党政権の政府見解よりも、社会党や朝日新聞の主張のほうに共感してきた先生）が多かったので、彼らが目の前で進行している事態を非常に教えにくそうに、歯切れ悪くしかあつかえないでいる様子がよくわかりました。それをせせら笑いながらみていた、というのではありません。むしろ「この変化は、いったいどこまでいくんだろう？」というあいまいな不安に、自分もとらわれていたように思います。

違憲が合憲とか、「なし」なものが「あり」とか、180度正反対じゃないか。この調子でいったら、文字どおり将来、日本がどうなっていくかも「なんでもあり」じゃないのか。

現実にあわせて考えかたを変えるのは、そこまで悪くないのかもしれない。だけど「ここまでは変わるけど、これ以上は変わりません」として、どこかにきちんと線を引かないと、いつかこまるんじゃないか――特に政治的な生徒ではなかったと思いますが、つづく高校時代のあいだ、ずっとそんなことをぼんやりと考えていました。

いまにして思うと、発病して以降に感じた「どれだけ能力を失えばとまるのだろう」

「自分はどこまで、なにもできなくなっていくのだろう」という恐怖心は、このときの不安を煮《に》つめて濃縮したようなものでした。
こうした私の回想が「ある世代の共通体験」なのかというと、こたえはノーだと思います。同世代の「知識で生きている人」とお話しすると、むしろ95年に発覚した*オウム真理教事件や、同時期から連載されていた*『ゴーマニズム宣言』からの影響を語る方が多くて、自分は少数派だと感じることがしばしばです。

*連合赤軍事件
１９６８年前後の国際的な学生運動の過激化（4章１９６頁）のなかで結成されたゲリラ組織が、内部で多数のメンバーをリンチし殺害していたことが判明した事件。72年、あさま山荘での警察との攻防戦の後に発覚し、左翼的な学生運動を決定的に退潮させた。

*55年体制
１９５５年、左右に分裂していた日本社会党が統一されたのに対抗して、自由党と日本民主党が合同して自由民主党（自民党）を結成して以降、93年まで続いた、つねに自民党を与党、社会党を野党第一党とする体制。

*自社さ連立政権
１９９３年に一度は下野した自民党が翌94年、長く敵対していた社会党との連立によって与党に返り咲いた政権。首班は前半は社会党の村山富市、後半は自民党の橋本龍太郎で、自民党が衆議院で過半数を回復した後の98年まで続いた。

*オウム真理教事件
山梨県に巨大コミューンを作っていた新興宗教のオウム真理教が１９９５年、独自に

製造した有毒ガスを都内地下鉄で散布したテロ事件。同年に発生した阪神・淡路大震災とあわせて、「平和な戦後日本」の終焉を象徴する事件とされた。

＊『ゴーマニズム宣言』　ギャグマンガ家として知られた小林よしのり氏が1992年に連載を開始した作品。時事問題を素材に、戦後日本ではタブーとされた主張に踏みこむ姿勢で人気を博す。98年の『戦争論』では旧来の右派的な大東亜戦争肯定論に合流し、ベストセラーになるともに強い批判を浴びた。

「被害者」を叫ぶだけじゃダメなんだ：小泉改革の時代

そのままいくと、「右傾化する日本社会を憂《うれ》う知識人」か「自民党の反動政策と断固戦う左翼活動家」あたりに流れつきそうです。発病前から感じていたことですが、そうだったら主観的にはむしろ楽だったろうなと思います。そうならなかったのは結局、大学以降になまじ「知識」の果実をかじってしまったからでしょうか。

1999年、国旗国歌法[*]が成立します。私がかよっていた東京大学教養学部では、教員有志が抗議声明を出しました。キャンパスの人気教員をほぼ網羅《もうら》したといえる、長大な署名者のリストがついていましたが、大学の外で話題になることはあまりなかったように記憶します。のちに進学した大学院で、はるかにマルクス主義の影響が強い学風で知られる他大学から聴講にきていた学生が、「ついにうちでも日の丸があがりましたよ」とぽつりこぼした姿が、いまも忘れられません。

そもそも大学入学時に私が考えていた進路は、中学ないし高校の教員でした。もちろん、なれるものなら研究者になってみたいという、人文系の学生なら一度はえがくあいまいな夢なら持ってはいましたが、自分がその器《うつわ》と思えなかったからです。

そんな私が大学院に進むようになったこと自体、この法律の影響――毎年の学校行事ごとに処分者が出ていると報じられ、当時の中等教育が快適な職場とは思いがたかったことに、ある程度はよっています。

私が大学院で学んだ期間は、5年半におよんだ小泉純一郎内閣の時代とほぼ重なりますが、このときに私の思想のようなものは決定したと思います。国内の弱者を切り捨てる新自由主義的改革と、アジアの戦争の被害者を傷つける靖国神社参拝にたいする怒りから、「弱者の味方」として生きていくことを決意した、のではありません。

反対に、「弱者の正義」とでもいうべきものが、いかに危ういかを思い知らされたのが、私にとっての小泉改革だったと思います。

2002年に小泉首相が北朝鮮を訪問し、当時の金正日《キムジョンイル》総書記が拉致《*らち》問題を認めて謝罪したときに、日本社会に広がった衝撃をおぼえているでしょうか。戦争が終わって以来長らく、アジアの諸国にたいして日本は「加害者」であり、相手は「被害者」だと教えられてきました。

日中戦争を核とした大東亜戦争の主要部分については、私はそれがただしい歴史の見方だと、いまも思っています。しかしこのとき、戦後はじめて、誰の目にもアジアの側が「加害者」であり、日本が「被害者」である事態が出現したのです。

反応はものすごいものでした。対北強硬論を進言したとされる安倍晋三官房副長官は一躍、国民的な人気政治家となり、政治の舵《かじ》取りによってはそれこそ戦前のような、朝鮮人にたいする差別や迫害がよみがえってもおかしくない空気が張りつめていきました。

もちろん、そういう「危険なナショナリズムの高まり」に警鐘《けいしょう》を鳴らす「進歩的知識人」の人びともいました。しかし、それはなにかちがうのではないか。

あなたがたはこれまでずっと、「加害者と被害者とがいたら、加害者のほうが絶対的に悪いのです」・「被害者の人の悲しみや怒りは深いものなのだから、多少いきすぎがあろうと真摯《しんし》に受けとめましょう」・「それが謝罪ということです、責任というものです」と、言いつづけてきたではないか。

今回はたまたまその構図の「被害者」の位置に、日本人が入ることになっただけじゃないか。自分たちの議論の枠組みを反省せずに、「無学な大衆が小泉や安倍にあやつられて、危険なナショナリズムにむかっている」だなんて、そんな無責任な態度ってないじゃないか……。おおむね、そんなことを考えていました。

じっさいに小泉時代の後半は、だれが「被害者」の位置に座るかの椅子《いす》取りゲームのように進んでいきました。2004年4月にイラク日本人人質事件*が発生すると、当初こそ自衛隊派遣の「被害者」と目された人質に同情が集まりましたが、「彼らが勝手に渡航したのに、後始末をさせられる政府の役人こそ被害者だ」と政権側が反駁《はんばく》すると世論は一転し、人質やその家族へのバッシングが吹き荒れました。

同年5月に小泉首相が再訪朝し、さして成果のないまま同国への支援を決めてきたとして、拉致被害者の家族が首相を論難する様子がテレビで流れると、「あれだけがんばってもらってるのになんだ」「恩知らずだ」として、やはり家族への批判が高まりました。

　みずからの被害者性＝「世間で被害者だとみなされること」をたくみに利用した、小泉政治の集大成といえるのは、２００５年の*郵政解散でしょう。歴代自民党総裁のなかでも屈指のワンマンで鳴らした首相が、「私は抵抗勢力の被害者だ。国民のみなさんの力がほしい」とうったえるかたちで衆議院を解散し、（当時は）史上空前と呼ばれた3分の2超の与党議席をえて、より巨大な権力を手にした。こんなことがあるのか、と、背筋が寒くなった気持ちを覚えています。

　こっちは被害者なんだぞ、と叫ぶだけでは、だめなんだ。そういうやり方はいつか、もっと「力のある被害者」が出てきたときに、あっさり足元をすくわれるんだ。それこそが小泉政治の教訓だと思っていた私は、このときも少数派だったようです。

　小泉退陣後の２００８年には突発的な『*蟹工船《かにこうせん》』のリバイバルが起き、「小泉改革で切り捨てられた非正規雇用者こそ被害者だ」という空気を背景に、翌年には民主党が政権交代を果たすことになります。

　人文系の学問の世界でも、２０００年代はカルチュラル・スタディーズの影響が拡大した時期で、政治的な権力争いの場として文学作品や歴史のプロセスを読みとき、自分が「弱者」の側に立つことを宣言して〆《しめ》る、といった論文のスタイルが広まっていきました。いわゆる高級な芸術作品を、哲学的な美学理論で分析する研究に取り組むものと思っていた同窓生が、久しぶりに会ったら「ネオリベラリズムをいかに批判するかが、ぼくたちの課題だよ」というのでおどろいたことがあります。

＊国旗国歌法

日の丸・君が代を国旗・国歌とすることには、長らく法制上の根拠がなく、それが戦前の軍国主義時代の記憶とも相まって、教育現場の一部に強く忌避する風潮を招いていた。法制化は、現場で板挟みとなった校長が自殺する事件を受けての決断だったが、「強制にならないように」との趣旨は活かされなかった。

＊拉致問題

おおくの失踪事件が北朝鮮による拉致ではないかとの疑惑は、1980年代末から国会でとりあげられていたが、当初は状況証拠のつみかさねにとどまり、この時点まで真相が明らかになっていなかった。小泉訪朝はほんらい国交正常化にむけてのものであったが、世論の激昂を前に交渉継続は不可能となり、今日にいたる。

＊イラク日本人人質事件

2003年の米軍のイラク侵攻にさいして、小泉政権は自衛隊派遣を決定したが、憲法上の疑義もあり当初、国民の支持は薄かった。しかし、ジャーナリストら3名の日本人が現地勢力の人質となり、自衛隊撤退を要求する材料とされると世論は一転、3人は「自己責任」を糾弾されて、解放後の帰国費用を自己負担した。

＊郵政解散

衆議院では可決済みだった郵政事業を民営化する法案が、一部自民党議員の造反により参議院で否決されると、小泉首相は「当否を国民に聞いてみたい」として、衆議院のほうを解散した。擬似的な国民投票の体験に有権者は熱狂し、与党を圧勝させた。

＊『蟹工船』のリバイバル

『蟹工船』は1929年に、のち非合法の共産党員となる作家の小林多喜二《たきじ》（33年に警察に虐殺される）が発表した小説。戦前の労働者の過酷な境遇の描写が、現代の非正規雇用者にも類似するとして注目され、異例のヒットとなった。

大学教員としてみたもの

「ごっこの世界」だった論壇

小泉政権をついだ最初の（第一次）安倍内閣が倒れるころに私は博士号をとり、その3か月後に地方大学の准教授となりました。優秀だからスピード出世をした、ということではないでしょう。

公募で私が採用された決め手は「年齢」*だったと、あとで同僚のひとりが教えてくれました。もちろん、若年のわりには実績があると思われるよう努力はしていましたが、なにぶん最大の採用理由が年齢ですから、その意味では「たいして苦労もなく大学教員になった」のでしょう。

正規の大学教員になって、まったく心がたかぶらなかったといえば嘘になりますが、じっさいのところ、それほどの感慨はありませんでした。

人生でもっともわくわくしたのは、ひとつは大学院に進学したとき。次は博士課程のあいだに、産休中の他大学の先生の代講（非常勤講師）を頼まれて、はじめて教壇《きょうだん》に立ったとき。そしていま、やはりはじめて「大学の学問」とは異なるスタイルで本を出そうとしているときで、「大学に正規のポストを得る」こと自体には、さほど知的な興奮をおぼえませんでした。

理由としては、大学院生だった2005年に、当時の石原慎太郎都知事が音頭《おんど》をとった「首都大学東京」設置の顚末《てんまつ》をみていたのもあるでしょう〔20年に都立大に再改称〕。日本政治史や社会人類学で国内トップの実績をもつ東京都立大学が、自治体の長の気まぐれであっさり廃止になり、ふだんは「先生」の寄稿をありがたがって掲載しているマスコミも、それを問題にしない。

――そういう次第で、ごく仲のよい自分のゼミ生と話すときに「きみらも就活たいへんだろうけど、俺も斜陽産業に勤めてるから。大学なんていつ消えるかわからんと思って働いてるから」と、たえず口にする不良教員ができあがりました。

どこそこ大学教授、という肩書で新聞に載《の》っている寄稿やインタビューが、無難な発言ばかりでまったくおもしろくない、という体験はありませんか。掲載している朝日新聞なり読売新聞なりの社員が書いた「社説」や「コラム」と、実質的な内容がほとんどおなじで、社外から有識者を呼んでくるほどの主張と思えない。

いまならSNSがありますから検索してみると、おそらく多くは大学の先生にまだなれない/なれたけどメディアから声がかからない人たちによる、「誰それなんてたいしたことない」・「昔はよかったけど劣化した」・「もう終わった」式の論評が、たくさんひっかかると思います。

かつてそういう悪口院生の一員で、のちに短期間だけ、メディアに呼ばれる大学の先生もしてみた私の印象でいうと、新聞であたりさわりのないことをいっている先生がほんとうにつまらない人物であるということは、ほぼありません。知遇をえたのが一流の方ぞろいだったのもあるでしょうが、ほとんどの人はじっさいに話してみると、紙面に載る以上のことをいっぱい考えています。

どうしてそちらの「もっとおもしろいこと」のほうが活字にならないのだろうとずっと思っていて、ああそうか、「ごっこの世界」だからかと気づきました。

ごっこの世界とは、文藝評論家で保守の論客だった江藤淳《えとうじゅん》が、1970年の論考で使った概念です。米国の軍事力に守ってもらいながら愛国心を叫ぶ「右翼」も、やはり米国の核の傘に安住した状態で非武装中立の夢想にふける「左翼」も、どちらも自分のことばを本気で信じてはおらず「ごっこ」をしているだけだという論旨は、いまの日本にも通じる指摘ではありますが、じつはもう一重の「ごっこ」があるのです。

江藤 淳

新聞や雑誌の側にはとうぜん、文字にしてほしい自社の主張があって、それを大学教授や在野の批評家の口をかりることで、社内の記者が書くよりも権威と影響力のあるものにしたい。そういうゲームにつきあってあげることで、大学人なら象牙《ぞうげ》の塔、評論家なら自宅の書斎から外に出ても通用する、社会的に承認された「知識人」という存在になれる。

江藤のいう「ごっこ」には揶揄《やゆ》の響きがありますが、この後者の意味では江藤本人だって、立派に「知識人ごっこ」をしていたのだと思います。

問題は、ごっこはいつまでつづけられるのか、です。

「大学の先生なんて、ただの世間知らずだよね」とみんなが思ってしまえば、大学教員の「ごっこ」はおわり。在野の評論家はもっと大変で、「気鋭の批評家なんていっても、在宅バイトで原稿料もらってるニートでしょ」と思われたらおわり。「ごっこ」をしかけているようにみえる新聞社や出版社、テレビ局だって「あんなもの、要は中の人の趣味でしょ。既得権に守られて、かたよった意見をたれ流してるだけでしょ」と国民に見放されたら、やはりおわるのです。

2011年末から4年間にわたり大阪市長を務めた橋下《はしもと》徹氏は、批判的なコメントをする有識者を「大学教授なんてバカばっか」・「あいつらはインテリじゃなく自称インテリ」・「テレビに出て小銭稼ぎがしたいだけ」と罵倒《ばとう》しながら高い支持率を維持し、2016年には全米のあらゆる大学教員や大手新聞に批判されながら、ドナルド・トランプが大統領に当選しました。

日本のみならず世界でも、長くつづいた「知識人ごっこ」の時代が、終わろうとしています。

＊年齢

日本の（特に人文系の）大学教員の職階は、公務員とおなじく年功序列で決まるので、年齢的に近い教員ばかりを雇用していると将来、「うち1名しか教授に昇進できない」といった事態が発生する。それを避けるために（業績ではなく）意中の年齢によって候補者を絞りこむことが、明示的ないし暗黙裡に行われている。

震災の衝撃のなかで：激動の２０１１年

２０１１年3月11日の東日本大震災は、「ごっこ」のあり方がゆらぐきっかけとしても、大きなものだったと思います。とくに福島第一原発の事故にともなって、国民のあいだに、メディアはどこまで真実を伝えているのかという疑念、またそれまで原発政策を推進ないし黙認してきた知識人への、不信が高まりました。

しかしながらその「ゆらぎ」の内実は、これまでつづいてきた「知識人ごっこ」とくらべても、知性とよぶにはほど遠い水準のものだったと思います。

どの程度の放射能だとどこまで危険性があるのか、をきちんと調べることなく、福島由来、さらには東北由来というだけで人やものを危険視する。原発を停止するとどこまで安全になるのか、電力不足はどこまで節電でまかなえて、どれくらいの費用を追加すれば原発なしでも維持できるのかを議論しないまま、いつのまにか「原発をすぐとめることだけが、事故を反省したことの証明」という空気になる。*

はては「国の原子力政策にお墨つきをあたえてきたのは、東大工学部だから、東大出身の学者や官僚はみんなうそつきだ」といった粗雑《そざつ》な議論が流行する。「記者クラブ経由の大手メディアはぜんぶ御用《ごよう》メディアだ」などと称して、インターネットで無責任なデマが拡散される。

衝撃を受けたのは、当時参加していた研究会のメーリングリストにまで、原発作業員の手記を装《よそお》った怪文書が回ってきたことでした。投稿されたのは、ふだんは冷静なリーダーシップで知られる高名な学者で、純粋に善意からのことでした。

大学の先生までこの状態だとしたら、日本はこれからどうなってしまうのだろうか。ずるずると、真偽をたしかめずに直感で、理性よりも気分で、ものごとが決められる国になっていくのではないか。知識で給料をもらっているくせに、なにもしないでみていていいのか。

そんな気持ちにかられて、はじめて「学者むけの論文」ではないかたちで、社会にむけてものを書くようになりました。最初は自分のSNSや、ネット上のオピニオンサイトだけが発表の場でしたが、さいわいにも出版した著書がちょっとした話題になって、既存の「大手メディア」のいくつかでも、仕事ができるようになりました。

これは病気をしてからふりかえって思うのですが、こういう際に「あおる」のではなく「止める」文章ばかりを書いてしまうのが、自分の思考のくせだったようです。たとえば、デモをガンガンやって政権をたおそう、日本を変えよう、などとはけっして書かない。

思っているけどがまんして書かないのではなく、「いきおい頼みはまずくないですか」という思考しか、わいてこないのです。

自分を保守派と思ったことはいちどもなく、むしろ社会党右派ぐらいの左翼だろうと思って生きてきたくせに、いざとなるとそうしてふるまってしまうのだから、皮肉なものだと感じます。*

こういうことを書くと、いまの世間では「サヨクこそ既得権益層で、メディアで左っぽい顔をしていたほうが、いろんな利権をもらえるんだろう」とたたかれるようですが、左でもらえる利権なんてたいしたものはありません。朝日新聞や岩波書店からお仕事をもらったことはありますが、とくに前者はもっと右寄りでも、読者のニーズさえあればいくらでもお仕事をくれます。

逆に現行の（第二次）安倍政権が発足したころ、超保守派の政治家が入閣して研究会を立ち上げるから、メンバーにならないかとの誘いで霞が関の方がお見えになりましたが、「その政治家の戦争観はまちがっているとしか思えないこと」・「首相でさえ（当時は）自制していた靖国参拝をおこなう政治判断を支持できないこと」・「そもそも自民党に投票した経験がないこと」をお伝えしたら、プイッと背をむけて席を立たれてしまいました。

もしあなたに、政府や官僚の方から特別な機会を提供してもらいたいという気持ちがあるなら、ぜったいに「左」と思われてはいけません。

当時知りあった同世代の論客とよばれる人たちにも、「左翼」はいっしょにされたくないもの、されたら論壇人としておわってしまうものという空気のほうが、はるかに強かったと感じます。

論壇のような場に出ず、アカデミズムの内部で静かに研究を深めているばあいはもっと、「学会活動は大事だけど、それをつうじて左派系の運動に動員されるのは勘弁してほしい。純粋に研究をさせてほしい」と感じている人が、私より下の世代では多数派だと思います。

＊原発を停止すると……
福島第一原発の事故以降、「稼働している原発を停止させる」「再稼働させない」ことが脱原発運動の目標となったが、じっさいには福島第一でも4号機は、定期点検のための停止中に爆発した。いっぽう、近郊の福島第二原発は稼働中だったが事故に至らなかったように、「稼働／停止」と「危険／安全」はかならずしもイコールではなかった。

＊社会党右派
「なんでも反対するだけ」と揶揄された社会党だが、戦後初期には連立政権の首班を担った片山哲《てつ》、岸信介（安倍晋三の祖父）が好敵手とみなした三輪寿壮《じゅそう》、やはり岸に友人として戦争の反省をただした河上丈太郎など、型にはまらない人材がおおい。いわゆる万年野党となっていくのは、60年安保（5章226頁）以降のことである。

世間と戦わなくなった知識人

いまどれだけの人が記憶しているか心もとないのですが、戦後の日本は世界的にみて、すこし変わった「知識人」のあり方をもっていたように思います。

*「全面講和」をとなえた南原繁《なんばらしげる》・東大総長が、当時の吉田茂首相に「曲学阿世《きょくがくあせい》の徒」とバカにされたように、現実の政治では受け入れられないくらい高邁《こうまい》な理想を語るのが知識人の使命であり、ときの政権に妥協したり、ましてブレーンを務めたりするのはみっともないという雰囲《ふんい》気《き》が、保守系の政治学者をのぞくとなんとなく共有されているところがありました。万年野党とよばれた社会党は、そんな彼らのフロント（政治的な代理人）の役割をはたすものでもありました。

そんな知識人なんて、実用にならないことばかり書いて、役立たずじゃないかといわれればそれまでなのですが、そういう戦後日本のあり方が、私はきらいではありませんでした。だからこそ、自社さ政権のときにショックをうけたのでしょう。

その自分が大学の教員になり、たまたま論壇に出ているときに、大きな政治の嵐が吹き荒れている。どこまでできるかわからないけど、そういう「戦後」の遺産――大学人なり知識人なりのあいだでは、世間一般の空気とは異なる思想が語りつがれてきたんだよという事実を、守れるものなら守っていきたい。そんな気持ちを漠然《ばくぜん》ともっていました。

現実は、逆に進んでいったように思います。いわゆる左翼的（朝日・岩波的）な言論人のなかで、「デモでもりあがっている人たち、ちょっと待って。気持ちはわかるけど、その前に冷静な議論をしよう」と呼びかけた人は、ほとんどいなかったと記憶します。震災直後の、いまからみると少し過剰なくらい脱原発に民意が雪崩《なだれ》をうった状況のなかで、彼らは世間の空気とむしろ、同一化する道を選んでいったのです。

事故にみまわれた福島の人びとは被害者であり、これまで原発行政の情報隠匿《いんとく》にだまされてきた国民も被害者だ。だからこんどこそ、彼らの気持ちによりそう政治をめざそう。それはわかります。

でも「だれが被害者なのか」ということは、なにかのはずみでくるっと変わってしまうじゃないか。あなたたちはそれを、小泉政権のときになんどもみてきたんじゃないの。そう思っているうちに、案《あん》の定《じょう》くるりと構図が変わりました。

最後の民主党政権となった野田佳彦《よしひこ》内閣の時代に、中国・韓国との領土問題が本格化。とくに後者が竹島（独島《ドクト》）をめぐってかつてない攻勢に出ることで、「被害者」としての日本の民意が沸騰《ふっとう》したのです。当時の李明博《イミョンバク》大統領が、同国の元首としては史上初めて竹島に上陸し、さらには「天皇がもし韓国に来たいなら、口先でなく本心から謝罪しろ」という趣旨のことをいい放って、世間の対韓感情は「総韓国嫌い」といえる水準まで悪化しました。

この期《ご》におよんでようやく、そういう世間にたいしてではなく、このタイミングでなにもいわない「進歩的知識人」への違和感のほうが、私のなかで限界を超えました。

いま日本人みんなが李明博を叩いているけど、あなたたちはまさに彼とおなじことを、教壇や学会でしゃべってきたじゃないか。「東京裁判で昭和天皇は裁かれていない」・「政治家の謝罪も心がこもっていない」・「しぶしぶ戦争責任を認めたあとも、植民地責任には頬《ほお》かむりしている」……そうやってさんざんくり返してきたことを、隣国の指導者が口にしているなら、どうして国内の民意に抗してでも、応援しないのか。

自分の主張をほんとうに信じているなら、「政治的に反日感情を利用する李明博は問題だが、いっていること自体は正しい。いきりたつ日本人こそ戦前の反省がたりない」と、なんで世間にむかっていえないのか。もし大手紙が載せてくれないのなら、インターネットではじめたらいいじゃないか。

それともあなたたちは、単位のかかった学生にたいする教員のような、あるいは「責任ある加害者」を前にした「正義の弱者」のような、あらかじめ反論を封殺《ふうさつ》できる環境でだけ、大きなことをいって相手をいびってきただけなのか。

そういうおまえ自身はなにをしたのか、ですが、まず私は日本という国家はいまも、かつて植民地や占領地にした地域に道義的な責任を負っている。しかし政治的な責任に関しては、すでに結ばれた条約の範囲を安易に逸脱すべきではないし、まして戦前という時代を知らない世代にまで、以前とおなじように謝罪や反省をしろと要求しつづけるのは無理がある、という立場です。

だから李明博の発言は擁護できませんでしたが、しかし彼ひとりの悪口をいってどうなるものでもない。むしろ政治家が権力を維持するために、そういう発言に走らざるをえない韓国社会の風土がわからなければ、問題は解決しないし、またかつてその地域を支配した側の責任として、それくらいはわかってあげる必要があると思いました。

数か月後の記事になってしまったとはいえ、「韓国人は理解できない、ではなく、いまこそ韓国人を理解すべきだ」という趣旨で、「いかに韓国人と日本人とが、ときとして似かよった政治的熱狂をみせる人びとであるのか」についてのエッセイを書きました。

インターネットに転載されてのこっていますが、おまえが論壇で書きちらかしたなかで、どれにいちばん価値があるのかときかれたら、その原稿をあげると思います。

＊全面講和
　ソビエト連邦など、社会主義国をふくめたすべての交戦国と同時に講和条約を結ぶという理想。冷戦下では実現困難であり、じっさいには吉田茂の決断で、自由主義陣営のみとサンフランシスコ条約を結ぶ「多数講和」となった。このとき同時に日米安保条約が締結されたことが（5章224頁）、その後の安保にたいする国民感情を複雑なものにした。

大学への幻想のおわり

　おそらく、そういった私の変化にも一因はあったのでしょう。第二次安倍内閣が軌道にのった2013年のころには、私と同僚との関係は良好とはいえないものになっていました。

　対立のきっかけとしては、のちに4章（191頁）でふれるつまらない——大学にかぎらず、どんな職場でもありがちな業務上の齟齬《そご》もあったのですが、私自身が心のなかで彼らを尊敬できなくなったことに、より大きな責任があるだろうといわれれば、そうだと思います。

　私の属した学科はおおざっぱにいうと、「良心的知識人」のようなスタンスを授業や学会活動でも表明するタイプが半分、少なくとも外見上はノンポリで、純粋な学究肌の教員がもう半分という構成でした。私との関係でぎくしゃくが目立ったのはお察しのとおり、どちらかといえば前者のほうで、そもそもゼミや卒論指導の際にも、これでいいのかなと疑問をもつことは以前からありました。

たとえば私のゼミ生が、あきらかに日本批判というニュアンスで「ほかの先生の授業で習いましたけど、日本は天皇がいるから立憲君主制の国で、民主主義の国じゃないですよね」というのです。おどろいて「じゃあイギリスも女王がいる立憲君主制の国だけど、あれも民主主義国じゃないの」と返すと、目を白黒させている。[2]

ひとりの学生にたいして複数の教員がつく卒論指導の場面でも、良心的な先生方が「きみの分析には植民地の視点がない、女性の視点がない、天皇の責任を問うていない……」といかにも進歩的な批判を入れるので、私としては「そもそも、あなたはなにをいちばん言いたいの。それにそくして、今日いただいた批判のうちどれに応えていくかを考えてみたら」とフォローするのが、お約束のようになっていました。

誤解していただきたくないのですが、私の同僚はけっして、どんな大学にも一定数いる「良心的なだけがとりえ」の、政治的な発言ばかりしてなんの業績もない教員ではあ

(2) 好意的に解釈すれば、その先生も単純な日本批判として言ったのではなく、「民主主義」という用語がもたらす思考停止をはずすという趣旨だったのかもしれませんが、学生には伝わっていなかったということでしょう。

りません。しっかりとした著書や学術論文を書いておられ、きっと授業にもそれぞれ熱心にとりくまれていたのだろうと思います。そのことにたいする敬意は私のなかでゆらがなかったし、学生指導におけるスタンスの相違も、多様なバリエーションがあるということで、むしろよいのではと考えていました。

そんな私の幻想がうち砕かれたのは、2014年の初頭だったでしょうか。多くの大学がそうであるように、私の職場も当時、正体不明の「改革の圧力」なるものにさらされており、なにがしかの「改革の目玉」を打ち出す必要にせまられていました。

論壇で学外の人びととかかわる機会のあった私は、知遇をえた方々を講演者に招いて、オムニバス形式の授業を立ちあげる計画を立て、関係者全員の合意と教授会での承認をえて、春以降の実施を決めていました。

そんなとき唐突に、かの良心的な教員の人びとを中心として、ある企画が教授会で発表されました。

いわく、企画の主導者である良心的な教員のフィールドの、さる国の皇太子に来日の予定があるので、そのさい本学に立ちよっていただく。ついては国際交流のため、わが国の皇太子にも本学にお越しいただき、事業計画書の文言によれば「研究者・皇太子徳仁《なる》《ひと》親王による学術講演」として、本学の教員や学生にご講義いただく。さらには本学関係者のさる音楽家に依頼し、「皇太子の臨席下」で楽曲をピアノでお披露目する――。

「いま目の前で滔々《とうとう》とそんな説明をしている人たちは、私が知っているいつもの同僚とは、別の人ではないだろうか」。それが、率直な印象でした。

日本の伝統への尊敬を説き、つねづね皇室の尊《たっと》さを授業で教えてきた教員が提案するなら、いいのです。まったく正反対の研究や言動をくりひろげてきた教員が、皇太子を呼ぶ、それもたんにお招きするだけでなくみんなで講義を拝聴し、音楽までささげ奉《たてまつ》ってことほぐというのです。

ついでにいえば、これらはすべて検討中の段階で、実現できるかどうかは未定なのだが、これだけ大きな企画だから「改革の目玉」のトップにのせて、多額の予算の請求につかうというのでした（結局のところ、予算はとおったものの、実現しなかったようです）。

私は、人間としての現在の天皇陛下も、皇太子殿下も好きです。いまの皇室制度ではむずかしいと思いますが、いつか皇族の方々が気軽に講演のかたちで、ふだんどのような気持ちで公務に当たられているのか、体験談をフランクにお話しいただける時代がきたらいいなと思っています。

しかし、講義となると話は別です。大学の教壇に立って「教える」ための資格は、純粋にその人の学問的な業績によって決められるべきであり、「尊い血筋の方だから」といった、学問外の基準をもちこんではいけないと思います。それが許されるなら、「卒論のできは悪いけどこの子は家柄がいいから、すぐれた論文を書いた庶民の子を落としてでも、大学院に入学させる」といったことも、まかりとおるようになってしまいます。

百歩ゆずって、それでも皇太子にご講義いただくことが正当だとしましょう。どこからもちこまれた企画かは知りませんが、もし「皇太子来学」が実現すれば大学の知名度への貢献ははかりしれないのだから、組織の一員として、ついふだんの信念を曲げてしまってもやむをえないとも思います。

しかし、常日頃《つね》「天皇制」への批判を口にし、かつ学問や教育の自由を標榜《ひょうぼう》してきた大学教員なのであれば、提案するまえに関係者を集めて、このようなひとことがあってよかったのではないでしょうか。

なにぶん天皇制というものについては、かつての戦争以来の経緯もあるがゆえに、教員のなかには、こうした企画に同意しがたいという方もおられるだろう。私たちも、自身が学生に教えてきたことに照らして、悩むところがないではない。しかし、いまはなんとしても社会の耳目《じもく》を集めなければ、やがて大学自体が存続の危機に瀕《ひん》しかねない時代だ。だからご承諾をいただきたい。

けっして学問的な講義ということではなく、あくまでも「お話」を聞かせていただくという趣旨の企画とし、無批判な皇室礼賛や、まして戦前のような天皇制への賛美を植えつける場には絶対にしない。とうぜん、思想信条上の理由で参加を望まない教職員はかかわらなくてよいし、学生に出席や感想の提出を課すこともしない。そういう配慮をすれば、十分に私たちのめざすリベラルな教育と、皇太子のご講演は両立できると信じる。

実質的には、すでに決定ずみの事項を事後報告するような形だったこともあり、残念ながらそうした議論もないままに、この提案は教授会をとおっていきました。その後に主導者たちが繰りひろげた悲喜劇（4章193頁以下もふくむ）は、いまふりかえると、かつて私が信じたこの国の「進歩的知識人」の戯画《ぎが》であったかのようです。

前提として、そもそもの発端である「さる国の皇太子」が本学に立ちよってくれないことには、わが国の皇太子の来学も実現しません。したがって、その某国皇太子の一挙一動が、以降の教授会で話題にのぼり、現地で謁見にあずかった教員が「ふつうは黙ってうなずくだけのところ、わざわざ日本へのご好意をご発言になりました。ですから脈がありそうです」などと報告するのを、神妙な顔で拝聴するのです。

君主制というものへの批判意識を持つよう、ふだん学生に教えている当人が、自国ではなく他国の王子様のご機嫌《きげん》うかがいをして、それが大学の一大事業なのだという。私には、ただのコントとしか映りませんでした〔その後の顚末《てんまつ》は、Coda 2を参照〕。

これが、大学に集《つど》う「進歩的知識人」の実態なのか。こんな場所にいるために、大学院からずっと研究をしてきたのか。こんな人びとを守ろうとして、必死に学外でも論陣をはったのか。かつて大学に日の丸を揚げることでさえ、議論をよんだ時代はなんだったのか。この程度の「良心的な大学人」にあおられて、何人もの小中高の教員が君が代

（3）もっともほんとうに皇室を尊敬している方なら、こういう姿勢こそ「不敬」とみなすと思いますし、そういう動機で皇太子にアプローチすることじたい、「政治利用」ではないのかという疑問はわきます。

をうたえずに、処分されていったのか……。

このときすでに、精神的な苦しさから仕事量の調整を申し出ていた私の気持ちは、完全に大学というものから離れました。ともかく来年度は、私が段取りを整えてしまったオムニバスの企画があるのだから、いまさら放り出せない。それを受講した学生が、やがてどんな卒論を書くまでに成長するか、みていきたい気持ちもある。

しかし、それで十分だ。そこまでやったら、もうこんな仕事はやめよう。なんならフリーになったっていい、学外で知りあった人たちの何人かは、それで立派にものを書いているじゃないか。

——そんな遠大な計画は、ただの夢想に終わりました。この半年後に、私は重度のうつ状態におちいり、そのまま休職することになったからです。

「被害者」としていうのではなく

こうして私は精神病の患者となりましたが、それを皇太子来学騒動で惨状を呈《てい》した進歩的な大学人たちによる「被害者」だというふうにとられるのは、本意ではありません。くりかえし書いてきたように、「だれが被害者なのか」というのは、しばしば容易にひっくり返るのです。

場合によってはもうすでに「おまえみたいなややこしい人間を採用してしまった、大学のほうこそ被害者だよ」と、思っている方だっているかもしれないし、それはそれでかまいません。私には「私が被害者だから」という理由によって、私の主張に同意を求めたいという気持ちが、いまもないのです。

また、ここまで紹介してきた一連のものごとが、発病の「原因」だという理解も、正しいとは思われませんので、明確に否定しておきたいと思います。くわしくは2章でのべますが、精神病をひきおこす「きっかけ」と思われるものは多様にあっても、そのどれかが単一の「原因」だと立証することは、現代の医学においてすら困難なのです。

皇太子来学をめぐる一連の言動をみて、信じられないと感じた気持ちはそのままですが、だからといって「おまえらのせいで俺は病気になったんだ」などと因縁《いんねん》をつける心づもりは、まったくありません。すでにのべたとおり、客観的にみて同僚たちの学術的な水準は高く、私の勤めた大学のレベルが異様に低いとか、ほかとくらべて特にブラックな労働環境だったということも、ないと思います。

おそらく私の病気がなければ、皇太子騒動などというのも、現在の大学という場所ならどこでも起こりえる、ありふれた出来事として学内でのみ処理され、やがて忘れさられたひとコマだったのでしょう。不幸なことに私は発病し、結果としていまその経験を活字にしているから、その「ありふれた出来事」が、たまたま学外にも知られるかたちになっただけなのです。

残る章では、それを類似の病気に苦しむ人にとって、あるいは大学や知識人というものの意義になやむ人にとって、そしてなによりも圧倒的多数の「ふつうの人」にとって、意味のある省察《せいさつ》につなげていきたいと願っています。

第2章 「うつ」に関する10の誤解

2000年3月25日、読売新聞朝刊

自分が「将来うつ病になるかもしれない」と、あらかじめ予想して人生を生きている人は、あまり多くないと思います。労働環境の激変などで「このままだと、うつになるんじゃないか」と感じることなら、不幸にしてあるかもしれませんが、そこまで心理的に追い込まれた状態だと、病気についてしっかり調べて対策をとるのは、なかなかむずかしいでしょう。

私自身がそうだったように、結果として多くの人は症状が重篤《じゅうとく》になってから、インターネット等の身近な媒体で、病気について検索することになります。しかし、そういった場所でえられる知識は往々にして不正確なうえに、むしろ偏見や差別につながるものさえあります。じっさいにそれを鵜《う》呑《の》みにした人びとによって、患者の治療方針がミスリードされたり、人格的に攻撃されることもあります。

この章では、なかでも多くの人がおちいりがちだと思われる、10種類の「うつに関して広く流布しているが、正しくない理解」をとりあげ、精神科医を中心とした専門家による文献を典拠として注記しながら、ひとつひとつ、どこがまちがいかをあきらかにしていきたいと思います。

誤解1　うつは「こころの風邪《かぜ》」である

多くのうつ病体験者が複雑な心境になるのが、「うつはこころの風邪」という、よく聞くフレーズではないかと思います。

私も、初めて上司（学部長）に診断書を提出したとき、「うつはこころの風邪だから。だれにでもあることだから」と言われました。善意でおっしゃって下さっていることがはっきりしていたので、その温かさに感謝する気持ちと、「でも、あきらかにそんなものじゃないんだよな」という実感とが混ざりあって、そのまま泣きくずれそうな心地がしたのをおぼえています。

うつ病とはどのような症状が出るのかについては、次の項目でのべますので、ここではこの「こころの風邪」という表現の由来を説明しておきます。

この言い方は世界共通のものではなく、日本に特殊なキャッチフレーズだと言われています。SSRI（選択的セロトニン再取り込み阻害薬）という、副作用が少なく飲みすぎ（オーバードーズ）の際の危険も低いため、従来とくらべて投与しやすい薬が国内でも認可された、1990年代末に定着しました。[4]

長いあいだ、たんなる気持ちや性格の問題、あるいは「一生、精神病院に隔離《かくり》される不治の病」といった目でみられがちだった患者にたいして、「ひとりで悩んだり隠したりせずに、気軽に医者に相談していいんだよ」とうながしたのです。この点では、かりにSSRIを普及させたい製薬会社や精神医学界の意向がはたらいていたとしても、このコピーはすぐれていたのだと思います。

しかしこうしたうつ病のカジュアル化は、逆に「こころの風邪なんだから、医者にかかって薬をもらえばすぐ治るんだろう」という、もうひとつの偏見を生み出すことになりました。[5]

「こころの風邪」ということで仕事を休ませてもらっても、きちんと薬を飲んでいるのに数か月も、1年以上も回復しない。そうなると私もそうだったように、患者は「自分はふつうのうつ病とはちがう、助からない病気ではないか」とおびえたり、「『風邪でいつまで休んでるんだ。なまけじゃないのか』と同僚も疑っている、もう職場には戻れない」と追いつめられたりします。

そもそも、服薬で風邪がなおるように、抗うつ薬でうつはなおるのでしょうか。

じつは従来から**難治《なんち》性**（**治療抵抗性**）のうつ病といって、相当数の患者には薬物療法の効果がみられないとされてきました。じっさいに臨床試験によれば、最初に投与された薬で症状が消える人は、じつは5分の1～3分の1のみ。薬を3か月ごとに新しいものに切り替えて、1年後に回復にいたる人が、ようやく3分の2というのが実情です。[6]

3～5人に1人しか薬が即効性を持たない病気を、「風邪」と形容するのが適切でないことはあきらかだと思います。

もっとも、そこから「だから抗うつ薬なんて意味がない」、さらには「うつ病なんて、薬を売りたい製薬会社がでっちあげた病気なんだ」といった極論《きょくろん》に飛びつくのも、理性的ではありません。

「抗うつ薬、じつは効果なし」といった見出しで話題になる医療記事も、よく読めば「抗うつ薬とプラセボ（偽薬）のどちらを投与されても、同程度の割合が回復した」というデータ、つまり薬を出してもらっているという安心感が治療に役立ったことを示すもので、限定つきながらむしろ、薬物療法の意義を認めているともいえるのです。[7]

誤解2　うつ病は「意欲がなくなる」病気である

うつ病の啓発が抗うつ薬のPRとともに進んだことで生まれた、病気にたいするもうひとつのかたよった認識が、うつ病とはなによりも「意欲がなくなる病気」だという理

(4) 北中淳子『うつの医療人類学』日本評論社、2014年、13・202頁。
(5) 岩波明『うつ病　まだ語られていない真実』ちくま新書、2007年、21・223頁。
(6) 岡田尊司『うつと気分障害』幻冬舎新書、2010年、192頁。
(7) 坂元薫『うつ病の誤解と偏見を斬る』日本評論社、2014年、137頁。

解ではないかと思います。

たとえば、シオノギ製薬と日本イーライリリーが共同で運営している「うつ病　ここ
ろとからだ」というウェブサイトでは、「**気分の落ち込み**やからだの重さやつらさ」（強
調は引用者）が、主たる症状としてトップにかかげられています。「やる気が出ない
……それって、うつ病かも？」といった各種のバナー広告を、見たことがある人もいる
かもしれません。

自分の気分が落ちこんでいることは、本人がいちばん自覚しやすいので、潜在的な患者の早期受診につながったという点では、これらの広告の成果を認めなくてはならないでしょう。しかし私は病気を経験して、意欲や気持ちの問題に特化したうつ病の語られかたには、非常に大きな副作用があると感じるようになりました。

病気の内実を「気持ちの問題」に還元することは、「結局は気の持ちようじゃないか。やる気しだいじゃないか」「だれだって、朝からラッシュの電車に揺られて会社になんか行きたくない。それでもみんながんばってるじゃないか」といった、病者にたいする周囲のネガティヴな感情を、かえってあおる結果につながったと思うからです。

あくまで私の発病体験にそくしての話ですが、前章のような経緯で精神的に追いつめられていた時期に、まず徐々に**能力の低下**が起こり、それでもどうにか仕事をつづけようともがくうちに、そもそも文章を読み書きできなくなるところまで症状が進み、「こんな自分ではもうなんの仕事もできない」と思わざるをえなくなって、ついに生きる意欲が消滅したという印象です。

意欲の低下は病気の主症状というよりは、結果だと感じています。

うつ病にともなって発生する能力の低下のことを、医学的には精神運動障害（PMD, Psycho-Motor Disturbance）と呼びます。具体的には、他人と会話している際に反応するスピードが落ちたり（動作の緩慢化）、じっと座っていられずそわそわしておなじ話をくり返したり（集中力の喪失）、健康時にはすらすら喋《しゃべ》れたことばが口から出てこなくなったり、そもそも頭に浮かばなくなったりします（思考の鈍化）。[8]

結果として回復した後ですら、記憶に欠落が生じることもあります。私自身、病気をする前には愛読書だったにもかかわらず、内容を思い出せない本がいくつもありますし、おなじ病気の知人には、奥さんといっしょに旅行に行ったことすら、完全に脳内から記憶が落ちてしまい、思い出すことができないとうちあけてくれた方もいます。

このため、入院を必要とするような重篤なうつ状態のばあいに、精神科で受ける「心理検査」はむしろ、客観的な知能テストに近いものになります。誤解の多いところですが、ロールシャッハ・テストのように主観的な印象を述べさせて、患者の「心の闇」に接近するといったサイコスリラーに頻出《ひんしゅつ》するイメージは、じっさいの治療ではさほど一般的ではありません。

私のばあいは、大学病院への検査入院時と、同検査から2年強が経過し一定の回復をみたころの2回、ＷＡＩＳ－Ⅲという一般には「ＩＱテスト」として知られる検査を受

（8）前掲『うつと気分障害』54～55頁。

けました。結果は明瞭《めいりょう》で、入院時、つまりうつが最悪に達していたときのスコアのほうが、全検査ＩＱでは14、職業的に必要とされる言語理解の群指数では18も低く出ました。もちろん本書でも後に見てゆくように、ＩＱがその人の能力のすべてであるはずはありません。しかし10ポイント刻《きざ》みで結果をランク分けする検査で、ほぼ確実に2ランク落ちるほどの衝撃が脳にかかっているのだと考えれば、うつの人のなやみが伝わりやすくなるのではないでしょうか。

じっさい、そもそもこの検査入院の際には、「いつから苦しいんですか」「いまどんな状態ですか」といった標準的な質問にも、「あー、うー」のようなことばならざることばでしか、答えられないようになっていました。治療入院中に知りあった友人は、この精神運動障害のさまを「脳にサランラップをかけられたようだ」と表現しましたが、おなじ体験をしたものとして、ほんとうに卓抜な比喩《ひゆ》だと思います。[9]

うつ病の患者でなくても、風邪で額《ひたい》が熱ぼったいときや、重めの運動をして身体が疲れているとき、急な仕事が重なって食事や休息をとれなかったときには、一時的に「頭がぼんやりして、話しかけられても要領をえない返事しかできず、複雑なことは考えられない状態」になるでしょう。それが恒常的にずっとつづいてしまうのが、うつ状態だといえば想像しやすいでしょうか。

能力が低下すれば、とうぜん仕事のパフォーマンスに影響します。経理職をされて発病した知人は、ある日「エクセルの行を左から右に追うこと」ができなくなって、自分の病気を自覚したと言っていました。私のばあいも、すでに何度も使ったテンプレート

まるで脳が
濁った寒天で
包まれている
ような
頭に
いつも
「もや」が
かかった
ような
ポヤ〜っと
した感じ
意識が
ぼやける
記憶が
あいまい
になる
活字が
頭に入って
こない
音楽に
感動
できない

脳へのアクセスが悪化する「うつ状態」（『うつヌケ』11頁より）

で学内予算を申請する、ふだんは10分前後で片付けていた作業を終えた際、1時間近い時間が経過していて愕然《がくぜん》としたことがあります。

　書類やパソコンのような「もの」を相手にする仕事ではなく、学生や顧客といった人間を相手とする教育職や営業職になると、発病を自覚するのはより困難になります。教育（営業）の成果がどうしても上がらないばあいに、それがたんなる意欲不足なのか、病気にともなう能力の低下によるのか、相手がほんとうに「筋悪《すじわる》の客」なのか、異論の余地なく判定できるというケースは、そこまで多くないでしょう。

　自分もまさにこのために、発病の時期を適切に認識できず、結果として自分自身の健康を不可逆的に損《そこ》なうだけでなく、周囲にも大きな迷惑をかけたと思っています。

　付言すると、うつ状態で生じる「からだの重さやつらさ」

（9）近日話題になった『うつヌケ　うつトンネルを抜けた人たち』（ＫＡＤＯＫＡＷＡ、２０１７年）でも、著者の田中圭一氏は、自身が体験した同様の状態を「濁った寒天」にたとえています。

もまた、「毎朝、出勤の足が重い」といった「嫌な行動に乗り出す意欲が起きない」事態を指すふつうの語法とは、まったく意味がちがいます。

医療現場では「**鉛様《えんよう》の麻痺《まひ》**」ということばで形容されるように、[10] 本人の主観では自分の身体が鉛《なまり》になったかのように重くなり、自分の意思ではどうしても動かせない。動かないから仕事はおろか、食事にも洗顔・入浴にも行きたくない、という状態がうつ病における「からだの重さ」です。

「そんなのは身体を鍛《きた》えていないからだ」「そうはいってもトイレには行くじゃないか」と言う人には、私が病棟で同室だったラグビー部の男子大学生の「うつ状態が激しいときに、尿瓶《しびん》を買おうか本気で悩みました」ということばを紹介しておきたいと思います。

誤解3　「うつ状態」は軽いうつ病である

ここまで、すでに何度か「うつ状態」ということばを使ってきましたが、これについても大きな誤解があるように感じます。私が職場近くのメンタルクリニックを最初に受診したときは、臨床心理士による面接ののち、医師に「あなたはうつ病までは行っていませんが、うつ状態です」と言われました。

　このような言い方をされれば、うつ状態を「まだ病気というほどではないもの。軽いうつ病」と理解してしまってもやむをえませんし、事実、「うつ『状態』で仕事がつらいなんて、病気でもないくせに」という批判をされたこともあります。

　じつは、これは完全な誤解です。精神医学の用語では、病気の結果としてネガティヴな思考にとらわれていることを「抑《よく》うつ気分」、気持ちの問題だけではなく能力や身体の面でも不調が生じていることを「抑うつ症状」とよび、これらの総称として「うつ状態」という用語を使いますが、それはうつ病の程度が軽いということではなく、「どの病気に起因するものかは、まだ特定できない」という意味なのです。

　うつ病ではなく躁うつ病（双極性障害）かもしれないし、統合失調症でも陰性《いんせい》症状といって、外見上はうつ状態とほぼおなじ病状を示すことがあります。[11]また、いきなり「あなたはうつ病です」と断定してしまうと、患者や家族にショックをあたえて予後《よご》を悪くする危険があるので、初診ではあえて「うつ状態ですね」とあいまいな言い方を選ぶ場合もあるそうです。[12]

（10）前掲『うつ病の誤解と偏見を斬る』3頁。
（11）岡田尊司『統合失調症　その新たなる真実』PHP新書、2010年、88・108～109頁。一般に統合失調症といわれて想像しがちな、幻覚・幻聴・妄想的な独言などは「陽性症状」といいます。
（12）前掲『うつ病の誤解と偏見を斬る』15頁。

この章で引用している精神科医の方々も感じているようなのですが、「うつ」という同一のことばが、日常用語・症状の名称・病名として相互に異なる意味を持っていることは、病気にたいする社会の理解を深めるうえで、大きな障害になっています。

たとえば「体がだるい」というのは日常用語ないし症状の名称で、「インフルエンザ」は病名ですが、「インフルエンザなので会社を休みます」といえばすんなり欠勤が受理される場面でも、「体がだるいから仕事行きたくないッス」といわれたら、どなりつける上司のほうが多いでしょう。

病名はほんらい、日常用語とおなじであってはいけないのです。いかに病状が深刻でも「うつで仕事ができません」となかなか言い出しづらい現状には、こうした医療用語をめぐる混乱にも、責任の一端があるように思われます。

誤解４　うつの人には「リラックス」をすすめる

「いま、うつで仕事を休んでいるんです」とうちあけると、幸いなことに知人の多くは同情してくれましたが、対応にこまるのは「リラックス」や「気晴らし」をすすめられたときでした。

ひとりでふさぎこむのはよくないよ、ＴＶのお笑いでもみてみたら、ライヴコンサートなんか盛り上がるよ、整体でマッサージしてもらえば、休めるなら旅行でもしてみたら、なかよしで久しぶりに飲もうよ――はては「これでリラックスすればいいじゃん」と称して、FRISKのような清涼菓子を渡されたことさえありました。

　うつ病の特質のひとつは**反応性の欠如**といって、ほんらいならたのしいはずのことでもたのしく感じられなくなることにあります。これが進行すると**無快感症**《アンヘドニア》という、文字どおりいっさいの喜びを感じない、おいしい食事を口の中に入れても味がしない、パートナーとの性的行為さえ苦痛にしか思えない状態になります。[13]

　私も発病してから一時、あらゆる音楽を受けつけなくなりました。健康なときになんども気持ちを癒《いや》してもらってきた、*Number One Again* というビートルズのアコースティック・カヴァー集が、いまや自分の耳にはインダストリアルロックのように響いて、かけられない。他愛《たわい》ないテレビのバラエティ番組を、スタジオの笑い声があたかも自分をあざ笑っているかのように聞こえて、見つづけることができない。

　そうこうしているうちに、身体が重くて持ち上げることすらできなくなり、外出や会食などは当然ありえないものになりました。

　ようやく、いちばん親しい人とであれば外食が可能になったのは、入院とデイケアへの通所を経た発病1年後くらいのことです。その後は、類似の病気で苦しんでいる知人・友人とも食事をしていますが、以前の自分の経験から、声をかけるときは「気乗り

(13)前掲『うつと気分障害』57~58頁。

がしなかったら無視してくれていいし、いつでもキャンセルしてもらっていいよ」と添《そ》えるようにしています。

誤解5　うつ病は「過労やストレス」が原因である

昔にくらべれば、うつ病にたいする社会の理解も深まっている——こういうときに多くの人が思い浮かべるのが、「うつになった人は、過酷な労働環境の犠牲者だ」という認識でしょう。私は「うつはこころの風邪」とは異なり、病者の権利を守るという意味では、このいい方をむげに否定するべきではないと思っています。

もちろん、その裏返しで「大学教員なんて、恵まれた職場じゃないか。ブラック企業でもないくせに、うつ病になるなんて甘えだ」という誹謗《ひぼう》をこうむったことはあります。しかし、ほんとうに違法すれすれの現場で働かされている人の気持ちを思えば、そんな中傷くらい、たいしたことではありません。

とはいえ医学的には、これは誤っています。

近年ではあまり使われなくなった分類ですが、かつてうつ病には「内因性」と「心因性（反応性）」の2種類があるとされていました。字面《じづら》からお察しのとおり、過労やストレスといった心理的要因への反応としてうつ症状が出るのは、後者の心因性のうつ病。

前者の内因性とはなにかといえば、医学的にはまだつきとめられていないのだが、とにかく脳内にあるなんらかの要因によって、極端にいえばいっさいの悩みやストレスがなくても、脳の機能障害として発生してしまううつ病です。[14]したがって「うつ病はストレスが原因だ」という説明は、じつは半分にしか該当しません。

なぜいまこの二分法が用いられないかというと、多くの精神科医が2つの病名の印象から、「内因性うつ病＝脳の病気＝遺伝の影響が強い＝重症でなおりにくい」・「心因性うつ病＝たんなるメンタル不調＝遺伝よりも環境の影響＝環境が変わればなおる」と考えがちでした。

しかし実証的にデータをとってみると、あきらかにそう単純にわりきれない。そのため、予断をまねく分類はひかえようということになったのです。[15]内因性か心因性かをとわず、あらゆるうつ症状を包括する「大うつ病」というカテゴリーができたのは、1980年のDSM－Ⅲという診断基準からですが、日本社会のうつ病観により影響を与えたのは、1991年の電通社員（24歳男性）の自殺をめぐって

(14) 前掲『うつ病　まだ語られていない真実』84〜86頁。ほかに、交通事故で頭部に外傷を負ったとか、違法薬物で脳に傷害を与えたといった、明白な物理的要因からうつが生じる場合を「器質性」と呼ぶこともあります。
(15) 前掲『うつと気分障害』42頁。

2000年の最高裁判決まで争われた、いわゆる「電通裁判」でした。[16]

この裁判では原告側が「過労によるうつ病発症」を主張し、会社側が「自殺者は元来、うつ病になりやすい性格だった」と反論する展開をたどったのですが、最高裁は「会社側が主張する性格は、むしろ好ましい労働者像（次節参照）としても通常想定される範囲のものであり、それを理由に使用者を免責できない」として賠償の減額を認めず、電通は1億6800万円を遺族に支払うことで和解しています。

2015年の末にも電通では若手社員（24歳女性）が自殺し、労働基準監督署は月105時間の時間外労働によりうつ病を発症したとして、労災と認定しました。このとき「月100時間くらい、みんなふつうに残業してる。最近の若者はなさけない」という趣旨の発言をして炎上した識者がいましたが、それでは彼女の残業が月50時間だったら、25時間だったら、「なさけない」と罵倒してもよかったのでしょうか。

大学にかぎらず教員全般のように、そもそも*残業という概念がない職種で働く人が自殺したら、「自分の労働時間も管理できずに、うつになるなんてなさけない」とたたかれるのでしょうか。

そういう考えかたそのものが、まちがっているのです。原因ないし発症の背景として「過労やストレス」があって発病する人もいれば、それなしでも（かつて内因性といわれたかたちで）うつ病になる人もいる。前者だけが同情の対象で、後者は無視されていいなどということはないのです。

産後うつに苦しむ専業主婦の患者さんを、「仕事もしていないくせにうつになって、旦那にすまないと思わないのか」などと、ののしってはいけないのとおなじです。

なお「うつ病は過労やストレスが原因だ」という認識がもたらす、もうひとつの誤解に「だから休ませてやれば／ストレスの原因を取りのぞけば、すぐに回復する」というものがあります。もちろんこれはまちがいで、「骨が折れてから、重りを取り除いても、元に戻らない」[17]ように、ストレスを除去したとたんにみるみるなおったりはしません。

逆にストレス源とひきはなすことで症状が軽減するばあいは、うつ病ではなく適応障害と診断されます。つまり心因性のうつ病以上に、原因となったストレス因子（たとえばパワハラ上司やショックな事件）をはっきり特定できるもの、という意味です。

この適応障害も、字面から誤解される「発症した人は社会不適応者だ」といった含意はまったくなく、「いくら泳ぎが上手な人でも、大波が押し寄せればおぼれてしまう」[18]ほどに明確なストレスを加えられていた、という診断であることに注意する必要があります。また当初は適応障害だとされていても、予後をみていくうちにうつ病の初期症状だったと、あとでわかるケースもあります。

(16) 前掲『うつの医療人類学』2・173〜182頁。
(17) 前掲『うつと気分障害』89頁。
(18) 前掲『うつ病の誤解と偏見を斬る』11〜12頁。

＊残業という概念がない職種

あまり知られていないが、日本の学校教員は教職調整額として給与が数パーセント割り増しされるかわり、残業の概念がなく時間外手当が支給されない、ホワイトカラー・エグゼンプション（ＷＥ）的な雇用形態が、従来から基本となっている。

たとえば勤務時間外で参考文献を読む時間を、残業か余暇かに分類するのは困難なので、この制度に一定の合理性が存在するのは事実である。しかし年収１０００万円以上に限定しても導入に反対論の強いＷＥ（または高度プロフェッショナル制度）が、はるかに薄給の教育現場で慣行となっているのは異様ともいえ、とくに部活動の指導を抱える中等教育での弊害が大きい。

誤解６　うつ病に「なりやすい性格」がある

これもまた、よく耳にする言い方です。おそらく、日常の会話でなりやすいとされる性格の１位は「メンタルが弱くてすぐ投げ出す人」、２番目は「いつも暗くてひきこもりがちな人」といったところでしょうか。これが転じて「そんな性格だから病気になったんだ」、はては「おまえは病気じゃなく、性格がダメなんだ。なまけているだけだ」といった言い方になることもあるようです。

しかしながら、これは二重の意味で根本的にまちがっています。

たとえば、アメリカのロック歌手ブルース・スプリングスティーンは、2016年に刊行した自伝で、長年うつ病に苦しめられてきた過去を語って話題になりました。「ボス」の愛称で知られ、力強いサウンドと政治的なメッセージをこめた歌詞で労働者階級の地位向上に努力しつづけた彼は、「メンタルが弱くてすぐ投げ出す人」でしょうか。

あるいは、ハリウッドの名優ロビン・ウィリアムズは2014年、うつ状態のなかでみずから命を絶ったといわれています。『ミセス・ダウト』や『パッチ・アダムス』などの作品で世界を爆笑の渦《うず》にまきこみ、ナンバーワン・コメディアンの名をほしいままにした彼が、「いつも暗くてひきこもりがちな人」でしょうか。

じつは、精神医学のなかでも一時期、そもそもうつ病になりやすい性格があるという議論（病前性格論）が、流行した時代があります。これは、おもに戦後ドイツの精神科医がとなえたものでした。

ナチズムが猛威をふるった戦時中のドイツでは、うつ病を含めた精神病を「遺伝的に脳に欠陥がある劣等な人間」の所産ととらえ、患者の人権を剝奪《はくだつ》する蛮行が起きました。その反省から、脳や遺伝子のような生物学的要因に病気の原因を求める風潮をおさえて、「もっと個人の性格や生き方に注目して、病気をとらえなおそう」という潮流が生まれたのです。[19]

それでは、戦後ドイツの精神医学が主張してきた「うつ病になりやすい性格」とは、

(19) 前掲『うつの医療人類学』102・177〜178頁。

どのようなものだったのでしょうか。

　専門用語で**メランコリー親和型**の性格とよばれるその特徴は、先にあげたような一般にいわれる「なりやすい性格」とは、正反対のものです。すなわち責任感が強く、社会の秩序を重んじ、その担い手として献身的に尽《つ》くすことに自分の生きがいを見出すタイプだとされています。

　もちろん、このメランコリー親和型の病前性格論が「正しい」のかといえば、こんにちでは疑問とされています。そもそもドイツでこのような学説が形成されていった１９５０年代は、最初の抗うつ薬（三環《さんかん》系抗うつ薬）の発見期にあたり、その後の世界で主流になったのは「うつ病なんて、要は脳内の化学物質の異常なんだから、薬を飲めばいい。性格うんぬんは関係ない」とする、生物学的な治療法のほうでした。

　しかし日本のばあいは、ドイツの学説の輸入が進んだ１９６０年代がたまたま高度成長期、すなわちひとつの会社に定年まで勤め、中途で結婚して家族を養い、（ときとして自分自身の意見は引っこめてでも）その場で与えられた任務を忠実に遂行することをよしとする生き方が、国民の全体を覆《おお》う時期だったために、メランコリー親和型の病前性格論が世界的にも稀《まれ》な定着をみたとされています[20]。

　つまり「うつ病になりやすい性格がある」という議論とは、本来は①「精神病者は遺伝的な劣等分子だ」といったナチス的な優生学の発想に対抗して、患者の権利を守るために提唱され、そして②高度成長期の日本で「病気になったのもがんばりすぎる性格ゆえだから、あなたは悪くないよ」と、患者の心を支えるために語りつがれてきたものなのです。

それを無視して、病者の人格を攻撃するために「なりやすい性格」を揶揄するなどというのは、まさしく知性を欠いた人のふるまいにほかなりません。

誤解7　若い人に「新型うつ病」が増えている

「うつ病になりやすい性格は存在するのか」についての学説の歴史が知られないまま、ぽんと世のなかに出て不幸な流行をみたのが、「新型うつ病」をめぐるスキャンダルだったと思います。

新型うつ病とは、2010年の前後につくられたマスコミによる造語で、「精神科医にさえ理解不能な『新しいうつ病』で、会社に出てこなくなる（おもに若い）社員が増えている」という形で流布された概念です。

(20) もうひとつ、日本では1930年代から下田光造の執着《しゅうちゃく》気質論という形で、義務感が強く業務の達成にこだわってしまう「模範的すぎる性格の人」が、うつ病になるとする議論が存在していたという理由もあります。前掲『うつの医療人類学』100〜102頁。

いわく、ふつうはうつ病だと宣告されると「私はそんな病気ではない」と否定するのに、彼らは平気で受け入れる。これまでは「病気になった私が悪い」と自分を責める人が多かったのに、彼らは上司や同僚など他人のせいにする。休職して職場にはいかないくせに、海外旅行のようなたのしいイベントには平気でいく。

――こうした報道のされ方をしたせいで、「それはただのわがままじゃないのか」「ゆとり教育[*]で、若者を甘やかしたからこうなったんだ」という、猛烈なバッシングをまねくことになりました。

しかし、そもそも正式な精神医学の用語には「**非定型うつ病**」というものはあっても、「新型うつ病」はありません。その非定型うつ病とはなにかといえば、先にのべたメランコリー親和型の人たちが発症する典型的な（定型の）うつ病ではないにもかかわらず、類似の症状が出ていることをいうのです。[21]

それではなぜ、かつて典型的な「うつ病になりやすい性格」とされてきたメランコリー親和型ではない人たちが、発症するようになったのでしょうか。

ここで重要なのは、そもそも定型とされてきたうつ病患者の人たちも、ほんとうにメランコリー親和型の性格が「原因」で病気になったのか。それとも病前性格論という学説がドイツから輸入された時期に、たまたま日本社会にメランコリー親和型の労働者が「多かった」だけなのかは、わからないという事実だと思います。

説明をわかりやすくするために、あえて極端なたとえ話をしましょう。かりに、遺伝子や性格とはまったく関係なく、ランダムに全人口の10%が発症する病気があったとします。そしてある時代、その国の人びとは全員が終身雇用型の企業に正社員として勤務し、与えられた職務を完遂《かんすい》することに全人生の意義を見出す働きかたをしていたとします。

このような状況なら、当然その病気を発症する人は、おおむねみな「メランコリー親和型」の労働者になるでしょう。

しかし、ランダムに10％が発症するという病気の性質は変わらないまま、国民の働きかたのほうが変わったとしたらどうでしょう。つまり全人口の半分くらいはいまや、パートタイムやフリーランスの形でひとつの企業に囲いこまれずに働き、正社員として勤めている残り半分の人たちもまた、キャリアアップのために転職を意識したり、リストラの不安におびえたりしながら生活しているとしましょう。

そのばあいは当然、発病者のなかにも、往年のよき産業戦士たる「メランコリー親和型」とは、異なる性格の人も混じってくるでしょう[22]。

それが、なにかいけないことなのでしょうか。

(21)　前掲『うつ病の誤解と偏見を斬る』１・４・９頁。
(22)　気づかれたと思いますが、このたとえ話のうち仮定の部分は、終身雇用が「全員」を覆ったという設定と、病気の発症が「完全に」ランダムだとする想定のみです。内海健『双極Ⅱ型障害という病　改訂版うつ病新時代』勉誠出版、２０１３年、２１４～２１７頁。

「新型うつ病」の特徴とされたことのひとつひとつを見ても、たとえば精神病と認定されたら一生、閉鎖病棟から出られないといった偏見が残っていた時代なら、「私はそんな病気ではない」と否定するのは自然なことだし、逆にそのような偏見が解消されているなら、より容易に病気を受け入れられるのも当然です。

職場でひどい人権侵害にあっても「セクハラ・パワハラ」ということばさえなかった時代なら、「弱い自分が悪いんだ」と泣き寝入りせざるをえない人が多かったろうし、そうでないなら、カウンセラーに会社の愚痴《ぐち》くらいこぼすでしょう。

このような時代の変化では説明のつかない、「新型うつ病」固有の特徴らしく思われる唯一のものは、**気分反応性**の存在――つまりあらゆる刺激に反応できなくなるのではなく、たのしい刺激ならポジティヴに反応できる（海外旅行には行ける）ことです。しかし、こちらも別の意味で、本当に新型（ないし非定型）うつ病の特質といえるのかには、疑問が呈されています。

病気としては従来どおりのうつ病なのだが、その初期ないし回復期にあるために、たんに「症状が軽い状態」なのかもしれないからです。[23]

入院時には「重症、メランコリー型」のうつ病だと鑑別されていた私の意見では、そもそも医学用語ですらない「新型うつ病」を振りまわすくらいなら、精神科医は患者に「私には、あなたは病気には見えない。その診断に納得がいかなければ、他の医師を受診してほしい」と告げるべきだと思います。

「うつ病ではあるけれど新型（非定型）だから、症状としてはただのなまけと変わりません」といっているに等しい診断は、[24]患者の自尊心を傷つけながら「病名」だけはつけて、しっかり診療報酬をもらいたいという、医師のエゴなのではないでしょうか。

＊ゆとり教育
知識量よりも発想の柔軟性や、コミュニケーション力が重視されるサービス産業型の社会への転換（６章２７８頁）を見すえて、おもに２０００年代に展開された教育政策。授業時間や教授内容を減らしすぎ、学力低下を招くとして同時代には激しい非難を受けたが、のちに錦織《にしこり》圭や羽生結弦《ゆづる》など「ゆとり」を活用して学業外で成果を出す世代が出現すると、批判は沈静化した。

(23)　前掲『うつ病の誤解と偏見を斬る』４～６頁。同書の著者が診療した患者には、意欲を取り戻そうとして学生時代にボランティアをした離島を訪れたことを、「休職中に旅行とはなにごとだ」とバッシングされた方もいたそうです（26頁）。

(24)　一例として、大手経済誌が運営するウェブサイトの２００９年９月の記事では、筑波大学教授の精神科医が、「ワガママちゃん（未熟型うつ）とメランコリー型（従来型うつ）の比較」なる図表をアップしています（ダイヤモンド・オンライン：松崎一葉「職場の若手人材に急増する『未熟型うつ』の正体」２頁）。そこまでいうなら、なぜ「それは単なるワガママで、うつ病ではありません」と書かないのか、きわめて不思議です。

誤解8　うつ病は「遺伝する病気」である

病気をつうじて知りあった私の友人には、家族をうつ病による自殺でなくした方がいます。退院後に通ったデイケアにも、「親族におなじ病気をわずらっている人が多い」とおっしゃっている方がいました。

そういう事例を見聞きすると、すぐ「精神病は遺伝なんだ」ときめつける人がいます。私の親戚にも「うちの血筋に患者はいなかったのに、みんなの迷惑だと思わないのか」といい放った人物がいます。

これらはすべて、道徳的に正しくないことはもとより、科学的にもまちがった認識です。

たとえばうつ病以上に「遺伝する病気」というイメージの強い、統合失調症をみてみましょう。遺伝子としては100％同一である一卵性双生児のうち、片方が統合失調症を発症したばあいに、もう片方も発症する割合は50％。一般には統合失調症をわずらう確率は1％なので、この数値だけだと遺伝の影響が大きそうにみえます。

しかし逆にいうと、遺伝子が完全に同一でも発症率が100％にならないということは、ざっくりいって半分程度は遺伝ではなく、環境が作用していることを示しているのです。[25]

さらに研究が進むと、単一の「統合失調症をもたらす遺伝子」なるものは存在せず、最低でも2つ以上の遺伝子変異の組みあわせが、「発症しやすい体質」に関係していることがわかってきました。そして、かりに2つの遺伝子変異で決まっているとしたばあい、最低でも片方の変異をもっている人の割合は、全人口の30％と推定されています。[26]もし3つ、4つといった変異がかかわっているなら、当然この比率はもっと高まる。

統合失調症に関係する遺伝子をもっているのは、むしろごくふつうのことで、なんらかのはずみでたまたま発症するか、しないかのちがいがあるだけなのです。[27]

遺伝の影響がより強いともいわれる、双極性障害（躁うつ病）はどうでしょうか。2007年の研究によると、双極性障害になるリスクを2倍以上に高める遺伝子は、おそらく存在しないと指摘されています。リューマチやⅡ型糖尿病で発見されるような「遺伝的危険因子」が、大規模なサンプル調査をしても見出されなかったのです。[28]

「うちは家族がリューマチ持ちだから、自分もリューマチで」と聞いたところで、リュ

(25) 前掲『統合失調症　その新たなる真実』156頁。
(26) 前掲『統合失調症　その新たなる真実』157～158頁。
(27) 私が病棟で知りあった友人には、新聞に掲載された震災の犠牲者の名前が、たまたま家族と一致していた（実際は別人）ことから、統合失調症を発症された方もいます。
(28) 加藤忠史『双極性障害　躁うつ病への対処と治療』ちくま新書、2009年、192～193頁〔なお、同書は2019年に第2版が出ている〕。

ーマチを「遺伝病」としておそれる人はほぼいないと思いますが、それとくらべても躁うつ病は、じつは「遺伝しない」病気なのです。躁や軽躁をともなわない、単極性の大うつ病（いわゆるふつうのうつ病）となると、遺伝的な因子が関与する割合は、双極性障害のさらに半分程度で、パニック障害よりも低いとされています。[29]

「自分は親戚にもうつ病が多くて」という話を聞いて、「やっぱりうつって遺伝するんだ」と考えるのは完全な早とちりであり、まして「この人は病気の家系なんだ」などときめつけるとしたら、明白な人権侵害になります。

自身が躁うつ病をわずらう女性精神科医であるケイ・ジャミソンは、ほかの医師に「躁うつ病は遺伝するから、あなたは子どもを産むべきではない」と告げられた際、「地獄に堕ちろ《ゴー・トゥ・ヘル》」と言い返して診察室を出たことを、苦痛をこめて回想しています。[30] 彼女も触れているように、躁うつ病の治療薬である炭酸リチウムは催奇形性があるとされており、妊娠中の服用は推奨されていません。

しかしそれでも、病気を理由に子どもをつくる権利を奪うことは許されないというのが、戦前の優生学にたいする反省を踏まえた、こんにちの欧米の人権感覚です。ましてや、そもそも遺伝の影響が想定よりはるかに小さいことがわかってきた現在、「精神病者は親戚の恥」という発想こそが、ほんとうに恥ずかしいことだと思えてなりません。

誤解９　「カウンセリング」が重いうつに効く

試しにグーグルに「カウンセリング」と入れてみてください。有象無象《うぞうむぞう》の「カウンセリング・ルーム」の数々がヒットすると思います。医療機関内でおこなわれているカウンセリング・サービスがヒットすることもありますが、多くは医師免許と無関係におこなわれている、純粋な民間の施設でしょう。

保険が効かないため利用料金は非常に高額で、たとえば都内だと1時間で1万円前後が相場です。なかには電話で相談に応じるかわりに、30分単位で追加料をとるといったところもあります。

私はこのような施設にお世話になったことがないので、具体的になにがそこでおこなわれていて、どの程度効果があるのか、については論評できません。

ただ「医療機関で抗うつ薬をもらっても、効果が出ない」、ないし「薬を飲むのはこ

(29) 前掲『うつと気分障害』１４２頁。

(30) Ｋ・ジャミソン『躁うつ病を生きる　わたしはこの残酷で魅惑的な病気を愛せるか?』新曜社（田中啓子訳）、１９９８年、２０７〜２０９頁。

ジークムント・フロイト
提供・ユニフォトプレス

わいから、なんとかカウンセリングだけでなおしたい」といった切迫《せっぱく》した気持ちの人が、これだけ高い料金をとるならきっと成果が出るにちがいないという思いで駆けこむのは、以下の理由でおすすめできないので、あえてこの項目を立てることにしました。

まず、カウンセリング・ルームの料金が高額なのは、たんに医療機関ではないので健康保険が適用されないためです。したがって、抗うつ薬より値段が高いから、そのぶん効果も高いはずだと期待するのは、根拠がありません。

さらに、カウンセリングのように患者と治療者との対話を通じて病気をなおしていく方法を「精神療法」といいますが、この開祖といえるのは「精神分析」を打ち立てたフロイトでしょう。しかしフロイトが治療の対象としたのは、かつて抑うつ神経症とよばれた性格的な要因の強い（心因性に近い）外来の患者であり、内因性の入院患者ではありませんでした。[31]

つまりカウンセリングは、過去のトラウマや周囲のストレス、それを許せない自分の性格といった、特定可能な「なんらかの原因」の存在が比較的はっきりしているうつ病、俗にいう相対的に「軽い」うつ病に効くのであって、原因を判別不能な「重い」精神病の患者には、さほど効果的でないとみられているのです。[32]

とくに双極性障害のばあいは、心ではなく脳の疾患なので、カウンセリングだけでなおることはないとされています。[33]

それでも「副作用がない分、薬に頼るよりはましだ」とお考えになる方もいるかもしれませんが、カウンセリングにも副作用はあります。たとえば、もし治療を通じて「多額のお金を払いつづけてでも、この人に話を聞いてもらわないと私は生きていけない」と思いこむことになってしまったら、それは立派な副作用でしょう。[34]

執拗《しつよう》に（標準的ではない投与法での）服薬を勧めながら、効果が出ないと「なおりたいという気持ちが足りないんだ」と私にいい放った精神科医は、民間に師をえてフロイト流の精神分析も習得した旨《むね》を、ホームページに記載していました。自身のうつ病経験を売りにしているカウンセラーが、「日本のうつ病患者なんて、途上国につれてって貧

(31) 木村敏『自分ということ』ちくま学芸文庫、２００８年、２０１～２０２頁。抑うつ神経症については、前掲『うつと気分障害』39・42頁、および前掲『うつ病 まだ語られていない真実』86頁。

(32) ただし神経症でも長く持続する（なおりにくい）場合もあれば、精神病でも短期で治癒する事例もあるので、ほんとうは安易に一方を「軽い」、他方を「重い」とすることはできません。

(33) 前掲『双極性障害 躁うつ病への対処と治療』１１１頁。

(34) 前掲『うつ病の誤解と偏見を斬る』１２９頁。平成の日本で定期的に芸能ニュースをにぎわした「洗脳騒動」も、類似のメカニズムが働いていたものと思われます。

しい暮らしをみせてやれば一発でなおる」といった、日本の患者にも途上国の人にも失礼なことを、ブログに書いていた例もあります。

残念ながら、心の専門家を名のる人が、よき心の持ち主とはかぎらないのです。

むろん、カウンセリングに携《たずさ》わる人のすべてが、そういう悪《あ》しき人びとであるはずもありません。だからこそ、もしカウンセリングの力を借りたいと思うなら、かかりつけの医師に信頼できるカウンセラーを紹介してもらうなり、行政の窓口で低額の公的サービスを探すなりして、リスクや負担を減らす手順を踏むことをおすすめします。

誤解10　うつ病は「認知療法」でなおる

抗うつ薬もカウンセリングも万能ではないことがあきらかになって、うつ病治療の手段として注目されている手法に認知療法、ないし**認知行動療法**（CBT, Cognitive Behavioral Therapy）があります。私がかよっていたデイケアにも、「このクリニックは認知行動療法をやっていると聞いて、かようことに決めました」とおっしゃってみえた方がいるくらい、社会的な知名度も高まっている治療法です。

治療者（おおくは臨床心理士）と患者が一対一でおこなう療法のほかに、複数の患者でグループを組んでおこなう**集団認知行動療法**（CBGT, G は Group の頭文字）もあります。

私もデイケアでＣＢＧＴを受講しましたが、なにをするかというと、生活のなかで自分自身が不快な気分になったり、悲観的な考えを持ってしまった場面を取りあげて、「ほんとうにそうなのか。むしろ自分の考え方（認知）に特有のクセがあるせいで、必要以上にものごとを悪くとらえている可能性はないか」を検討するのです。[35]

これはたしかに、うつからの回復においては、有効な局面があります。

うつ状態に入ると精神運動障害が顕著になって、なにをいわれても無表情・無反応になり、鉛様の麻痺が生じて完全に寝たきりになることもあります。これがいわゆる「うつで意欲が低下した」状態ですが、しかし、そういう患者は脳内でも思考が停止して、まったくなにも考えていないのかというと、必ずしもそうではありません。

これは双極性障害の抑うつ気分にかんする記述ですが、「あるべき意欲がないというものではなく、［むしろ］普段あるはずのない、筆舌に尽くしがたいうっとうしい気持ちが襲ってくる」「辛い気分が、まるで永遠に続くかのように感じられる状態」[36]——つ

（35）しばしば誤解されますが、これは自己啓発セミナーなどでおこなわれる「ポジティヴ・シンキング」とは違います。あくまで「ほかの見方もできないか」を検討するもので、「だからお前はダメなんだ、なおりたいならこう考えろ」ではありません。大野裕『はじめての認知療法』講談社現代新書、２０１１年、33〜34頁。

（36）前掲『双極性障害　躁うつ病への対処と治療』25〜26頁。

まりネガティヴで回復をさまたげる、考えても無益なことばかりを、異様なほどの速度で考えつづけていたりするのです。

私のばあいでいうと、「文章も書けない、会話もできない。こんな自分が大学に勤めつづけられるわけがない」→「では辞めようか。しかし研究者以外の職歴がない自分を、どんな会社も雇うはずがない」→「*『ツレがうつになりまして。』の人は、漫画家の奥さんがいたから助かっただけだ。独身の自分を助けてくれる人なんていない」→「そんな生き方をしているなんて恥だ。死んだほうがましだ」→「でも死にそこなったらどうする。大学教員の自殺未遂なら、新聞沙汰《ざた》になるかもしれない。もっと周囲の迷惑になる」→「だったら生きつづけるしかないが、できる仕事がない……」といった、出口のない悪循環に落ちていくばかりの時期が、半年近くつづきました。

私を担当してくれた臨床心理士は「思考のぐるぐる」とよんでいましたが、それにストップをかけるうえで、「自分の思考のクセ」を把握し、修正していく認知療法は有益です。

しかしその利用にあたっては、次のことに注意を払うことが必須です。

認知療法は、患者自身の「思考のクセ＝認知のゆがみ」に問題を見出し、介入していく治療法です。そのため「要は、おまえがネクラなのが悪いんじゃないか。やっぱり性格の問題じゃないか」といった、発病の責任をすべて本人に帰する非難のしかたと、あっさり結合してしまう危険性も高いのです。[37]

そういう弊害を避けるためには、治療者と十分な信頼関係があるとか、病気の悩みを共有してくれる仲間が多数いるといった、時間をかけて整えなくてはえられない環境が必須です。

うつ状態の人の思考が循環してしまう理由として、病気の症状としてのさまざまな妄想――「病気になったのは自分が許されない罪を犯したせいだ」といった**罪業《ざいごう》妄想**や、「仕事を辞めたら即座に無一文になって飢《う》え死んでしまう」とする**貧困妄想**、「他の人がなおっても自分だけは絶対になおらない」と思いこむ**心気《しんき》妄想**に、患者がとらわれることが知られています。[38]

そこから抜けきらない状態のままで、あせって認知療法などを開始したら「ああ、やっぱりそうだ。こういうゆがんだ思考の人間だから、自分は病気になったんだ」という自責感を、極大化させかねません。その先に待っている最悪の帰結は、当然ながら自殺です。

私がＣＢＧＴを受けたデイケアでは、認知行動療法は「治療」というよりも「再発防止」の手段として位置づけられており、希望者にたいしても「受講可能な段階まで回復したこと」を確認できるまで、待たせるスタンスでした。

私自身、認知療法を通じてえたものは大きかったと思うだけに、あたかも「だれでも、いつでも、やればかならず効果の出る特効薬」のように誇張されたイメージが広がるの

(37) 前掲『うつの医療人類学』２０９頁。
(38) 前掲『双極性障害　躁うつ病への対処と治療』28～30頁。

は、[39] うつ病関係者にとってむしろ不幸なことだと感じています。

＊『ツレがうつになりまして。』

うつ病を発症した夫との療養生活を描いた、2006年刊行の細川貂々《てんてん》氏のマンガ。11年の映画版もすぐれた作品であり、うつ病の知識の啓発に多大な役割をはたしたが、主人公（ツレ）の人物像がメランコリー親和型（88頁）へと大きく変更されていた点は、過渡期ゆえの配慮として見なくてはならないかもしれない。

（39）現在は「ひとりでもできる認知療法」のように銘打って、PDFなどの形で関連資料を掲載するウェブサイトも多数あります。作成者の善意を疑うものではありませんが、本文に記した理由で、弊害のほうが大きいのではないかと懸念せざるをえません。

第3章

躁うつ病とはどんな病気か

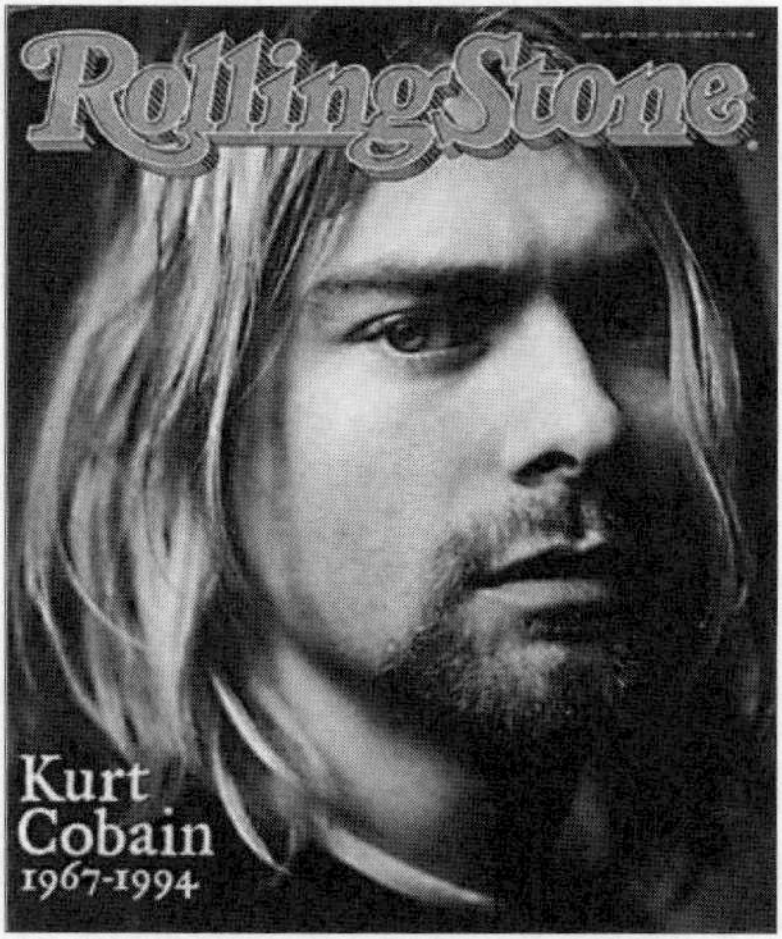

米Rolling Stone誌、1994年6月2日号
（カート・コバーン追悼号）

私が病気に気づくまで

ゴッホとカート・コバーン

私の現在の病名は、躁うつ病（双極性障害Ⅱ型）です。躁うつ病というと「躁状態に入ると、憑《つ》かれたように異様な言動をくり広げて、なにをしでかすかわからない、こわい病気」という印象が、以前は一般的でした。

たとえば２０１４年に３月30日が「世界双極性障害デー」と定められましたが、これは画家のゴッホの誕生日にちなむものです。自分の片耳を切りおとすなどの異常行動で知られ、精神病院への入退院をくり返したのは、躁うつ病の躁状態ゆえだと存命中には診断されていたために[40]、この日が選ばれました。

私の世代に強烈な印象をのこした躁うつ病のアーティストといえば、ニルヴァーナのカート・コバーンでしょうか。代表曲のひとつ「リチウム」は、病気の治療薬である炭酸リチウムからとったもので、曲名とは逆に覚せい剤でハイになったような、コントロールできない起《き》伏《ふく》のはげしい感情が歌われています。キャリアの頂点にあった１９９４年４月の散弾銃自殺は、世界の若者に衝撃をあたえました。

こうした例を出されると、躁うつ病とは「狂気と紙一重《かみひとえ》の天才」がかかる病気のように思われそうです。ゴッホやコバーンほど極端ではなくても、躁うつ病の患者は「たえずイライラしてキレやすい、ぶっそうな人」といったイメージを、持っているかたもいるかもしれません。

じつは、そうではありません。長く躁うつ病の有病率は、全人口の１％弱と考えられてきましたが、１９９４年のＤＳＭ‐Ⅳという診断基準からは「双極性障害Ⅱ型」という新たなカテゴリーが設けられました。これは、躁というほどではない「軽躁《けいそう》」の状態と、２章でみたようなうつ状態とを、循環的に往復することを示す病名です。

この双極性障害Ⅱ型の生涯発症率は、5～11％にのぼるという調査があります。[41]狭義の「軽躁状態」のみではなく、より重かったり軽かったりする躁症状も包括した「双極スペクトラム」という学説をとるばあい、なんらかの双極性障害を有する人の割合は、通常のうつ病（単極性うつ病）にほぼ等しいとも推計されています。[42]

「うつ病はごくふつうの病気」「だれでもうつになりえる時代」といった言いかたは、

(40)　これは当時、クレペリンという学者が唱えた「あらゆる気分障害は躁うつ病に起因する」という考え方が強かったためで、統合失調症ないしてんかんの発作とする解釈もあります。
(41)　岡田尊司『うつと気分障害』幻冬舎新書、２０１０年、27～28頁。
(42)　内海健『双極Ⅱ型障害という病　改訂版うつ病新時代』勉誠出版、２０１３年、16頁。

多くの人が耳にしたことがあるでしょう。その陰《かげ》であまり知られていませんが、躁うつ病もまた、だれでもかかりうるふつうの病気になろうとしているのです。[43]

仕事にうってつけの「軽躁」

前章で、うつ病とは一般にいわれているような「気持ちの問題」「意欲がなくなる病気」ではなく、むしろ「能力が低下する病気」なのだということを書きました。したがって、躁ないし軽躁をともなう躁うつ病（双極性障害）も、たんに「躁になるとテンションがあがる、気分の変化がはげしい病気」ではありません。

私はⅠ型の人が経験するとされる、完全な躁状態を体験したことがないので、そちらについてはコメントできません。しかしⅡ型の人が体験する軽躁状態についていうと、前章のひそみにならえば、それはときとして「能力を高める病気」となります。[44]

病気なのにそんなばかな、と思われるでしょうし、私自身も最初は信じられなかったことなのですが、じっさいにそうなのです。

うつ状態でみられる典型的な症状のひとつに、作業記憶《ワーキングメモリー》の低下があります。[45]うつ病の知人は、異常を感じて総合病院にかけこんだ際に「何階の何科の受付にいってください」といった指示をおぼえていることができず、すべてメモを取らなければ病棟を歩けなかったと言っていました。

うつになると会話が苦手になるのも、たんに気分が落ちているのではなく、「耳にした内容をおぼえておけないから」という側面があります。

逆にいうと軽躁状態の私は、この作業記憶の容量と質とが、異様なほど上昇した状態でした。たとえば、私は大学院生のときに10本ほど論文を書いて、それらをまとめて博士論文にしたのですが、うち執筆にあたってメモをとったのは1本だけです。「この本のこのあたりに、いま引用したい文章が書いてあったはずだ」と思ってさがすと、じっさいにそこにあるので、メモの必要がないのです。

おなじ理由でそのころは付箋《ふせん》すら、使うことはまれでした。当時は自分を病気とは思ってておらず、きっとみんなそうなのだと思っていたので、業績と人柄の両面で尊敬していた先輩が「自分は、本を読むときは必ずノートをとるよ」とおっしゃるのを聞いて、びっくりしたのを覚えています。

あるいは、大学教員になって教壇に立ったとき。私は、自分の容姿や声の質に自信が

(43) 一般には「うつ病体験者」として知られる『ツレがうつになりまして。』のツレさん(望月昭氏)も、原作をよく読むと軽躁状態についての描写があり、医師によっては双極性障害と診断された可能性があります。細川貂々『ツレがうつになりまして。』幻冬舎文庫、2009年、98頁。同『イグアナの嫁』幻冬舎文庫、2011年、146～149・155頁。

(44) 臨床の専門家の表現によると、「天才とまではいかなくとも、才人にはしばしば出会う」そうです。前掲『双極Ⅱ型障害という病　改訂版うつ病新時代』78頁。

(45) 前掲『うつと気分障害』59～60頁。

ないので、学生をひきつけるために、どの授業の回でもかならず映像教材を使うようにしていました。もちろん、ただ映画をかけて「勝手にみてください」というだけでは無責任なので、スクリーンの横に立って同時に、解説やつっこみを入れるのです。

無声映画の黄金時代に、日本の劇場にいた「活弁《かつべん》」（活動弁士）のような調子です。

これをやるには、たとえばどのキャラクターがスクリーンの右端にみえたら、あと何秒で爆発シーンがくるといったことを、たんに一度みて「知っている」というだけではなく、身体の感覚で「わかっている」状態でなくてはいけません。そうでないと、つっこみのタイミングがずれてしまいますから。

しかしながら、なぜか私はそれができたのです。本職の活動弁士はともかく、テレビのアナウンサーだって「この分量の原稿なら1分半で読み終わって、そこでCMだな」という感覚をつかむには、きっと事前の練習と、場数を踏んだ慣《な》れとが必要でしょう。ところがどういうわけか、それができてしまう。

軽躁状態がきわまったときは、DVDをかける機材の調子まで想定し、「この機械はディスクを放りこんでから画像が映るまでに、十数秒あるから、そのあいだにこういう解説を入れておこう」というところまで考えて、授業をしていました。こうなるともう、秒《びょう》単位で時間の流れが「見えている」といっても、過言ではありません。

じっさいにそう口にしたら、それこそ精神病ではないかといわれたでしょうが、しかし私のばあいはげんに、時間が見えていたから働くことができたのです。はげしい躁状態におちいると、たとえば「株や相場の流れが見える」といって、無謀な投機やギャンブルにのめりこむ事例があるそうですが[46]、私はこの程度の症状ですんで、ほんとうに運がよかったと思っています。

病気の「意味」をもとめて：競争社会からの脱落

あまり知られていませんが、大学教員はいまの日本では、相対的に流動性の高い職種です。これは、特任教員などの任期つき雇用のみではありません。きちんとした統計をみたわけではないのですが、いわゆる常勤教員でも、最初に就職した大学に定年まで勤めつづける人の割合は、民間の大手企業にくらべて低いのではないでしょうか。

世間にはまだ誤解があるようですが、大学の先生というのは、有名大学の教授の研究室で院生として雑巾《ぞうきん》がけをしていると、やがてその教授がどこかのポストに空きをみつけて押しこんでくれるといったかたちで、就職するものではありません。

大昔はそうだったのかもしれませんが、１９９０年代に進展した大学院重点化[*]により、そもそも大学院生の人数自体が大幅に増加したことで、いかに政治力のある教授であれ、自分の弟子を全員どこかに就職させられるといったパイは、基本的になくなりました。

(46) 有名なのは、作家で精神科医だった北杜夫《もりお》の事例です。躁がはげしくなるごとに無計画な投資や借金をくり返し、一度は破産に追いこまれています。北杜夫・斎藤由香『パパは楽しい躁うつ病』新潮文庫、２０１４年、78頁。

さらに、コンプライアンス（社会規範の遵守）をもとめる風潮が大学にもおよんだことで、現在、大学教員をあらたに採用する場合は「公募」によることが事実上、義務となっています。あらかじめ意中の候補者が決まっている、出来《でき》レースのような公募も一定数ありますが、いずれにしても公募にくりかえし応募して所属する研究機関を移っていくのが、こんにちの一般的な大学教員のライフコースになります。

言い方を変えると、大学院入試（入社試験）という「入口」で徹底的に人数をしぼるかわりに、一度もぐりこめば密度の濃い人材育成によって、定年まで手厚く面倒をみてもらえる「日本型雇用」のしくみから、レースに参加すること自体はほとんど誰でもできるけれど、はげしい競争のなかで見返りがえられるかは本人の自己責任によるとされる「新自由主義的」なシステムへと、現代日本でもっとも劇的な変容をとげた職種が、平成期の大学教員だったといえます。

なぜそんなことをふりかえるかというと、そういう状況で要請される「汎用《はんよう》性のある能力」への信仰に、大学教員としての私も憑かれていたと思うからです。たとえば「自分は准教授（課長）だから、学内（社内）でこれこれの権限がある」といったかたちで保有される能力は、その大学（会社）に特殊なものですから、よその職場に移ったらなんの意味もありません。

むしろこれからは、そういった社内での地位に付随《ふずい》するものではない、あなた自身にしか保有できない能力（たとえば発想力やコミュニケーション力、あなた個人が社外に持っている人脈など）のほうを磨《みが》くことで、複数の会社をわたり歩ける人材になっていくことが重要だ――そんな話は、かなり多くのビジネスマンが耳にしたことがあるのではないでしょうか。

じっさいのところ、私もそういう人間観をわりと素朴に信じていたことを、告白しなくてはならないでしょう。

そうだからこそ、うつ病ないし躁うつ病という「能力」そのものを毀損《きそん》する病気にかかったことは、私にとってたんに職場に立てなくなるというのみならず、世界観そのものを根本から崩壊させるショックでした。社内で出世競争にはげんでいたのに、会社がつぶれてしまったといった外在的なショックでも、当人にあたえる心理的な衝撃は大きいでしょう。

まして自分という人間がきずいてきた能力そのものが、ある日突然、内側から消滅するという事態は、もはや理解を超えていました。

そんなことだったら、なんのためにいままで努力してきたのか。「がんばってスキルアップしてください。もっともそんなものは将来、たまたま病気になっただけで雲散霧消《うんさんむしょう》するけどね」などといわれて、だれが努力をするというのか。

しかし、どうしてこんなことになったのかとふり返っても、2章で述べたとおり、精神の病気に単一の「原因」はみつかりません。むりやり過労を原因だとみなすなら「働きすぎたおまえが悪い」、逆に性格に起因するというなら「そういう性格のおまえが悪い」といった、自己嫌悪をつのらせる言辞が出てくるばかりです。

いま考えるとそういった思考は、病気の「意味」と原因とを、混同していたところからきていたと思います。「なぜこんな病気があるのか」という病の意味をめぐる問いかけは、しばしば容易に「あなたがここでこういう行為をしたからです」といった、発病の原因を特定しようとする態度にすり替わってしまう。[47]
しかしそれが、ほんとうに病気が存在することの、意味だといえるのでしょうか。

＊大学院重点化
旧来は「限られた一部の学生」が進学する場所として、学部に付随するものという扱いだった大学院の重視をうたって、「定員の大幅増」「全教員による授業開講」などの改革がおこなわれた。大学院生の質の低下・学位取得者の就職競争の激化・教員の多忙化などをもたらしたとして、今日では批判がつよい。

精神病理学と出会う

精神病は「自己」の病：統合失調症との対話

２か月間の入院生活をすごした私には、統合失調症の友人がいます。彼らに世界がどうみえているのかを理解したいと思って、手にとった一冊の本から、私は精神病理学という学問を知ることになりました。

日本でのこの分野の碩学《せきがく》である木村敏《びん》氏が、京都の日独文化研究所でおこなった講演をまとめた『臨床哲学講義』という本です。この本で木村氏は、教え子だった長井真理氏の研究をひきながら、統合失調症の患者がしばしばうったえる「つつぬけ体験」について語っています。

(47)　その説明をになうのが「働きすぎが原因です」といった医学のことばなら、（それが正確ではなくても）まだましです。うつ状態の人は思考が弱っているので、「あなたの罪への神様の罰です」といった宗教のことばでも、すっと入っていってしまうことがあります。前章でカウンセリングの副作用に触れたゆえんです。

統合失調症の人というと、どんなイメージでしょうか。「わけがわからない妄想を、だれも聞いていないのに大声でわめきちらす、攻撃的でこわい人」といった、ネガティヴなものでしょうか。そういう患者さんが、いないというのではありません。[48]

しかし、じっさいには統合失調症になる人の病前性格をみると、小さいころは育てやすく、うらおもてがなくて嘘がつけない、すなおな子どもだった人が多いそうです。[49]

それではなぜ、そういうことになるのか。つつぬけ体験とは「自分の頭のなかの考えがすべて、周囲の人びとにつつぬけになっている」とうったえる、統合失調症の症状のひとつですが、どうして患者はそのように感じてしまうのか。

じつは、これは必ずしも、ふつうの人とも無縁の現象ではないのです。

職場の会議などへ「今日は絶対に反対してやるぞ」と意気ごんで出席したのに、周囲の空気に飲まれて気がついたら賛成していた、といった経験はありませんか。ある人に嫌なことをされたので、友だちとの会食で相談するつもりだったのに、ほかのメンバーがみなその人を持ち上げるのでつい調子をあわせてしまい、いつのまにか自分もその人の支持者のようになっていたことはありませんか。

私は、あります。1章でとりあげた「皇太子来学問題」についても、現に私はその場で発言できなかったのだから、公式な記録としては教授会の総意に賛成したのとおなじなのです。

そんな経験をしたとき、多くの人は「自分が自分でないような感じ」をもつでしょう。

外見上は、たしかに自分自身が議案に賛成したり、その人をほめる言葉を口にしたりしているのだけど、それがいつもの「この自分」がおこなった行為だとは、とても思えない。

むしろ自分と周囲の人びとの全体を包括した、なにか大きな集団の無意識のようなものがあって、それが一時的に自分の身体をジャックしてそういう行動をとらせたというほうが、本人の実感に近い。

一時的にではなく、自分がなす行為のほぼすべてについて、このようにしか感じられなくなってしまった状態が、統合失調症だというのです。木村氏の表現をひくと、「だれのものでもない『非人称』の生命の躍動《やくどう》が、『自己』の主導権のもとでは体験できなくなり……誰とははっきり限定できない、自分以外の力の主導権のもとで体験されるようになります」[50]。

まさしく、あたかも親のいうことを額面《がくめん》どおりすべてうけいれて、他人と自分の意思とがひとつに融合している、すなおな子どものような状態です。

しかし成長して自我がつくられてゆくにつれ、この「自分が自分でないような感じ」

(48)　5名収容の病室で私と同室だったある患者さんは、「隣のベッドの患者は自分を監視にきた外国のスパイだ」と、しきりに訴えていました。その人とあるとき気持ちがつうじて会話ができたのは、入院中の最大の思い出のひとつです。
(49)　木村敏『臨床哲学講義』創元社、2012年、32頁。
(50)　前掲『臨床哲学講義』61頁。

に埋没しているわけにはいかず、むしろ苦痛をおぼえるようになります。その感じを言語や論理でとらえようとすると、「なぜか『この自分』が考えたり、しようとすることが、口にする前からまわりの人に先どりされている」→「そんなことがあるはずはない、でも現におきている」→「もうスパイ組織が盗聴しているとしか、説明のしようがない」→「いやそんな技術をもつのは、人体をハッキングできる宇宙人かも……」となっていくのです。

「自己とはなにか」とはしばしば、哲学者がひまつぶしに考える浮世《うきよ》ばなれした命題だと思われています。しかしじっさいには、まさにそのことで身体や生命が危機にゆるがされている人たちがいる。それが精神を病むということなのだ。

そうした精神病理学のメッセージが、自身の病気の意味がみえずにもがいていた私にも、もういちど思考するヒントをくれたのでした。

「私」はどこに存在するのか：ハイデガーと自己の輪郭《りんかく》

子どもの例をひいたので、ややミスリードになったかもしれませんが、木村氏のいう精神病理学は、日本でもよく知られたフロイトの精神分析とはちがいます。

フロイトが診察の対象とした外来患者たちは、自分の自我というものをきちんともっています。そのうえで、たとえば周囲との関係になやむうちに、やがて自分の身体も意思どおり動かせなくなっていく。こういう神経症の患者に、幼少期まで過去をふりかえ

マルティン・ハイデガー
提供・ユニフォトプレス

らせて「どこから、あなたはそういう性格になったのか」をあきらかにしてあげる。おおざっぱにいえば、これがカウンセリングのもとになったフロイトの治療法です。

これにたいして精神病理学が対象としたのは、そもそも「自我」というもの自体がうまくもてないでいる、多くは入院経験のある患者たちでした。つまり「私はこうしたい」といった気持ちがあって、それをうまく処理できないから苦しいというのではなく、その「私」というものの輪郭自体があいまいになってしまい、どこからどこまでが自分なのかがはっきりしない状況に置かれている人びとを、どう治療するかにとりくんだのです。

そのため彼らが参照するのも、フロイトではなくハイデガーという、自己が存在するということについて考えぬいたドイツの哲学者になります。[51]

私というもの自体があいまいだ、とは、一見わかりにくい事態かもしれませんが、じつはそんなにむずかしいことではありません。たとえばいま私（＝與那覇）は自分の身体を用いて、この原稿を書いています。だから私にとっての自分とは「こうしてキーボードを叩いている、ひとつの身体のことだ」と、簡単にいえそうです。

(51) 木村敏『自分ということ』ちくま学芸文庫、2008年、202～204頁。

しかし私が交通事故にあって入院し、昏睡《こんすい》状態のまま目をさまさなくなったとしましょう。すると物理的には先ほどとまったくおなじものである、「私の名札がかかげられた病室に、ものいわず横たわっている人間の身体」があるわけですが、はたしてそこに「私」（＝與那覇）は存在しているのでしょうか。

　むしろ「私」とは「私は與那覇潤という、躁うつ病の体験を執筆中の元大学教員で、発病まではこういう経験をたどって……」といった精神活動のはたらきのことであり、それが失われてしまったら、たとえその「私」の容《い》れ物だった身体のほうがのこっても、もはや私はそこにいない、という考えかたもできそうです。[52]

私とはつねに、「自分の思考や身体をあやつっているのは、ほかならぬこの私だ」と思いつづけることでのみ私でいられる、いわば自転車操業のようなかたちをしている。ハイデガーはそういう「私」のありかたを「現《げん》存在」とよびました。これにたいして、物理的に存在しているところの私の身体や、いま私が座っている椅子、叩いているキーボードといったもろもろは「存在者」とよばれます。

　哲学者としてのハイデガーのすごみは、あるものが「存在する」ということは、たんに存在者としての物体があることとはちがう、と考えたことです。

　たとえばキーボードがキーボードとして存在するのは、①ワイヤレスで接続されたＰＣの本体と、それと一体のディスプレイがあるからであり、さらには②所有者である私に、文章をタイプする意志と能力があるからです。①や②が欠けてしまえば、「なんだか表面がでこぼこしている板」は存在しても、もはや「キーボード」は存在しないのです。

木村氏の表現を借りると、この「表面がでこぼこしている板」は存在というもの（存在者）であり、その物体が「キーボード」としてあるという事態が、存在するということ（存在それ自体）です。[53]その両者を媒介するかたちで存在しているのが、「いま文章をタイプしている私」という現存在（存在のあらわれる現場）になります。

人間は世界の中心ではない

統合失調症の友人にみちびかれて、木村敏氏によって精神病理学的に解釈されたハイデガーの哲学をみてきました。おそらく多くのかたが感じられたように、ハイデガーの思想は異様に抽象度が高く、切れ味がするどいようで、煙《けむ》にまかれたような気もしてあいまいなので、これまで多様な解釈を生んでいます。

最初に流行したのは、「人間中心主義的」とよばれる解釈です。

(52) これは極論ではなく、いまの日本で公的な見解となりつつある死生観です。２００９年の改正臓器移植法により、脳死は一律に人の死として定められたため、心臓が動いていても脳波が観察されず、自力で呼吸ができない状態の身体は、法的には死体と同一ということになっています。

(53) 前掲『自分ということ』１８３～１８６頁。

先ほどの例でいえば、でこぼこの板をキーボードとして存在させるのは、本を書こうとする私の強い意志である。世の中のすべてのものは、その中心にいる私の「こうしたい！」という決意によって、はじめて存在としての意味をあたえられる。だから客観的な条件なんて、気にしなくていい。この世界の主役は、世界がどうあるかを決めるのは、あなただ――。

力強い反面、どこか危うさを感じさせる解釈です。無謀な特攻作戦に兵士を送り出すときや、ブラックな労働の現場に新人を放りこむとき、そんなふうにアジればいかにも効きそうな気がします。じっさいにハイデガー自身もそうやって、ナチス・ドイツの戦争に学生たちを動員したといわれて、敗戦後は一時、学界を追われました。

こんにち主流となっている解釈は、むしろ人間（現存在）を中心にはおかずにハイデガーを読んでいくものです。

一見すると、私というのは確固として存在しているようにみえる。しかしじつは、物理的な意味で存在しているのは「存在者」としての私の身体のみであって、「私」という存在そのものは、じっさいに手で触れてたしからしさを確認できるようなかたちでは、存在していない。

すなわち私というもの自体（現存在）もまた、私をとり囲むさまざまな存在者や、ほかの「私」を持っている他者とふれあうことで、輪郭がたえず変動してしまう、あいまいな存在なのです。だからその「輪郭」が崩れてしまうと、あたかも自分が自分ではないかのように感じられる、さまざまな精神病が発生するのです。

木村氏があげている症例で興味深いのは、離人《りじん》症のものです。離人症とは、自分の身体が自分のものだと思えなくなってしまう神経症で、あらゆる遠近法が根底から狂ったような症状を呈します。

たとえば、景色をみても遠近感がなくなる。私も入院時の問診で、「自分の身体《からだ》が、雲の上を歩いているような感じはありませんか」・「窓の外が、まるで絵葉書のように平面的にみえていませんか」ときかれて、大変なところにきたなと思いました。

木村氏によれば、これは患者が純粋に存在者（存在するもの）だけを認知するようになったことからきています。病気でないときの人間は、窓の外をみたときに「もの」だけをみたりしない。「あの山はずいぶん遠いなあ。こちらの丘なら近そうだから、こんど登ってみようかな」などとして、ものと自分とのあいだの関係、つまり遠い／近いという「こと」もあわせて把握する。それができなくなるのが離人症だというのです。[54]

「国破《やぶ》れて山河在《あ》り」という有名な漢詩ではありませんが、みている人が離人症であろうと、そうでなかろうと、山や丘という存在者そのものは、変わらずそこにあります。変わってしまうのは、そしてそのことで苦しむのは、現存在としての人間のほうです。

このことはつまり、私というもの、人間というものがけっして盤石《ばんじゃく》な根拠のうえに立っているのではないこと――人間とはなにかについての、根源的な思索が必要であることを示しています。

(54) 前掲『自分ということ』108〜110頁。

知識人は人間をどうみてきたか

言語と身体をめぐる左翼と右翼：戦後思想の構図

文化人類学の授業だったと思うのですが、人間にたいするアプローチには「言語」と「身体《しんたい》」の両極がある、と教わったことがあります。それ以来、ずっとこの対《つい》を意識しながら研究をしてきて、自分は結局「言語派」なのだな、と思うことがしばしばでした。

まさにこの本が言語をつかって書かれているように、ことばにはものごとを理詰《りづ》めで分析していく作用があります。精神病者の語る、最初は理解不能としか思えない体験でも、「そもそも自己とはなにか」→「その人の自己はどこにあるか」→「それはほかの人の自己とどのようにずれているか」とことばで腑分《ふわ》けしていくことで、「起こっていたのはこういう事態でした」というかたちで、ある程度まで理解可能にできる。

一方で身体という概念は、「どれだけことばで語ろう、とらえようとしても、けっしてとりつくすことのできないなにか」というニュアンスで用いられます。どれだけ委曲《いきょく》をつくしたことばで説明されても、どうにも「腑《ふ》におちない」[55]。そういうときに、「頭でわかっても身体が納得しない」といったりします。

戦後日本の論壇をある時期まで左派的な学者がリードしたのは、左翼思想が根本的に「言語派」だったからだと思います。こんにちではサヨクというと、原発とか靖国とか集団的自衛権といった「自分たちの気に入らないもの」に、ほとんどことばの体《てい》をなさない感情的な罵声をなげつける人だと思われているようですが、それはほんらいの左翼ではありません。

左翼思想、典型的にはマルクス主義が戦後の初期にあれだけ流行した主因は、ソ連の影響でもコミンフォルムの陰謀でもなく、「なぜ、われわれは無謀な戦争をしてしまったのか」を、分析的に語ることに成功したとみなされたからでした。

いわく、資本主義の社会では、資本家は労働者を搾取《さくしゅ》している。しかし、国内の労働者を搾取しきってしまうと、もはや資本家の取り分もなくなってしまうので、今後は海外に植民地を獲得して、そこから搾《しぼ》りとらないといけない。こうして帝国主義が生まれるが、地球上の土地は有限なので、やがて帝国主義国どうしの植民地争奪戦が生じざるをえない。

中国や東南アジアの植民地化をめぐって争われた、あの戦争とはかような帝国主義戦争だったのであり、これから戦争をなくしていくには、そもそも帝国主義の根っこにあ

(55) 気づかれたと思いますが、この「腑におちない」という表現自体が、身体的な感覚によっています。腑におちさせるために「腹をわってはなす」「裸のつきあいをする」のも同様です。

る資本主義を廃絶しなくてはならない。こういう理屈です。この説明が、同時代におきたできごとをそれなりに理由づけしているようにみえた期間、ざっくりいうと60年安保のころまでが、左翼知識人の黄金時代でした。

これにたいして「いや、それは偽《いつわ》りの説明で、なにかだまされた気がする」と声をあげたのが、1章でも名前の出た江藤淳のような保守の知識人です。江藤の本業が文藝評論家だったように、保守ないし右翼の思想家には言語より身体への志向、もうすこし正確にいうと「わかりやすく分析してしまうことばの作用よりも、そうやって分析しても語りつくせずにのこりつづける、違和感や情念の問題」に注目する傾向があります。

たとえば左翼思想の全盛期、世界のインテリのあいだで「社会主義リアリズム」の文学が流行しましたが、こんにち読まれることはほぼありません。おもしろくないからです。「資本家とたたかう労働者はすばらしい」といいたいなら、そう一行書けばすむ話で、そういう分析的な図式にはまりきってしまう物語は、文学の名に値しない。

むしろ文学とは「理屈としては正しくても、すなおに身体がのみこめない」状況における、人間の苦悩や葛藤を活写するためにあるのです。そういう感覚を土台に「いまの日本は、一見もっともらしい左翼のことばにふりまわされて、おかしなことになっていませんか」とよびかけたのが、昭和の保守論壇の人びとでした。

『批評空間』の時代とその後：言語の凋落《ちょうらく》

その後の時代はもちろん、左翼ではなく保守の思想にそって推移していったのですが、今世紀に入ってむしろリベラルな知識人のあいだでも、やはり「言語から身体へ」という転回が起こったことについては、あまり語られていないように思います。

そもそもハイデガーの思想の「人間中心主義的」な解釈は、戦後はフランスに入ってサルトルらの実存《じつぞん》主義に帰結します。おおざっぱにいえば、世界をナチズムへ導《みちび》こうとしたからハイデガーは失敗しただけで、今後は共産主義なり、市民運動なりといった「より正しい目的」のために使うなら、「この世界の主役は、あなただ」のままでいいじゃないかということです。

当のハイデガー本人は、そういうかたちの反省をよしとしませんでした。むしろ敗戦後の彼は、「人間（現存在）が、ほかの存在者に意味を与え、あやつる中心である」といった発想自体がまちがっていたと考えて、「じつは人間のほうが、きちんとしたかたちで存在を把握することができず、存在の仮象《かしょう》としての『ことば』にあやつられているのではないか」といった思考法に、きりかわっていったとされています。

こういう脱・人間中心的な思想をかかげて、平成初頭の日本で知識人の拠点となった『批評空間』（１９９１～２００２年）という雑誌がありました。マルクスの理論を独自に咀嚼《そしゃく》した文藝批評家の柄谷行人《からたにこうじん》氏と、フランス現代思想の紹介者として名をはせた浅田彰《あきら》氏が、編集長をつとめた季刊誌です。いまはやや毛色のちがう活動をしている評論家の東《あずま》浩紀氏も、もともとはこの雑誌でデリダという、後期ハイデガーの思想を批判的に発展させた哲学者を論じてデビューしました。

ものすごく単純化していうと、ハイデガーには最後まで「たんなる存在者にはとどまらない、ほんものの存在そのものをまるごととらえうる『真の言語』というべきものがあるのだ」と言いたがっていたふしがあります。これにたいして、「そんなものはない。たんに人間には、あるかのように思いこみたがるくせがあるだけだ」と言いきったのがデリダでした。

いまふり返ると、デリダは「言語派」最後のスーパースターだったように思います。後述するように彼の思想は、「理性的な知識人が、ただしいことばで世の中を分析してあげれば、人びとは真理にめざめ立ちあがる」といった、かつてのマルクス主義者がとったポーズとは無縁です。その正反対といっていい。

しかし、数々の言語哲学の書物をのこしているように、彼はことばというものが決定的に、人間社会のコアにあると考えていたように思われます。真の言語などというものがない以上、「どんなことばを使っているか」しだいで、人びとがおこなう議論のかたち自体が、いくらでも左右されてしまう。

もともとデリダが提唱し、日本では『批評空間』を経て人文系の大学教員へと普及していった「脱《だつ》構築[56]」とは、そういう既存のことばの組みかえを求める知の技法でした。

90年代末という『批評空間』の全盛期に大学に入った私は、そうしたムードの退潮を横目でみながら、自分の研究をすすめた世代にあたります。なぜ退潮したかについては多様な解釈があるでしょうが、ひとことでいえば「他人のあげあしとりばかりして、積極的な提案のない人たち」だと、彼らが思われてしまったからでしょう。

ことばにこだわるのは、いいのです。しかし、他人のことばづかいを脱構築してばかりいると、しだいにただの「ことば狩り」、それも難癖《なんくせ》に近い攻撃と変わらなくなってきます。そのくせ自分の意見をきかれると、自分が脱構築される側にまわるのがこわいので、「それは語りえないものとかかわるから、いまはあえて語りません」などという。ことばを思考の軸にすえるはずの人たちが、「どんなことばで語ろうとも、結局は脱構築というかたちで批判されてしまうので、ほんとうに大事なことは語りきれません」と逃げをうつなら、まさにことばや論理では解明不可能に感じられるものごとをあつかってきた「身体派」のほうに、一日《いちじつ》の長が生まれます。

こうして21世紀の日本では保守や右翼のみならず、リベラルから左翼といってよい知識人までが、言語よりも身体をモデルとして、社会を分析したり自分の提言をのべたりするようになりました。政治的な立場は微妙に異なりますが、文藝評論家の加藤典洋《のりひろ》氏、身体論を専門とする哲学者の鷲田《わしだ》清一《きよかず》氏、合気道の道場主であることをしばしば口にす

(56)　たとえば人びとの群れをさすときに「男女」と書くことは、無意識のうちに性的な少数者を議論の枠外においてしまうかもしれません。つまり、「男らしさとは」「女性の権利が」と論争している陣営の双方が、「人間は、男か女かのどちらかに分類される」という前提では、一致してしまうことがあります。

このように、議論の道具としてあることばを選んだとき、「それによって自分はなにを前提にし、別のなにを今回は議論しないことにしたのか」を批判的に再吟味していく姿勢を、脱構築といいます。

る内田樹《たつる》氏などが、代表的な「身体派」の論客だと思います。

病者からみた言語と身体

言語と身体を両極におくことで、知識人とよばれる人たちの考えかたの変遷をみてきました。それではそういう思考は、「自分」というもの自体の病である精神病を考えるうえで、どういう意味があるのでしょうか。

まずぱっとわかるのは、意識というものはどちらかというと言語に近く、無意識のほうは身体に近いということでしょう。[57] あるいは理性とは「言語を適切に運用できる能力」のことで、感情は「身体からわきおこるもの」だという気もしてきます。

そんなことなら病気をしなくても想像がつくだろう、と思われたかもしれません。じっさい、私も昔からそう考えていて、だから知識を商売の糧《かて》にするものは「言語派」であらねばならぬ、と信じていました。

しかし病気をしてわかったのは、こうした言語と身体の二分法こそが、ただしい意味で脱構築されないといけない、ということです。ただしい意味でとは、一時期ひろまった誤解のように「そういう二分法自体が無効だ」と糾弾《きゅうだん》するのではなく、「その二分法がどういう無理をしているのかを、きちんと自覚したうえで、それでも有効な局面に際してつかっていきましょう」と提案することです。

たとえば「言語は理性に近く、感情は身体に近い」という先の結論について、もういちど考えてみましょう。教育や研究のような「理性」を標榜《ひょうぼう》する生業にかかわっているばあいはとくに、こう聞くと言語のほうが身体より高尚なもので、人間のいとなみとして一段上だと感じるかもしれません。

しかし大学の教員をしてみてわかりましたが、ことばというのはじつにたやすく理性をうらぎります。たとえばあなたが学生で、勉強しないと単位をくれない教師の悪口を、言いたくてたまらないとしましょう。

そのとき、もしその先生が若手の教員だったら「あんな若造、どうせたいして業績もないだろう」「まだ学会でも認められてないくせに、えらそうにしやがって」と言えばいいのです。逆に、その先生が壮年の教授のばあいは「20年も30年も前の、自分が若かったころの知識を教えてるんだろう」「もう時代遅れなのに、いまも自分が最先端だと思ってやがる」と言えばいい。

要するに、なんとなくあいつムカつく、という身体的な感情が先にあれば、それを正当化してくれることばなんて、いくらでも後からあふれてくるのです。

誤解してほしくないのですが、私はそういった学生が「そのままでいい。人間なんてそんなものだ」といっているのではありません。教員としてそういう人のありかたを目《ま》のあたりにして、非常によくないと思ったし、いまもそう思っています。

(57)これには異論がありえます。デリダとは別の意味でフランス思想界のスターになった、ラカンという精神分析家は「無意識こそ言語のようにできている」と主張しました。

私がいいたいのは、言語が理性的で身体が感情的だとは、かならずしもきれいに二分できない状況があるということ。そしてそういう状況で、「言語のほうが高尚な営為《えいい》なのだから、その力で卑俗な身体を抑制しろ」などと命令しても、絶対にうまくいかないということです。

あるいは、最初はそこまで腹を立てていたわけではないのに、その人の悪口を「言語」にして他人にしゃべってしまうことで、怒りがどんどんエスカレートし、とまらなくなってしまったという経験はないでしょうか。私は、あります。

そのような事例を考えると、問題はたんに「感情的な身体が、理性的な言語をしたがえてしまう」点にあるのでも、ないことがわかります。むしろ私たちにはしばしば、「感情的な言語が暴走して、身体をひきずっていってしまう」ことすら起きる。

だとすれば言語か身体かのどちらかを悪者にしたてても、問題は解決しない。むしろ言語も身体も、ともに狂ってしまう可能性があることをみとめ、両者の関係が機能不全におちいるメカニズムを探究することでしか、私は私自身の病を理解できないのではないか。

――ずいぶん遠くまできましたが、それが発病を経て精神病理学にめぐりあった私に、もういちど思考のスイッチを入れてくれる鍵でした。

躁という言語、うつという身体

躁状態と「暴言」：フルシチョフとチャーチル

躁状態の典型的な症状といわれるものに、「暴言」があります。私も、自分としては抑制してきたつもりではありますが、一度もそういうことをいわなかったといえば、やはり嘘になるでしょう。

私の実感としては、これは（軽躁をふくむ）躁状態に入った人間のあり方が、「身体」よりも「言語」のほうに極端に寄ってくることで、起きるのではないかと思います。

私のことばだけでは説得力がないので、専門医の分析を引用すると、「統合失調症のような精神病状態とは違い……躁状態の患者さんが言うことは、事実と違っているわけではなく、病気だからとすませることもできないような内容が特徴」で、「正当な内容なだけに反論しようがない、という場合が多いのです。ただ、言い方がきつすぎたり、いつもならそこまで言わないのに、というようなことを言うのです」[58]。

親の仇《かたき》であるとか、同志を裏切ったとか、民衆を苦しめる独裁者だとかで、「絶対に殺すべきだと考える相手」の暗殺にむかった刺客が、いざ当人を前にしてたじろいでしまうシーンを、映画でみたことはないでしょうか。あれは、相手が意外にいい人そうだったとか、死刑になるのがこわくなったということではないのだと思います。

「こんなやつは殺してかまわない、殺されて当然だ」というのは、頭のなかで「言語」で組みあげた論理です。しかし、その本人の身体を目の前にしてしまうと、自分のほうの「身体」が反応して、相手の身体を抹殺することにフリーズがかかるのでしょう。

ここまで極端でなくても、「ひどいことをされた相手で、理屈で考えてもぜったい許せないけど、さすがに面とむかってバカとか死ねとはいえない」という経験は、多くの人が持っていると思います。

まさしく、言語のほうが感情的になって暴走するのを、身体が抑制する局面です。

しかし、それでは躁状態の人が呈する、身体をふり捨てて言語で組みたてられた論理一辺倒《いっぺんとう》にかたよっていくあり方が、つねにまちがいかというと、そうでもないのです。

躁うつ病であったことがひろく知られ、じっさいにこの躁状態の力によって歴史を動かしたと目される政治家がふたりいます。ひとりは、ソビエト連邦の最高指導者だったニキータ・フルシチョフ。[59]

自国民の大量粛清《しゅくせい》をおこなう独裁者だったスターリンの死後、いなおって権力継承をはかるベリヤを処刑し、全権を握ったあとの1956年に、スターリンによる残虐な統治の実像を暴露したのです。秘密報告というかたちではあり、批判にいたる政治の流れを準備するうえではミコヤンら腹心の存在が大きかったとはいえ、最終的に踏み切る決断をくだしたのはフルシチョフです。

自分の国、自分の党の前任者にあたるリーダーで、それも「人類の偉大な教師」とまで国をあげて持ちあげてきた人物を否定するのですから、なみたいていの精神状態ではできないでしょう。いわば「空気をよまずに筋をとおす」、身体がかけるブレーキを無視して論理を追求する躁的な気質が、冷戦下の世界を変えるきっかけをつくったのです。

もうひとりは、ヒトラーと戦いぬいた英国首相のウィンストン・チャーチルです。[60] １９３８年、ドイツの拡張政策に英仏伊三国が妥協したミュンヘン協定の成立を、「戦争の危機は去った」として各国の世論が歓迎したように、日の出の勢いのナチス・ドイツにたいしては宥和《ゆうわ》政策しかないというのが、時代の大勢でした。

そのなかではずっと傍流《ぼうりゅう》だった彼が、翌39年のドイツのポーランド侵攻以降、第二次世界大戦への流れがとめられなくなるなかで首相に就任し、「けっして降伏しない」をスローガンに国民を指導したのです。彼のように非妥協的なリーダーでなければ、序盤は圧倒的な負け戦だった戦争を最後まで戦いぬけたか、疑問がのこるところだと思います。

しかし、言語でつくりあげた論理や筋目をがんこに守りとおす姿勢は、現実の世界で

(58) 加藤忠史『双極性障害 躁うつ病への対処と治療』ちくま新書、２００９年、55・１３１頁。
(59) 前掲『双極Ⅱ型障害という病 改訂版うつ病新時代』44～46頁。
(60) 前掲『双極Ⅱ型障害という病 改訂版うつ病新時代』１６７頁。

は弱点にもなりえます。スターリン批判は、中国や北朝鮮といった東アジアの同盟国がソ連から離反する契機ともなり、フルシチョフも周囲との軋轢《あつれき》がたえずに、１９６４年に失脚しました。

チャーチルの率いた保守党も、１９４５年の対独勝利直後の選挙にもかかわらず、ライバルの労働党に大敗して政権をうしないます。労働党が、戦争に疲れた国民に社会福祉の充実を約束したのにたいし、チャーチルは大英帝国の覇権維持という持論にこだわり、戦時下では連立を組んだ労働党を反共主義の原則から攻撃して、民意にみはなされたのだとされています。

エクリチュールとひき裂かれる自己：デリダとSNS社会

言語というものを自分の頭のなかでだけ使っていると、往々にしてこのように「自分」のありかたを硬直させていく副作用をもたらしますが、いっぽうで言語にはまったく逆に、自分というものの輪郭を解体していく作用もあります。

先にふれたデリダが流行させた概念に、「エクリチュール」があります。もともと「書かれたもの」という意味のフランス語で、なぜそんな平凡なことばを哲学の用語にもちいたかというと、「人間が主体的に言語をあやつるのではなく、むしろ『書かれたもの』のほうが先にあって、人間はそれを追いかけるだけの存在である」といったイメージを、わかりやすく伝えるためでした。

ジャック・デリダ
提供・ユニフォトプレス

デリダの存命中は、いかにも哲学者好みの極論だと思われていたのですが、いまはたとえば各種のＳＮＳを連想してもらえれば、すっと理解できるように思います。

ツイッターで、有名な評論家やジャーナリストをフォローするとしましょう。彼らのつぶやき（ツイート）のうち「これいいな！　自分も、そういうことが言いたかったんだ」と思えるものをＲＴ（リツイート）すると、それがあなたをフォローしている友人たちにも、あなた自身のつぶやきと同様に流れてゆきます。

これを毎日くりかえしていくと、ほんらいはあなたの書いたものではないツイートが、「あいつ、内心ではこんなことを考えてたんだ」というかたちで、周囲の友人にとってのあなたの内面として定着していきます。なによりあなた自身が、ほんとうはフォローしている著名人に感化されてそうなったのかもしれないのに、「俺って、もともとこう考えてたんだ。この人はさすが、いつも俺の好みにあう発言をしてくれる」と思いこむようになるかもしれません。

お察しのとおり、このたとえ話でいう「有名人のツイート」が、エクリチュールです。

それでは、おおもとの有名人はエクリチュールに左右されずに、自分の頭のなかだけで思考しているのか。そうではないでしょう。彼らだって、ほかの専門家の書いた書物や、一般人がアクセスしにくい海外メディアの報道といった、なんらかのエクリチュールをいくばくかはコピーしながら、自分の思想を作っているはずです。

　私も、うつ状態におちいるまではツイッターをやっていましたが、フォロワー（自分のつぶやきの読者）が１０００人を超えたあたりから、発言する際に「コピー」や「誤読」の可能性を考えるようになりました。それだけの読者がいると、どれだけ書き手が注意しても、なんらかの誤読は生じるものだとわりきらざるをえなくなります。

　これは、本を書くときもまったくおなじです。刊行前にはどれくらいの人の目に触れるか予測がつかないし、とくに学術書のような「細く長く売るジャンル」のばあいは、遠い将来に自分とおなじテーマを研究することになった「死後の読者」の目線まで想定します。

　こうなるともう、いまキーボードを叩いている自分の身体などにこだわっていても、どうしようもありません。

　どうせ、この身体の内側に閉じこめられている「ほんとうの自分」らしきものなんて、誰にも理解されることはないだろう。他の人が理解する「自分」（＝與那覇）とは、私が書いたエクリチュールをとおして、往々にしてかってに「あの人はこんな人間にちがいない」と思いこまれた、イメージのほうだろう。

「それでもいいや、かまわない！」と思いきらないと、書くという行為はできないのです。このように書かれたものをつうじて、「自分」というものがひとつの像をむすぶというより、多様なイメージへとひき裂かれていく作用のことを、デリダは「差延《さえん》」や

「散種《さんしゅ》」といった用語で表現しました。

ツイッターでいちどもRTをしないという人は、かなりめずらしいでしょう。つまりツイッターでの「自分」の発言履歴《りれき》には、高い頻度《ひんど》で他人のエクリチュール（リツイート）が混ざりこんでいる。それも、かなりの人数の他者になることが一般的です。いっぽうで逆に自分のツイートが、他人にリツイートされて彼らの発言履歴にまぎれこむこともあります。肯定的な意味での引用・紹介もあれば、晒《さら》して批判するためのRTもあるでしょう。いずれにしてもそういうかたちで、エクリチュールの力で「自分」の自己というものはひき裂かれ、他人にとっての自己と交錯してゆく……[61]。

すでにおわかりかと思いますが、ツイッターのユーザーかどうかに関係なく、これがエクリチュールという「言語」の極によってとらえたときの、「自分」のありかたのモデルになります。そういう言語の作用が不安ではなく、むしろ快感をもたらす状態が、躁ないし軽躁とよばれるのだと思います。

じっさい、（とくにI型の）躁状態の診断にさいして最初に注目されるのは「多動多弁」です。とにかく頭に考えが湧きつづけて、それを周囲に発信しつづける。これが極端までいくと観念奔逸《ほんいつ》といって、本人にも論理の道すじを追えないところまで、思考が

(61)　エクリチュールの散種力を最大化したSNSがツイッターなら、逆にこの自己をひき裂く力を最小限に抑えたしくみがLINEです。うつに転じて以降の私は、類似の病気の知人どうしとのLINE以外、SNSをつかっていません。

身体をはずれてコースアウトしてしまうとされます。[62]

押井守監督による最初の『攻殻《こうかく》機動隊』のアニメ映画(1995年)は、のちにインターネット社会を予見した作品としても知られるようになりました。言語でコミュニケーションをとる「脳」どうしのネットワークさえあれば、もう身体なんていらない。むしろ積極的に、人体よりも高性能な機械に脳を移植して、サイボーグになっていったほうがいい。

SNSはエクリチュールの力によって、部分的にはそうした人間観を実現させました。それは「インターネットが生まれたから人間が変わった」のではなくて、むしろ太古からあった人間の一側面が、新しい技術との遭遇《そうぐう》によって、極度に拡大されたということなのだと思います。

精神病と性愛

一般には、躁状態になると性行動にかんしても積極的になるとされています。とくに女性のばあい、メイクやファッションのセンスが完全に別人のようになるため、ずっと治療してきた医師ですら一見、ちがう人ではないかと見まちがうことがあるそうです。その状態のまま、いわゆる水商売の世界に入っていくこともあります。[63]

私も入院したさい、「ここに来る前に、不特定多数とやたらめったらセックスしたりとかしてませんよね」と、かなり露骨な聞きかたをされました。幸いにしてそういうことはなかったのですが、ふりかえれば、何人かの相手に不愉快な思いをさせてしまったかもしれないと感じ、そのことを心から恥ずかしく思っています。

じつはこのような現象も、「自己」の輪郭の変化に根ざしていることを、木村敏氏はハイデガーの師であったフッサールの用語を（西田幾多郎《きたろう》による日本的な解釈をふまえつつ）利用することで説明しています。[64]

物体としての、たったひとつしかない私の身体は、知覚の対象とされるもの、という意味での「ノエマ的自己」です。これにたいして、「これが私だ」「私はこう考える」のように、しばしばことばで構成される精神活動のはたらきのほうを、知覚する行為そのものとしての「ノエシス的自己」とよびます。[65]

ノエマ的自己は基本的には、ものとしての身体にほぼ等しいので、赤ん坊として生まれた瞬間から存在し、やがてことばをおぼえて自我を確立していく過程で、ノエシス的自己が後から成立していくというのが、ふつうの見方になりそうです。しかし、「赤ん坊が物理的・空間的に閉じた物体として存在しているという客観的事実は、赤ん坊自身

(62) 前掲『双極性障害　躁うつ病への対処と治療』23〜25頁。
(63) 前掲『うつと気分障害』68〜69頁。
(64) 木村氏の論は直接には、若年発症型の統合失調症や境界性パーソナリティ障害などの、思春期に多い精神病理をあつかったものですが、その人間観はより普遍的なものがあると考えて、ここでは引用しています。
(65) 前掲『自分ということ』１４７〜１４８頁。

の……『経験』にとってはなんの意味ももたない」[66]（傍点原文）。

おそらく赤ん坊自身の自意識にとっては、自分が閉ざされた身体だという認識自体が――いわゆる鏡像段階（鏡を見てそれが自分だと認識できる段階）以前は――存在していないでしょう。目や耳や皮膚で知覚する情報のすべてが、渾然《こんぜん》一体とした「自分」を構成しており、いわば自己と世界が一体化した状態にあると想像されます。

だとすれば、ノエマ的自己（身体としての自己）よりもノエシス的自己（精神としての自己）のほうが、じつは人間にとって先行する存在なのではないか、というのが、木村氏の考察です。性愛という、自分と他人の身体を重ねあわせることでノエマ的自己の拘束を抜け出ようとする営為が存在するのも、たんなる動物的な本能ではなくて、このノエシス的自己の働きかけによるのではないかとされます。[67]

このように考えてくると、自己というものがほんらい「自分の身体」にはおさまらないものであること、ときとしてその身体を超え出ようとするものであることがわかるでしょう。それ自体は健康な人にもあてはまる、まったく正常な現象です。

しかし、なんらかの事情でその「超えかた」のバランスが崩れたとき、さまざまな種類の精神病が生まれると、考えることができるように思われます。

身体の自己主張としてのうつ

人間のありかたにせまるうえで「言語」と「身体」のふたつの極があることに注目し、

躁状態とは、そのうち言語のほうにバランスがかたよっていくことではないかと考えてきました。

だとすると、うつ状態の意味をとらえるのもむずかしくありません。要するに躁状態の逆、つまり「自分」のありかたが、物体としての身体（ノエマ的自己）のほうに振れきってしまった状態が「うつ」だと考えることができます。

私を担当してくれた臨床心理士の方には、「躁はエネルギーの前借りですから」といわれました。たしかに双極Ｉ型の完全な躁状態になると、本人の主観では疲労感をおぼえないので、睡眠をとらずに昼夜をとおして働きつづけ、そのまま過労で突然死するケースすらあるそうです[68]。

私は軽躁なので、そうした経験はありません。仕事がピークのときでも、深夜０時にはベッドに入ってほぼ必ず朝６時におきる、むしろきちょうめんなくらい「規則正しい生活」をくりかえしていたように思います。

しかし無理をしていなかったのかというと、たぶんそうではない。

毎日定時に就寝してはおなじ時刻に起きる、あるいは秒きざみで時間を把握して授業をする、そういうあたかも言語のように緻密《ちみつ》に分節された時間のありかたに、ほんらい

(66) 前掲『自分ということ』１５５頁。
(67) 前掲『自分ということ』１５７～１５９頁。
(68) 前掲『双極性障害　躁うつ病への対処と治療』23～24頁。

はもっとのっぺりとしていたい身体を適応させていた。おそらくそれが、私にとっての「エネルギーの前借り」だったのかなと思います。

十何巻にもおよぶ大長編小説や、漬物《つけもの》石のように重たい研究書を書きあげる著者がいるように、言語というのは原理的には、無限に駆動しつづけることができます。さらにはその読者も、理念上はいくらでもより多く、より広く拡大させることが可能です。

エクリチュールによってひき裂かれていく自己には、際限《さいげん》というものがないのです。こうして、身体を離れて無限に広がっていくかにみえた「自分」というものの輪郭が、あるとき、引っぱりすぎたゴムひもが切れたかのように、いきなり破綻《はたん》してもとの身体の大きさまで縮んでしまう。

——それが、おそらくは「うつ転」(躁状態からうつ状態への急変)なのではないかというのが、私の実感です。

じっさいに、うつ状態になると、いわば言語で動いている自分の意識にたいする「身体の自己主張」とでもいうべきものが起こります。頭では「起きあがろう、起きあがれ!」と指令を出しているのに、手足が持ちあがらず、布団から出られない。

2章でみたような、鉛様疲労感をともなう麻痺症状です。

無理やり起きあがっても、重力が狂ったかのような重さを感じて、家のなかでは這《は》って動かなくてはいけなかったり、[69]「前へ進め!」といくら念じても、路上でうずくまってしまったりします。入院中は、ほかの患者さんが本人の意思に反して、ほんとうに全身をぶるぶる痙攣《けいれん》させて横たわったり、突如スイッチが切れたかのように失神してしま

うつ状態は一見すると、「引きこもり」にみえるが……
（『ツレがうつになりまして。』細川貂々、幻冬舎文庫、2009 年、49 頁より）

ったりするようすを、なんどもみました。

また、身体自体はどうにか動かせる場合でも、うつになると人は布団をかぶって閉じこもりたくなるようです。映画では堺雅人さんが演じていましたが、『ツレがうつになりまして。』では「カメフトン」と形容されている、文字どおり亀の甲羅《こうら》のように掛《か》け布団にこもって、出てこなくなる状態です。私のばあいはむしろ、ミイラのように毛布を身体に巻きつけて、そのなかで震えていました。

はたからみると、それだけ悪寒《おかん》がしているのか、あるいはたんに意欲をなくして引きこもりになったのかと判断されそうですが、どちらもちがうのだと思います。むしろ、いまある自分の身体というかたちの、自己の輪郭をもういちどはっきりさせようという衝動が、そういう行為をとらせたのではないかと、私は思っています。

うつに転じてから2年以上の後、ようやっと身体の面では

（69）Ｋ・ジャミソン『躁うつ病を生きる　わたしはこの残酷で魅惑的な病気を愛せるか？』新曜社（田中啓子訳）、１９９８年、２３８頁。

従来の状態にもどったかなと思えたとき、うしなった体力の回復をかねて、水泳をはじめました。屋内プールで1日に500メートルを泳ぐ程度ですが、同病の知人のあいだで人気のあるランニングやヨガにしなかったのには、自分なりの理由があります。

水のなかにいることで、身体の輪郭というものをいちばん実感できるからです。その意味では、泳ぐよりも水中でウォーキングをするときが、身体を動かすごとに自分の輪郭がいきいきと感じられて、いまの私にはいちばん心が落ちつく時間になっています。

そうやって身体としての自己の輪郭を陶冶《とうや》することで、ようやっと言語で自分の体験を表現しようとする能力と意欲もまた、完全な喪失から回復してきたという気がします。

＊　＊　＊

いっぽう、この章では私という一個人の病気の体験をもとにしたために、言語と身体の関係について、語りのこしたものもあります。

たとえば本章を読むかぎり、言語によってこそ人は複数の個人をむすびつける、より大きな自己との一体感をえられ、逆に身体のほうはあくまでも自分という一人の個体に、自己を閉じ込めておくもののように思われたかもしれません。

はたして、そうでしょうか。

楽器がひける人なら、カルテットやオーケストラで合奏したときに、あたかも自分一人の身体ではなく、楽団の全員がひとつの身体を共有してハーモニーを奏《かな》でているかのような瞬間を、味わったことがあるだろうと思います。[70]スポーツをする人なら、チームメイトと阿吽《あうん》の呼吸で、絶妙の連係プレイをきめたとき。あるいはそれを観戦していて、スタジアムが一体になって興奮にわいたとき……。

言語よりも身体を媒介とするかたちでもまた、人は「個人」を超えたより大きな「自分」を持つことがありえるのです。この論じのこした問題については、５章でみていきたいと思います。

(70) 前掲『自分ということ』86～87頁。

2006年	平成18年	ツイッター（P.137）がサービス提供開始 8月15日に小泉首相が靖国神社参拝、中国で反日デモ高まる 北朝鮮が最初の核実験に成功と表明
2007年	平成19年	アップルがiPhone発売、スマートフォンの普及始まる アメリカ連邦議会下院で、慰安婦問題（P.233）に関して日本非難決議が可決
2008年	平成20年	リーマン・ブラザーズが経営破綻、世界的な金融危機へ アメリカでバラク・オバマ（P.156）が初の黒人大統領に当選
2009年	平成21年	アメリカでゼネラルモーターズ（GM）が倒産（P.287） ギリシャで財政難が表面化、翌年にかけユーロが暴落（欧州債務危機、P.228）
2010年	平成22年	インスタグラム（P.263）がサービス提供開始 チュニジアでジャスミン革命始まる（翌年にかけアラブの春、P.241）
2011年	平成23年	フランスでブルカ禁止法施行、イスラームとの摩擦が深刻化 シリアで民主化デモがアサド政権と衝突、今日まで内戦状態に（P.248） アメリカでウォール街占拠運動（P.245）起きる
2012年	平成24年	野田佳彦政権の尖閣諸島国有化を受け、中国で反日運動が過激化（P.58） 中国で習近平（P.236）が総書記に
2013年	平成25年	ドイツで反EU政党（ドイツのための選択肢）結成（P.229）
2014年	平成26年	ウクライナで親露派政権が崩壊、ロシアが介入し内戦へ（P.240） 3月30日が「世界双極性障害デー」に（P.106） ロビン・ウィリアムズがうつ状態で自殺（P.87） 「イスラム国」がカリフ制国家の建国を宣言（P.246）
2015年	平成27年	イスラム国がシリアの過半を制圧、最大版図に トルコがシリア内戦に介入中のロシア軍機を撃墜（P.228） 中国主導でAIIB（アジアインフラ投資銀行、P.232）発足
2016年	平成28年	日本・アメリカなど12か国がTPPに署名（米国は翌年に離脱、P.238） イギリスが国民投票でEU離脱を決定（P.156） 「フィリピンのトランプ」ことロドリゴ・ドゥテルテ（P.239）が同国大統領に トルコで軍部が反エルドアン政権クーデター、鎮圧される（P.241） ブルース・スプリングスティーン、自伝でうつ病を告白（P.87） アメリカでドナルド・トランプが大統領当選（P.52） オクスフォード大学出版局、post-truthを「今年のことば」に（P.157）
2017年	平成29年	トランプ政権、イスラーム圏を中心とする特定国民の入国禁止を発令（P.208） フランス大統領選挙で、国民戦線が再び決選投票進出 イスラム国の首都ラッカが陥落、勢力が衰える
2018年	平成30年	チェコで親ロシア・反移民の大統領が再選、EU懐疑論が再台頭 6月に北朝鮮と米国が史上初の首脳会談 11月にアメリカで連邦議会中間選挙
2019年	平成31年／令和元年	3月までにイギリスがEU離脱予定〔延期となり2020年1月に離脱〕

平成史関連年表　海外編

1988年	昭和63年	ソ連・アフガニスタン戦争（*P.221*）が調停成立、ソ連軍撤退開始 アメリカで新薬「プロザック」がブームに、SSRI（*P.71*）の普及始まる
1989年	昭和64年 /平成元年	東欧革命起こる （ポーランド・ハンガリー・チェコスロヴァキア・ルーマニア*P.39*） 中国で天安門事件が発生 イランでイスラーム革命の指導者ホメイニ（*P.243*）が死去 ドイツでベルリンの壁が崩壊
1990年	平成2年	東西ドイツが統一（*P.39*） イギリスでサッチャー政権（*P.282*）が退陣
1991年	平成3年	湾岸戦争起きる ロシア共和国が連邦離脱、ソビエト連邦解体（*P.218*）
1992年	平成4年	旧ユーゴスラヴィアでボスニア紛争発生、民族問題が話題に 韓国で金泳三が大統領当選（初の文民による民主主義政権）
1993年	平成5年	マーストリヒト条約が発効し、欧州連合（EU）が成立
1994年	平成6年	カート・コバーンが自殺（*P.106*） イタリアでメディア王のベルルスコーニが初めて首相に 北朝鮮がIAEA脱退を宣言（最初の朝鮮半島核危機） 診断基準DSM-Ⅳ発表、「双極性障害Ⅱ型」を定義（*P.107*）
1995年	平成7年	Amazon.com が米国でサービス開始（日本版は2000年から） ベトナム、ASEANに加盟（*P.235*）
1996年	平成8年	台湾が民主化、初の総統選挙で李登輝が当選 スティーヴ・ジョブズ（*P.276*）がアップルコンピュータに復帰
1997年	平成9年	タイの変動相場制導入を契機に、アジア通貨危機起こる
1998年	平成10年	パキスタンが核実験成功、核保有国に ラリー・ペイジとセルゲイ・ブリンがグーグル設立
1999年	平成11年	EUが共通通貨ユーロ（*P.228*）を導入 ロシアでエリツィン大統領辞任、後継のプーチン首相（翌年に大統領、*P.248*）が実権掌握
2000年	平成12年	金大中・韓国大統領が訪朝、金正日・国防委員長と初の南北首脳会談
2001年	平成13年	アメリカで同時多発テロ事件（9.11）起きる（*P.222*） 米軍、報復としてアフガニスタン侵攻開始
2002年	平成14年	オランダで、反移民・反イスラーム政党（ピム・フォルタイン党）が躍進 フランス大統領選挙で、排外主義政党（国民戦線）が決選投票進出 米国政府、「ブッシュ・ドクトリン」で先制攻撃容認（*P.221*）
2003年	平成15年	トルコでエルドアン（*P.241*）が首相に（2014年から大統領） イラク戦争開戦（*P.221*）
2004年	平成16年	マーク・ザッカーバーグがフェイスブック（*P.177*）設立 東欧などの10か国が加盟し、拡大EU成立 ジャック・デリダ（*P.136*）が死去 ウクライナでロシア派とEU派が対立、オレンジ革命起きる
2005年	平成17年	シンガポール、チリなど4か国がTPP（環太平洋パートナーシップ）の原協定に署名／アンゲラ・メルケルがドイツ初の女性首相に YouTubeがサービス提供開始

Interlude——大学でいちばん大切なこと

読書や教育について聞かれたとき、激しいうつ状態で休職に至る最中に起きた事件を、いまも思い出す。

学科の最優秀成績者として表彰されたと記憶する学生の、卒業論文が盗用をしていた。濫造《らんぞう》された学内雑誌（紀要）の原稿不足もあり、しぶる本人を指導教員がぜひにと口説いて掲載した結果、判明した不祥事だった。

私の指導学生ではなかったし、論文審査にも関わっていない。それでも、その学生の真面目さを多少知るところがあったものとして、責任は免れないと思う。あれほどしっかりした若者に対しても、私が一翼を担っていた大学の組織は、いちばん大切なことを伝えられていなかったのだから。

学科の初年次教育のうち、私が担当するクラスでは以下の2冊を精読していた。期せずしてともに、想像上の対話の形式で書かれた書籍である。

戸田山和久『論文の教室　レポートから卒論まで』（ＮＨＫブックス）では、著者自身が架空の学生を相手に、引用・注記・論理の展開といった論文執筆の骨組みを講じる。

杉田敦『デモクラシーの論じ方　論争の政治』（ちくま新書）では一歩進んで、対等な立場の2名が「あるべき民主主義」の姿を——つまり、いまだ「正解」が出ていない主題を徹底的に論じあう。

情報が錯綜する現在、みずからの主張の典拠を明らかにしつつ発言するのは、けっして学位取得のための「面倒な手続き」ではない。それは、根拠のない不当な批判に貶《おとし》められないよう、あるいは自身が結果的に誤った言動をしてしまわないよう、発言内容のうち直接責任を負える範囲を明示して「自分を守る」ことでもある。

そのように足場を固めることで、人は未知のこと、答えがまだ（あるいは、永遠に）出ない問いに対してすらも、論じる作法を手に入れる。どこまでが「いまの自分」に断言できて、どこからは留保が必要か。その見極めを繰り返すなかで、異なる意見の持ち主とも「口喧嘩《げんか》」ではなく「討議」することが可能になる。

この意味で、政治学に限らず大学教育は「民主主義への通過儀礼」だったはずであり、専門が英文学か日本史か、はたまた分子生物学かは、「儀式の祭具になにを用いるか」の相違でしかない。不確かなことだらけの世界で、他者と関わりつつ言葉を使う人を育てるという本義を果たさないなら、外国語の原書や手書きの古文書や各種の数式は、魔法のかかっていない呪物——つまりは落ち葉や石ころとおなじだ。

もしその学生も自分のクラスであったなら、などという資格は私にはない。それでも教壇にあったものとして、いま、書物に手を伸ばす人たちに伝えたい。

専門なんて、二の次でいい。それよりも初心に帰ろう、と。

（初出『図書』２０１８年臨時増刊号、同年10月刊）

第4章

反知性主義とのつきあいかた

米大統領 トランプ氏

過激言動 番狂わせ
クリントン氏破る

政治未経験「分断の傷癒やす」

反既成政治 世界のうねり

円一時急騰 東証919円安

2016年11月10日、毎日新聞朝刊

知性主義という例外

「反知性主義の幽霊が出る」

1848年、マルクスとエンゲルスは「ヨーロッパに幽霊が出る——共産主義という幽霊である」[71]と書きました。高校で世界史の資料集にもよく引用される、『共産党宣言』の冒頭の一節です。

幽霊が出る、と書いたのは、当時のヨーロッパでは共産主義ということばが、たんなる敵対勢力にたいするレッテル貼りとして、通用していたからです。政権の側が野党を批判するときや、反政府勢力どうしが論争するときに、あいてを「この共産主義者め！」と罵倒《ばとう》する。そういう、具体的なかみのない、空疎《くうそ》な流行語になっている。

それにたいし、「ただの罵倒語ではない、『真の共産主義』とはいかなるものかを示してやるぞ」という意気ごみで、マルクスとエンゲルスが書いたのが『共産党宣言』です。ほんらいはそちらが目的で、「党」をつくることが主眼だったわけではないので、『共産主義者宣言』ないし『コミュニスト宣言』と訳す人もいます。

こんにちの世界で、当時の「共産主義」に相当する罵倒語として通用しているのは、

「反知性主義」でしょう。

日本でこの用語が流行しはじめたのは、私がまだ論壇でものを書いていた2013年ごろではないかと思います。当時はまだ、橋下徹さんが政治家（大阪市長・日本維新の会共同代表）として現役で、自分を批判する大学教授や論壇人を「現場を知らないバカ」と、毎日のように切りすてていました。

また2012年の末に、当初は知識人の期待を集めていた民主党政権がたおれ、発足した安倍晋三内閣は、憲法解釈の大幅な変更に踏みだそうとしていました。多くの憲法学者や、歴代の内閣法制局長官が*「集団的自衛権は行使できない」といくらのべても、行使できることにしてしまう。

そういう時代の状況をなげくことばとして、彼らに批判的な大学教員や評論家が使いはじめたのが「反知性主義」でした。橋下や安倍を支えている民意は、知性を尊重しない反知性主義だ、というわけです。

私自身もまた、同様の立場でものを書いていたことを、認めなくてはいけません。

しかし当時から疑問に感じていたのは、まさにこの「反知性主義」ということばが、使用者の対立相手にだけむけられることでした。たとえば橋下・安倍批判をする人のなかにも、個人の性癖や病気を揶揄《やゆ》したり、学歴であいてをきめつけたり、およそ「知性

(71) K・マルクス&F・エンゲルス『共産党宣言』岩波文庫（大内兵衛・向坂逸郎訳）、1971年、37頁。

的」とは思えないやり方をする人がいる。しかし、そういう人のことを反知性主義だとは、あまり言わない。

また、当時もっともはげしく安倍政権と対峙《たいじ》していた反原発運動のグループにも、科学的な知見とまったく関係なく、根拠のない「放射能の危険」をあおる人たちがいる。大学の先生がデータを示して否定しても、耳をかさずに「御用学者」よばわりをして、ますます攻撃する。その人たちのことも、どういうわけか反知性主義としては、論壇で批判されない。

そういうバイアスについて、大学と論壇に籍をおいていたにもかかわらず、きちんと問題提起できなかったことは、私の「党派性」として批判されなくてはならないでしょう。

さらに、より深いところで私は、この反知性主義というものをとらえそこなっていたと思います。それは、橋下氏や安倍氏の存在にあらわれているものが、基本的には「日本固有の問題」だと考えていたことです。

当時はまだ、アメリカ大統領が人権派弁護士の出身であるバラク・オバマで、社会保障や平和構築、人種問題へのとりくみを積極的にすすめていました。書店にもハーバードやスタンフォードなど、米国の一流大学の講義を文字起こしした本が平積みになり、「日本では知性のない、二流の人びとがはびこっているけど、アメリカはちがう」といった雰囲気を、メディアもかもしだしていたように思います。

しかし2016年、それらはすべて変わりました。同年6月、国民投票でイギリスが

EU離脱を決定。前ロンドン市長（のち外相〔・首相〕）のボリス・ジョンソンら、移民への敵愾《てきがい》心をあおって支持をえてきた離脱派の政治家が、民意をつかんだのです。11月には排外的な公約と差別発言をくりかえしたドナルド・トランプが、全米のほぼすべてのインテリに応援されたヒラリー・クリントンを破って、大統領に当選します。

どちらの選挙でも事実とは異なる、あからさまに勝利陣営に有利なように誇張されたデータや、最初から偽造されたニュースを流すウェブサイトの存在が、投票を左右したとされました。オクスフォード大学出版局が「今年のことば」にpost-truth《ポスト・トゥルース》（真実以降。真実という概念が意味をうしなった世界）を選ぶことで、反知性主義は日本のみではない、先進国に共通の課題であることがあきらかになりました。

ハーバードやオクスフォードとくらべて、「日本の大学なんて二流だ。だからグローバル化にむけた改革が必要だ」という話は、大学の会議でも論壇の取材でも、耳にタコができるほど聞かされました。それが正解なら、どんなに楽だったことでしょうか。かりに、日本にハーバードやオクスフォード級の大学があったところで、問題はなにも解決しない。というか、大学なり知識人なりといった存在そのものに、社会的な意義なんて、そもそもあったのか。

そういう、日本固有ではなく「世界共通の問題」を前にして、私たちは平成という時代を終えようとしています。

＊集団的自衛権
同盟関係のある他国（たとえばアメリカ）に対する攻撃を、自国（日本）への攻撃と同様にみなして、自衛のために応戦（参戦）する権利のこと。このため、機能的には「同盟締結権」に等しい（５章２２４頁）。

宗教改革から赤狩りへ：「反知性主義」の言語と身体

悪口としての「反知性主義」の濫用《らんよう》があまりにひどいので、最近はアメリカ思想の専門家から指摘が入るようになりましたが、原語のanti-intellectualism《アンチ・インテレクチャリズム》には、はっきりした出典があります。ケネディ暗殺の年にあたる１９６３年に刊行された、リチャード・ホフスタッターの『アメリカの反知性主義』という本です。

じつはその時点では、反知性主義というのはかならずしも悪い意味だけではなく、むしろよい側面もともなっているのだとされていました。そのため、「知性そのものを全否定する」主張にみえる反知性主義ではなく、「反権威主義」「反インテリ主義」といった訳語に替えるべきという意見もありますが、私は以下にのべる理由で、「反正統主義」がもっともニュアンスに近いのではと思っています。

意外かもしれませんが、このほんらいの反知性主義の起源をたどると、世界史でも習った宗教改革にいきつきます。カトリックという儀礼を重んずる——信徒の「身体」にはたらきかける西欧キリスト教の主流派にたいして、「言語」で書かれた聖書の読解を根拠に「そんなことは、どこにも書いてないじゃないか。あれこれの宗教儀礼なんて、あなたたちが勝手に権威を捏造《ねつぞう》しているだけじゃないか」と批判するプロテスタントが、戦いをいどんだものです。

ちなみに東方キリスト教を代表するロシア正教のばあいは、イコン（キリストの肖像などの宗教画）とのふれあいを重んじるなど、カトリックよりもさらに身体への傾斜がつよいキリスト教になります。じっさい、ロシアの宗教論争は「十字を三本指で切るか、二本指の慣行を守るか」といったトピックをめぐって展開し、それらがツァーリ（皇帝）の王権とむすびついて、政祭一致的な専制権力をかたちづくりました。

ヨーロッパの東端であるロシアに、徹底して身体を重んずるキリスト教社会があったとすると、逆に言語に軸足をおくプロテスタントのなかでもさらなる過激派（ピューリタン）が、イギリスから西へと出航してつくりあげた国がアメリカです。

カトリックのばあい、司祭は基本的に典礼《てんれい》が執行できればいいので、儀式の手順になじんでいれば、そこまで言語的な能力が高くなくてもかまいません。しかしプロテスタントの牧師は、自分で聖書を一から読み、さらに信徒にも読ませて内容を理解させないといけないので、きわめて高度な言語能力が必要です。

こうして1639年につくられたのが、アメリカ最初の大学であるハーバード大学です[72]。日本史でいうと、徳川家光《いえみつ》のいわゆる「鎖国令」が出た年です。

世界トップの大学が発足した年に、日本人はグローバル化に背をむけて鎖国していた。などといえば、「グローバル人材育成」むけの講演にはなるでしょう。しかしじっさいには逆に、ここがアメリカを苦しませる反知性主義の原点となったのです。

巨大な宗教儀礼は、ツァーリ権力やローマ教皇庁といった集権的機構でなければ、そもそも実施できません。しかし言語による聖書の読解は、努力してことばを習得すれば、かなりの人ができます。

まして「どうしてヘブライ語やギリシャ語でないとだめなんだ。英訳で読んだっていいじゃないか」と言いはるなら、ほとんどだれでも聖書の解釈者になれます。

こうなると、正統派のカトリックに対抗して新たな聖書解釈をつくりあげたプロテスタントのなかから、さらにその「プロテスタントの正統」にたいしてプロテスト（抗議）する人びとが出てきます。「ハーバードがそんなにえらいのか。俺たちが自由に解釈してどこが悪い」ということです。とうぜん彼らもやがて、後発のプロテスタントに「おまえらのどこが正統なんだ。真の解釈はこっちだ」と批判されるのですが……。

身体ではなく言語を基盤とする、社会をつくったことで生まれてしまった、永久革命のようにいつまでもつづく、「現時点での正統派」にたいする無限の挑戦。これが、もともとの意味でいう反知性主義の本質です。

つまり、学校をつくって読み書きを教えるという意味での「教育」も、既存の権威にたちむかってよいという「自由主義」も、自分の解釈をひろめて仲間をつくっていこうとする「民主主義」も、このほんらいの意味での反知性主義の申し子なのです。こういうアンチ・インテレクチャリズムがもたらすポジティヴな側面をとらえるには、「反正統主義」という訳語がいちばんよいと思います。

いっぽう、日本でいわれるネガティヴな意味での「反知性主義」は、むしろ言語ではなく身体だけでものを考える態度、「ごちゃごちゃ言ってねえで、考える前に行動しろよ」といった姿勢をさして、使われるように思います。

じっさい、こちらもアンチ・インテレクチャリズムの文脈と、無関係ではありません。「新しい聖書解釈」の主導者、いわば反正統主義のリーダーたちは、一定の教養をもって聖書の読解にとりくんだのかもしれませんが、彼らの説教に熱狂する支持者のほうは、たんに集会で生じる集合的な興奮状態に、身体を没入させて満足していたからです。サッカーやラグビーのルールを正確に知らなくても、スタジアムにいけば盛りあがれるのとおなじです。

まして社会の世俗化がすすみ、宗派どうしの対立から「ふだん本を読まない人による、読む人への攻撃」に構図が変わってくると、ちょっとこわいことになってきます。「この国のインテリどもは『共産党宣言』なぞを読んで、アカに染まっている。大学や政府機関にアカのスパイが巣食って、国を売ろうとしている」というのも、たしかに一種の反正統主義ではありますが、そこにはもはや、知性が文字どおり存在しません。

1950年代のアメリカは、ジョー・マッカーシーというそうしたデマゴーグを生みました。米国政府に一定の数の共産主義者がまぎれていたのは事実ですが、マッカーシ

(72) 厳密にいうと、一般に創立の年とされるのは植民地議会が学校の創設を決議した1636年ですが、39年に寄付者の名前をとって「ハーバード大学」となりました。

ーがやったのはすでに調査ずみの公開情報を蒸しかえし、煽情的《せんじょうてき》かつ不正確なかたちで大衆の前にぶちあげて、矛盾をつかれるごとに「次の疑惑」へと話題をそらすことのくり返しです。

まさしく、ネット情報のつぎはぎでつくった偽《フェイク》ニュースや陰謀論を、「国民の知らない真実」としてSNSで拡散しつづける、こんにちの人びとの大先輩です。

そうした反知性主義の最悪のかたちを目にしたあとでも、けっしてそれだけではない反正統主義の由来と意義をとくために、ホフスタッターは『アメリカの反知性主義』を書いたとされています。それにたいし、大学教員だったころの私自身もふくめて、反知性主義の問題をたんに「勉強の足りなさ」に帰してきた日本の識者のレベルは、それじたいあまり知性的ではなかったと、批判されてもしかたないように思います。

大学・言語・身体のマトリクス

そうはいっても、不勉強は不勉強として大きな問題です。こういう反知性主義／反正統主義のより深い文脈をふまえたうえで、もういちど問題を整理するために、いったいだれを社会における「知性のにない手」とみなすのかについて、便宜上の見取り図をつくってみましょう。

四角形の縦《たて》軸を、まずは「大学」か「学外」かで、ふたつに分けます。逆に横軸は、さきほど宗教改革以来の流れを追ったように、「言語」か「身体」かで切ります。

	言語	身体
大学	通常の大学教員 （いわゆる「知識人」）	身体論の研究者
学外	民間学者 （在野の研究者・思想家）	「現場の知」のにない手 （『プロジェクトX』や お仕事番組の出演者）

「知性のにない手」のマトリクス

ほんとうに言語と身体をきれいに二分できるのかは、3章でややくわしく検討しましたが、この章の内容に関しては、さしあたり言語とは「ことばを使って論理的に分析するもの」、身体とは「論理でわりきれなかったり、そもそも言語化不可能だったりする、感覚や情動の母体となるもの」くらいにとらえていただいて、問題ありません。

「大学かつ言語」の枠に入るのは、かつて私自身もそうであったような、ふつうの大学教員です。しかしこれも前章でみたように、いまは大学の先生のなかにも、「言語」より「身体」を思考の軸にすえる人たちもいます。

人間にとって大事なのは、論理をつきつめてみえてくる答えというより、直感的なとっさの反応のほうじゃないか。哲学者の書いた正義論の本をよんで、ふんふんと納得してからきみは正義に味方するのか。ちがうだろう。もっと本能的に、身体に埋めこまれた反射神経のように「こうしなくては！」として起きる反応、それこそが人倫《じんりん》の基盤ではないのか——たとえば、そんなふうに考える人です。

こういった人たちを広くいって、身体論の研究者とよぶことにしましょう。じっさいメルロ゠ポンティのような、理性だけではなく身体をもって人間が生きていることの意味を、掘りさげて探究した哲学者について、研究している大学の先生はかなりいます。

いっぽうで当然ながら大学の外にも、ことばでものを考えぬいた知識人は多くいます。哲学者の鶴見俊輔や歴史学者の鹿野《かの》政直氏は、そういった人たちの業績のほうにこそ、むしろ近代日本の思想の良質な部分があるのではないかと考えて、かつて「民間学」という理念をつくりました。

ふつうの人でも名前におぼえのある、もっとも著名な民間学者は、日本民俗学をうち立てた柳田國男あたりでしょうか。こういう在野のことばのプロフェッショナルが、「学外かつ言語」の枠に入ります。

それではのこる「学外かつ身体」に入るのは、ただの不勉強でバカな人たちなのでしょうか。

こたえは否《いな》です。

まさに柳田國男の系譜をひく民俗学者たちによって、探究の対象とされてきた人びと——本人自身はさほど論理的に語ることはできず、場合によっては文字すら読めないこともあるのだけど、それでも社会を支えるうえできわめて有益な、なんらかの「知」を持った人たちがここに入ります。

そういう言語ならざる知のことを、学者によっては「生活知」「実践知」などと呼んだりします。ピンとこないばあいは、職人さんの技とか、マニュアル化できない組織運営のコツのようなものを想像してもらうと、わかりやすいでしょうか。学術用語としては誤用になりますが、「*暗黙知《あんもくち》」といういいかたで、ビジネスのハウツー本に登場することもあります。

じつは、橋下市政や安倍政権の「反知性主義」が懸念《けねん》されだす前から、日本人が「知性のありかた」としていちばん好きだったのは、この生活知の部分です。

昭和時代の最末期、１９８０年代に*バブル景気で日本製品が世界を席巻《せっけん》していたころは、「アメリカ企業はＭＢＡ（経営学修士）のような、大学院を出たてで口先だけの若造が経営しているからダメで、日本の強みは現場主義だ」といった議論が流行しました。平成のグローバル人材ブームとは１８０度逆のことが、直前の時期までいわれていたのです。

２０００年代前半に人気を博したＮＨＫの『*プロジェクトＸ』や、各種の「仕事のエキスパート」を紹介するテレビ番組がとりあげるのも、ペラペラと社会を分析してみせる大学教員というよりは、「寡黙《かもく》に芸をみがく職人気質のエンジニア」といった人びとでしょう。

ただでさえそういう土壌があったところに、前章でみたような経緯で21世紀には、知識人にも「言語」よりも「身体」に寄せてものを考える人が増えました。『私の身体は頭がいい』という本まで書かれている内田樹氏などは、まさしく「大学かつ身体」の枠を代表する論客でした。

しかし時代は彼らを追いこして、むしろ「学外かつ身体」という最大のボリュームゾーンを地盤に「流行作家は現実を知ってる。ビジネスマンも現実を知ってる。小理屈だけで現実を知らないのは大学教授だけだ」と公言する、橋下徹氏のような人が権威をまとうようになってしまった。

もし知性というものを言語に寄せてとらえるなら、おたがい批判しあっていた内田氏も橋下氏も、ともに「反知性主義者」なのです。むしろ私はいま、そういう広義の反知性主義のほうが「多くの人間にとってはふつうのありかた」なのだと、発想を変えなくてはいけないと思っています。

ほんらい、主義（-ism）とよばれるべきなのは、「大学、ないしそれに準ずる正統的なサークルに属し、言語によってものを考え・分析し・表現している人びとだけが、知性のにない手である」とする価値観、いわば「知性主義」のほうではないかと思います。

そうすることではじめて、世界的なアンチ・インテレクチャリズムの奔流《ほんりゅう》にどうむきあうか、そのために大学にはなにが必要なのかが、みえてくるのだと思っています。

＊暗黙知

哲学者マイケル・ポラニーが唱えた tacit knowledge の訳語。厳密には、たんなる身体的なコツやハウツーではなく、むしろ「ことばで思考する際にもその裏（＝言語化以前の部分）で、つねに作動している知性のありかた」という意味にちかい。

＊バブル景気

自動車と半導体を中心に、当時の日本は対米輸出が好調だったが、貿易赤字を削減したいアメリカの意向をうけ、各国と協調してドル安政策をとることとした（プラザ合意、1985年）。このため、円高にともない不況に陥ることへの懸念から、国内市場に過剰な資金供給がおこなわれ、バブルを招いたとされる。

＊『プロジェクトX』

高度成長期を中心に、新技術の開発にとりくんだ日本企業の成功譚などを毎回1話ずつとりあげたドキュメンタリー番組。中島みゆきの主題歌（地上の星）とも相まって、バブル崩壊後の日本人への応援歌として人気を集めたが、過剰な演出への批判もしだいに高まり、2005年に終了した。

ベストセラーにみる大学の黄昏《たそがれ》

にせものの哲学書:『超訳 ニーチェの言葉』

知性のにない手は、ほんとうに大学にしかいないのか。大学であれこれ本を読んだり、教員の講義をきくことが、それほど立派で大事なことなのか。

平成のおわりにあたって、まだ記憶に新しいベストセラーをひもといてみると、そういう気分がひそかに、おそらくは著者や読者にも自覚されないうちに、ひろがっていくさまをみてとることができます。

たとえば2010年に初版の出た『超訳 ニーチェの言葉』。続編や再編集版も刊行され、100万部を超えている大ヒット作です。

同作がニーチェの書物をご都合《つごう》主義的につまみ食いして、よくある人生訓めいた自己啓発の本にしたててしまった、ニーチェの哲学とはまったく無縁のものであることは、当時から批判されていたと思います。版元も自覚があるので、『ニーチェの思想』ではなく『ニーチェの言葉』と銘《めい》うち、さらに「超訳」と添《そ》えてあるのでしょう。

信じられないというかたのために、一例だけあげましょう。同書には「愛する人の眼が見るもの」として、才能も容姿も性格も劣ったあいてを愛する人について、「愛は、他の人にはまったく見えていない、その人の美しく気高いものを見出し、見続けているのだ」[73]と評する一節が、『善悪の彼岸《ひがん》』から引かれています。じつにいい話です。しかし、原文にあたると思われる『善悪の彼岸』１６３節の全文を、超訳ではない書籍から引用すると、こうなります。

> 愛は、愛する者の隠された高貴な特性に光をあてる。――その者の稀《まれ》なるところ、例外的なところをあらわにするのだ。そのようにして、愛する者がいつももっているものについて、思い違いをさせるのである。[74]（傍点は引用者）

みてのとおり、最後の一文をまるまる省略することで、もともとは「愛がいかに人を冷静でなくし、おろかな判断をくださせるか」を批判していた文章が、愛の美しさをたたえるような、まったく正反対の意味になってしまっています。[75]

前章をお読みのかたは、「でも、おまえはエクリチュール（書かれたもの）は多様に

（73）白取春彦編訳『超訳 ニーチェの言葉』ディスカヴァー・トゥエンティワン、２０１０年、１７５頁。
（74）F・ニーチェ『善悪の彼岸』光文社古典新訳文庫（中山元訳）、２００９年、１９１頁。

解釈されるといったじゃないか。だったら、自由に超訳してもいいじゃないか」と感じたかもしれません。たしかに、原理的にはそうなるでしょう。

ただ、さすがに本人の意図と180度逆というのは、どんなものかと思います。『善悪の彼岸』に「今日のヨーロッパの道徳は、家畜の群れの道徳なのだ」[76]（傍点原文）という痛烈な一節があるとおり、ニーチェはいまある社会の秩序や価値基準に適応し、その内側でのみ成功しようとする俗人を、徹底的にさげすんだ人でした。

その人の原稿から「いい感じの自己啓発の本」をつくるのは、『「蟹工船」で学ぶ！最強の効率的労務管理』というビジネス書を出すのとおなじくらい、原著者に失礼なことだと思います。

しかし「それがどうした」といってしまえば、じっさい、それだけのことかもしれません。

私がかよったデイケアにはプログラムの一環として、最近読んだ本を紹介したり、自分の闘病体験をプレゼンしたりする時間が設けられていました。そういう機会に複数の患者さんから「自分をみつめなおすには哲学の本かなと思って、『超訳 ニーチェの言葉』を読んでみました。心にしみる、いいことが書いてあります」という発言を聞きました。

自分はなまじ大学教員などをしていたから、その本が哲学書としてデタラメなことを知っているけど、だからどうだというのか。現に、病気で傷ついた人の励《はげ》みになっているなら、それでいいじゃないか。

そもそもおまえは、それだけほかの人から「生きる力をもらいました」と言ってもらえる本を、書いたことがあるのか。

そんな声が頭のなかでひびいて、結局、なにもいえませんでした。

知性主義か反知性主義かでいえば、アカデミズムと無縁の訳者がむちゃくちゃな翻訳をした『超訳 ニーチェの言葉』は、あきらかに「反知性主義」の本でしょう。

しかし逆にいうと、まだ人びとに学問へのあこがれが残っていたからこそ、ニーチェという著名な哲学者の名前を借りてつくった本が、読まれたと考えることもできます。

そもそも学問自体いらない、現場を知らない学者のことばなんかどうでもいい、とみんなが思っているなら、わざわざ海外の哲学書から訳すまでもなく、『週刊少年ジャンプ至高の決めゼリフ２００』でも、なんでもよかったでしょう。じっさい２０１４年から出ている、元プロテニス選手の松岡修造氏の熱血日めくりカレンダーは大変な人気だそうで、こちらも別の患者さんに紹介していただきました。

そう遠くない将来には『超訳 ニーチェの言葉』もまた、「あのころはゆがんだかたち

(75) あるいは１３８節の意訳だった可能性もありますが、こちらも直前の１３７節で、いかに人びとが学者や芸術家の評価をまちがえるかを痛罵している点からみて、ニーチェの意図が、人間の認識能力の乏しさへの批判にあったことはあきらかです。前掲『善悪の彼岸』１８２頁。

(76) 前掲『善悪の彼岸』２４０頁。

であれ、まだ教養主義への期待がのこっていた」ことの証明として、没落した知識人たちに懐古《かいこ》されるだろうことを、私は信じてやみません。

存在しない心理学？：『嫌われる勇気』

デイケアでの会話でよく耳にしたベストセラーとしては、いわゆる「アドラー心理学」も外せません。ブームの元祖にあたる『嫌われる勇気』は２０１３年末の初版で、続編の『幸せになる勇気』とあわせて２００万部を突破。２０１７年には、設定を刑事ものに変えてテレビドラマにもなっています。

個人経営の小さな書店かブックオフの、心理学コーナーに足をはこべば、いまや書棚の過半がアドラー関連の本で埋めつくされていることも、めずらしくありません。大学の教養科目や心理学科で教わる、認知科学や実験の成果にもとづく標準的な心理学とは、かけはなれた状態になっています。

もっとも『嫌われる勇気』によれば、アドラーは「世界的には**フロイト、ユングと並ぶ三大巨頭**のひとり」[77]（強調原文）だそうなので、ガラパゴスな日本の学問もようやくグローバル化して、世界水準に追いついたということになるのでしょう。

ほんとうにそうなのか。私は心理学者ではなかったので、断定はできませんが、率直にいって、かなりあやしい印象を持っています。

そもそも『嫌われる勇気』の副題は「自己啓発の源流『アドラー』の教え」で、本文でふれられる海外でのアドラーの知名度の証明も、自己啓発書の著者として知られるカーネギーがほめており、やはり自己啓発セミナーで人気のコヴィー『7つの習慣』とも内容がかさなる、というものです。

通常なら、ここからみちびかれるのは「外国で人気のある『生きかた本』の著者のひとりらしい」というところでしょう。学問、とりわけ心理学の名を冠するべきものなのかは、これだけの根拠では、よくわかりません。

なにより、同書は「日本アドラー心理学会認定カウンセラー・顧問」の岸見一郎氏への取材をもとに、ライターの古賀史健《ふみたけ》氏が架空の対話形式でまとめたものですが、古賀氏のあとがきには「わたしが求めていたのは、単なる『アドラー心理学』ではなく、岸見一郎というひとりの哲学者のフィルターを通して浮かび上がってくる、いわば『岸見アドラー学』だった」[78]と書いてあります。

同書の主題はあくまでも、あるひとりの（心理学ではなく）哲学が専門の日本人によって、解釈しなおされたアドラーの思想だよ、と明言されているのです。

だとすれば、「アドラー心理学」なるものが欧米の学界に存在するかを検証することじたい、さほど意味はないことになります。さらに同書によれば、アドラーは生前、そ

(77) 岸見一郎・古賀史健『嫌われる勇気　自己啓発の源流「アドラー」の教え』ダイヤモンド社、2013年、22頁。
(78) 前掲『嫌われる勇気　自己啓発の源流「アドラー」の教え』288頁。

の説くところが社会に定着すれば、自分や「アドラー派」の名前は忘れられてかまわない、といっていたそうです。

日本のアドラー研究者の数は、ニーチェ研究者とは比較にならないほど少ないし、また当の本人がそういっている以上、多少アレンジしても「オリジナル」からクレームがくる心配もない。ベストセラーのつくりかたとしては、まさに理想の素材というところでしょうか。

それでは「アドラーはほんとうに、三大心理学者のひとりなのか」・『嫌われる勇気』の内容は、どこまでアドラーの原著に忠実か」といった問題はわきにおいて、同書で展開されている「心理学」は、どれくらい価値のあるものなのでしょうか。

私の意見をいえば、さほど持ちあげるほどのものではないように思います。

心理学の議論としてみたばあい、同書の第1章にかかげられ、多くの便乗本でもなぞられている「アドラーは、フロイト心理学のトラウマ（精神病の原因となる心的外傷）の概念を否定した」という主張が、アドラーの学説の核になるのでしょう。しかしその否定のしかたは、それほど注目に値《あたい》するものではありません。

同書いわく、不安で外出できない引きこもりや、告白できない赤面症の人は、不安という「原因」によって、症状が出ているわけではない。むしろ外に出たくない、フラれて恥をかくのを避《さ》けたい、という「目的」を満たすために、不安や赤面といった状態を利用しているのだ、といいます。

一見すると極論ですが、これはたんなる病気の「機能《きのう》主義的な説明」です。

機能主義とは、アドラーが活躍した時代とかさなる第一次大戦後のヨーロッパ、とくにイギリスの人類学界で流行し、のちにアメリカ社会学の主流派を形成した思想です。たとえば先住民の社会をしらべて、近代人の常識ではとても信じられない宗教儀礼に出会ったとします。

このとき、べつに先住民と信仰を共有しなくても、一歩ひいた目で「そこでなにが起きているのか」を観察すると、「余剰《よじょう》生産物を儀式のなかで焼却することで、富の格差がうまれるのを防ぐ」とか、「地位の上下が一時的に入れかわる機会を設けて、権力への不満を発散させる」といった機能をはたしていることが、みえてきます。

機能主義のポイントとされるのは、そうした機能の存在と、それを当事者が自覚しているかどうかは「関係ない」とわりきったことです。結果的に富を平等化する機能をはたしているだけで、べつに先住民のなかに社会主義者がいて「格差のない社会をつくるために、よけいな財産は焼いてしまおう」と考えているわけではないのです。

『嫌われる勇気』を読むかぎりでは、アドラーのトラウマ否定論は、同時代の潮流だった機能主義を心理分析にとりいれ、かつ機能ではなく「目的」という問題ぶくみの語彙《ごい》で、それを説明したものにすぎません。

たとえば私にとっての精神病の発症が、休職というかたちで職場をはなれることを可能にする「機能」をはたしたことは、100パーセントまちがいない事実です。しかしこれを、仕事を休むという「目的」のために病気を利用したのだ、と書かれたら、中傷だとして抗議したくもなります。

いちおう『嫌われる勇気』のなかでも、外出への不安をうったえて引きこもっている人は仮病《けびょう》だというのか、という批判にこたえて「仮病ではありません……そこで感じている不安や恐怖は本物です[79]」という留保はついています。しかし日常用語の語感では、目的といわれたら「わざとやっている」というふうにとるのが、自然だと思います。

そもそも精神を病んで苦しんでいる当事者が、読みようによっては「疾病《しっぺい》利得をえるために、おまえがわざとやっていることだ」という主張にもとれる「心理学」にはまるのは、かなりあぶないことです。じっさいに著者の岸見氏も、ブームをうけたメディアの取材では、自著の主張が「自己責任論」に悪用される危険性を懸念しています。

しかし、たまたま私の発病とおなじ２０１４年という時期に、この本がひろくうけいれられたのは、とてもよくわかります。

前年の２０１３年は、当初は「*投げ出してからの再登板」を揶揄された安倍内閣が、長期政権になることが決まった年でした。１年間をつうじて閣僚の交代もなく、夏の参院選にも勝利して与党が過半数を回復。特定秘密保護法の制定や、集団的自衛権の行使容認にむけた内閣法制局長官の交代など、国論を二分しかねない大問題も、ぶじに乗りきりました。

こうなると、２０１１年の震災直後にはたいそう持ちあげられた「ネットの力で政権をたおして、日本を変える」といったムードが、いっきに色あせてきます。ツイッターでデモの主張を拡散する人をみても、「……要は『俺は問題意識のある、知的な人間』っていう、自己満足をえてるだけでしょ」という、機能主義的な説明が頭にうかぶ。

政治には無関心な人のあいだでも、「SNS疲れ」がいわれだしたのが同じ時期だったと思います。毎日すてきなカフェの写真をフェイスブックにのせて「いいね」を押してもらっていると、いつのまにか「今日はイケてる写真がないから、いまからカフェにいかなくちゃ」という倒錯がおきる。

そのタイミングで、「あなたは結局、周りから『意識の高い人』として承認されるという目的に奉仕しているだけだ。大事なのはそんなことじゃない」と言いきってくれる本がでた。それにみんなが飛びついたのは、必然だったと感じます。

なお震災前後の出版界では、NHKが元になったハーバード大学の講義を放映したこともあって、２０１０年にマイケル・サンデルの『これからの「正義」の話をしよう』が、哲学書としては異例のヒット。著者が震災関連の番組にも出演してさらに部数がのび、「実学だけの人間は二流だ。世界の一流大学の学生のように、幅《はば》ひろく教養を身につけているのが『グローバル人材』だ」といった雰囲気が生まれました。

しかしその空気を２０１２年秋に吸いあげたのは、ケリー・マクゴニガル『スタンフォードの自分を変える教室』で、同書は標準的な心理学をふまえた講義録ですが、アメリカではアンガー・マネジメントのようなかたちで、企業でもふつうにおこなわれているストレス管理法を、根拠となる実験例をそえて紹介したものでした。じっさい、この授業は生涯教育むけの公開講座のものなので、受講者も大学生ではなく一般人です。

(79) 前掲『嫌われる勇気　自己啓発の源流「アドラー」の教え』27頁。

つまり書物の性質としては、学術書よりも「トップモデルもすすめるダイエット法」「日本代表サッカー選手のトレーニング法」などのハウツー本に近いもので、ああそうか、あのブームはこちらへいくのか、と当時、大学教員をしながら天をあおぐ心地がしたのをおぼえています。

＊投げ出してからの再登板
　２００６年に成立した最初の（第一次）安倍内閣は翌年の参院選に大敗し、総辞職すると思われたが、安倍首相は当初続投を表明し、新内閣を組織したのちに突如辞任する不可解な行動をとった。「政権投げ出し」と強く批判され、当時は安倍氏に再登板の目があると感じる国民は少なかった。

マクガフィンと化した大学：『ビリギャル』

『超訳ニーチェの言葉』のヒットが、消えゆく教養主義の断末魔《だんまつま》だったとしたら、日本でポスト・トゥルースのさきがけとなった書籍が、『学年ビリのギャルが1年で偏差値を40上げて慶應大学に現役合格した話』（以下『ビリギャル』）でしょう。『嫌われる勇気』とおなじ２０１３年末の初版で、翌年から大流行となり15年には映画化。現在は映画公開とほぼ同時期に刊行された「文庫特別版」が流通しています。

　私が入院した２０１５年の春には、映画化にむけて『ビリギャル』フィーバーが頂点に達していたので、外出して電車にのるごとに、キツイ目でこちらをにらみつけてくる、同書のカバーであるヤンキー風の女子高生の写真をみました。

いまでは広く知られていることですが、この女性は慶應に合格したギャル本人ではなく、グラビアモデルの石川恋《れん》さんです。きちんとあとがきにも書いてあるので、べつに詐欺《さぎ》ではありませんが、各章の扉はじめ10枚近い写真が掲載されている女性が、内容と無関係のまったくの別人というのは、ノンフィクションとしては異例です。

これもあとがきによれば、同書はSTORYS．JPという投稿サイトからはじまったものです。有名人と一般人とをとわず、投稿者が他の人につたえたい「〇〇した話」といったタイトルの記事が、大量にならぶウェブサイトです。そういうサイトでは、本文の内容に直接関係しない「イメージ画像」をつかうのはふつうの慣行なので、書籍化の際もそれにならったのかもしれません。

居酒屋で語られる武勇伝を、そのまま真《ま》に受ける人があまりいないように、インターネットの体験談サイトも、ある程度は「話を盛《も》ってる」ものとして読むのがふつうだと思います。いまは学年ビリとはいえ、私立中学の受験を突破した子が「聖徳太子」を読めないという記述をかりに不自然に感じても、あまり気にせず読みすすめるのが、このジャンルの作法なのでしょう。

私自身も、ある出版社が運営するネット媒体のインタビューをうけたとき、当日まったくしていない会話がオチにきているので、ぎょっとしたことがあります。もちろんその部分は削除してもらいましたが、「話」としてなら全体の趣旨にも沿《そ》う内容だったので、そのままＯＫする方もいるのではないでしょうか。

成績が低迷していた女の子を、塾講師の著者が1年半で立てなおして、慶應義塾大学に現役合格させたのは事実です。そういう「いい話」を盛りあげるためなら、多少の脚色は大目にみようというのが、真実以降の時代の気分なのだと思います。[80]「勉強なんてダサい」という価値観がひろがるなかで、「じつは受験勉強って、カッコいい」ことを示す本が売れただけでも、ありがたいじゃないか。そう感じている教育関係者も、多いと思います。大学教員にも、いるかもしれません。

しかし、彼らはひとつのことを忘れ、もうひとつのことを見落としています。

忘れられているのは、平成の初期にさんざん吹き荒れた「簡単に入れる大学」への批判です。

主人公が合格するのは慶應義塾大学の総合政策学部（ＳＦＣ、湘南藤沢キャンパス）ですが、受験科目は英語と小論文のみ。同学部は１９９０年の開校と同時に、日本ではじめて*ＡＯ《アドミッション・オフィス》という「自己推薦」による入試を導入しましたが、当時は「そんなに簡単に慶應に入れていいのか」とする批判を、かなりひどく浴びせられました。

私が東京大学にかよった90年代末は、そうした傾向のピークだったかもしれません。客員として教えていたジャーナリストの立花隆氏が「いまの東大生は教養がない」とあおったこともあって、年配の教授から「ぼくらのころは文系でも、入試で理科の試験があったものだよ。勉強量が違ったんだ」といった武勇伝を、ずいぶん聞かされました。

21世紀のいまは、大学もそんな贅沢《ぜいたく》をいえないようです。『ビリギャル』の主人公は、英語・国語（小論文）・日本史の文系3科目にしぼって猛勉強したようですが、そのぶん高校の教室では爆睡《ばくすい》。注意されるとお母さんが「学校しか、寝る場所がないんです……慶應に行く子なんです。寝かせてください」[81]と押しきったそうです。

私は、教え子をなんとしても慶應に入れてあげたいと思った塾の先生の熱意は、ほんものだと思います。おなじように、「あなたの授業は受験に関係ないから、寝かせろ」といわれた高校の先生も、くやしかったろうなと思います。

そしてここから、見落とされているもうひとつのことが出てきます。同書において、慶應義塾大学に合格するのは、ほんとうに大事なことなのでしょうか。

あたりまえじゃないか、と思われるかもしれません。とくに、同書を2005年ごろにヒットしたマンガの『ドラゴン桜』と同様の、受験ハウツー本として読まれたかたは、そうでしょう。

しかし『ビリギャル』の著者が冒頭のモノローグで説くのは、「人間にとって一番大事なのは／この、ゼッタイ無理を／克服した体験だ」という価値観です。逆にいうと、

（80）版元もそれに配慮してか、単行本での「事実に基づくノンフィクション作品」という銘うちにくわえて、文庫版の序文では「ノンフィクション小説ビリギャル」（傍点は引用者）という位置づけを出してきています。

（81）坪田信貴『学年ビリのギャルが1年で偏差値を40上げて慶應大学に現役合格した話 文庫特別版』角川文庫、2015年、159〜160頁。

ぜったいに無理だと思えることをなしとげるなら、目標は慶應はおろか、大学受験でなくてもいいのです。

じっさい、映画の公開にさいして再編集された「文庫特別版」では、ハウツー本として売るならいちばん重要な受験テクニックや指導法の部分が、まるごと削られています。その部分は読者にとって大事ではないと、著者や出版社は判断したということです。

落ちこぼれていた女の子が一念発起《ほっき》して、不可能と思われた夢にいどみ、その姿をつうじて、ばらばらだった家族の心もひとつにしていく……。そういうストーリーがつくれるなら、夢のなかみはなんでもいいのです。学年でビリだった名古屋のギャルが勉強なんかしないで、歌とダンスをがんばってＳＫＥ48に入って、最後はＡＫＢグループのスターになる話でも、『ビリギャル』はなりたつのです。

サスペンス映画のフォーマットをつくったヒッチコックという監督は、映画づくりのコツとして「マクガフィン」をあげました。話を前にすすめる役割としてだけ、映画のなかで意義をもち、その具体的な内容にはこだわらなくていいもの、という意味です。

たとえば、「核兵器の設計図がテロ組織にわたろうとしている」というスパイ映画を考えましょう。とうぜん映画のストーリーは、設計図をめぐる攻防戦になるでしょう。

しかし、「それはじっさいにはどんな図面なのか」・「どういう構造で核爆発が起きるのか」・「そもそも物理学的にいって核エネルギーとはなにか」をスクリーンでえんえんと解説する必要は、ありません。観客があきてしまいます。

『ビリギャル』における慶應受験とは、まさにこのマクガフィンです。「慶應では具体的に、どんな勉強ができるか」「SFCにはどんな先生がいて、なにを研究しているか」なんて、どうでもいい。

スパイ映画に出てくる謎の機密書類と同様、形式さえあれば内実をともなわなくてもかまわない存在、いやむしろ内実があっては邪魔《じゃま》になる存在、そういうものに大学がなりはてた時代の記念碑が『ビリギャル』です。「べつに『大学くらい出とけ』っていわれるから、来てるだけだよ。専門なんてどうでもいいよ」という、ごくふつうの感性がついに、社会現象へと昇華《しょうか》されたのです。

大学受験をテーマにしても、その大学でおこなわれる教育の内実はとわないという考えかたは、これまでの用語でいえば「言語」の思考回路よりも、「身体」の快感にうったえかけるものでしょう。

塾のテキストをガリ勉しつづけた高校生本人と思われたカバーの女性が、モデルという究極の「身体でおこなう職業」をいとなむ別人だったという事実は、『ビリギャル』ブームの本質を、誠実につたえていたのかもしれません。

＊ＡＯ
米国では各大学の教員が出題して入試をおこなうのではなく、選抜業務のプロのみで構成される事務局（ＡＯ）が、共通テストや高校の成績、志願書・推薦状を総合して合否を出すのが一般的である。ＳＦＣもふくめ、平成にＡＯ入試を導入した諸大学ではこの前提が守られず、従来の推薦入試と大差ない内実へと変容していった。

「知性主義」の落城と再生

大学にとって知性とはなにか

こうして「知性主義」は、過去のものとなりました。大学の教員というだけで、だれもその人を尊敬などしないし、また学問的な出版物だからといって、その説くところが価値あるものとして、世間に流通したりもしない。

大学教育はもはや、純粋に高校卒業と大卒採用のあいだの4年間をつなぐだけの形式となりはてて、内実など問われていない。もはや死んでいるかもわからないのに、かつて生きていた時代のなごりで、その形代《かたしろ》だけはのこっている、ゾンビのようなものでしょうか。

ゾンビ教養主義で「著名哲学者の言葉」を自己啓発本にしたて、ゾンビ知性主義で適当な学生の「サクセスストーリー」を売り出すのも、ひとつの延命策ではあるのでしょう。しかしゾンビのままでいるかぎり、いずれ朽《く》ちはてると、私は思います。

おまえはそんなことを、えらそうに言えた立場なのか。ごもっともです。自身にたいする反省もこめて、私の短い教員生活での体験をふまえて、いま感じていることをお伝えしたいと思います。

幸運だったと思うのですが、私は所属していた学科で、半年間の初年次教育の授業を毎年担当していました。要するに「大学でなにを学ぶのか」についての、最初のガイダンスに相当する科目です。

そういうとき、かならず最初に「大学で学べるいちばん大事なことって、なに？」と聞いていました。答えは、学生によりさまざまです。すなおに、その学科がかかげている専門をあげる子もいれば、これはなにかあるなと裏を読んで「……学ぶという姿勢、ですか」といった、あいまいなところに落としてくる子もいます。

もちろん先生によって正解はちがうと思いますが、私のばあいは、それは「日本語だ」という答えを伝えていました。だいたい、次のような調子だったと思います。

いまさら日本語かよ、ときみたちは思ったかもしれない。でも考えてみてほしい。ここに30人くらいの人びとがいるわけだが、そのなかでいますぐすっと手をあげて、どうどうと私に質問ができるという人が、どれだけいるか。

30人ではなく、100人、300人の前だったらどうか。たんなる質問ではなく、むしろ私に反対意見をのべるのだったらどうか。私のような無名の教員ではなく、ノーベル賞の受賞者だったり、大企業の重役だったり、権力を持つ政治家にいうのだったらどうか。

余裕でできるぜ、という人は多くないと思う。だけどそれができるかどうかが、きみたちの人生や、この国の将来を左右するかもしれない。高校で英語を学ぶときだって、「リーディングだけでなくスピーキングも大事だ」とか、そういうことを習っただろう。だったら、自分たちがいちばん使うことばである日本語についても、まだまだ学んで上達させるべきところが、あるとは思わないか。

つまり大学とは、「日本語上級」の専門学校だ。それにつきる。しかし、そうはいってもずっと語学の授業つづきというのでは、きみらもげんなりだろう。

だから、日本語のスキルをあげるためにつかう材料は、自分の趣味にあうものを選んでもらっていい。アメリカ政治でも、英文学でも、フランス絵画でも、ドイツ哲学でも、中国経済でも日本史でもいい。自分のいちばん好きな素材で、議論をさせてくれる学部や学科に入ったらいい。

だけど、それらはあくまでも材料であり、手段なんだ。目的は、「自分が正しいと思う意見を、人前でもビビらずにいえる」・「しかしちがう意見も聞いて、まちがえたと思ったら修正できる」・「自分を卑下《ひげ》することなく、わからないことについては質問できる」、そういった意味での日本語能力の習得だ。それを忘れないでほしい。

あらためてふり返ると、ずいぶん知性の意義を「言語」に寄せてしゃべっていたなという印象です。知性とは「言語の適切な運用能力」の別名であり、後者をみがけば必ず前者も向上するはずだという、すこしナイーヴな信仰も感じます。

いまでも、この演説が大きくまちがっていたとは思いません。しかし3章でもみたように、じつは言語にも罠があります。

要するに目の前にいる大学の先生なり、あるいは「もっと有名な大学の先生」なりといった、えらそうな人のことばを口まねでコピーして、それが知性の向上だと思ってしまうのです。「いいじゃないか。われわれは研究にもとづいて、正しいことをしゃべっているんだから」という考えかたも、ありえるでしょう。しかしそれは、知性主義というものが機能しているあいだだけ、なりたつものです。「知性あることばは大学の専有物だ」という、知性主義の前提が崩れてしまったいま、答案や卒論で「いかに権威ある人のしゃべったことばを、忠実にコピーできているか」を問うのは、意味がうすいばかりか、危険ですらあります。

たとえば試験のさい、出題とまったく無関係な「いかに日本でネット右翼がはびこっており、それと戦う自分は正しいか」というアピールを、紋切《もんき》り型のフレーズをならべて書きつらねてくる学生がいました。試験とは「問われたことに答える」ものだという身体感覚を欠いたまま、「えらい人のことばをコピーして、正しい内容になってるんだから、とうぜん単位はくれるよな」という発想になっているのです。

そしてじっさいのところ、知性主義の崩れさったいま、大学の先生はたいして「えらい人」だと思われていません。2013年の7月に、麻生《あそう》太郎副総理兼財務相が「憲法改正はナチスの手口に学んでは」と発言して、問題になったことがあります。

私自身もツイッターで批判的にふれたところ、以前に叱責されたのか私に恨みをいだいているらしき学生のアカウントが、このように言及してきたのでおどろきました。

「准教授ごときが、副総理を批判するなんて生意気だ」と。

前後のツイートを確認すると、どうやら1章でふれた進歩的な教員たちを持ちあげて、かわりに生意気な私をこきおろすという趣旨のようでした。ナチス肯定とまでとられかねない政治家の発言も批判できない人が、「進歩的」になってなにをしたいのかは不明ですが、ともかくその人物にとっての大学教員の地位とは、そういうものだったようです。

教壇に立っているかぎり、教師は政権の批判であれ天皇制の否定であれ、どんな極論でものべることができます。その教員の真価がわかるのは、授業の教室という「自分が権力者でいられる場所」を離れたさいに、どれだけ普段の言行と一致しているかをみることによってでしょう。

すくなくとも私は、それを吟味してもらう媒体として、インターネットやSNSでの発信をおこなっていました。そういう態度は「生意気」であり、教室のなかでだけ天皇や政治家を批判するのが「分《ぶ》をわきまえた立派な先生」ということなのかもしれませんが、そんな内弁慶《うちべんけい》のような職業であれば、大学教員の社会的な凋落もまた、むべなるかなと思わされます。

「学級委員」たちの大学運営：教授会の正体

そういう事実に気づけただけ、私はまだ運がよかったのかもしれません。比率はわかりませんが、とくに年長世代の先生の一部には、大学教員が「社会的に権威ある人びと」だと、本気で信じているふしも見うけられました。

私のような不良教員はおどろいたのですが、日本の大学の常勤教員の多くは、小学校の生徒会のような働きかたをして（あるいは、させられて）います。具体的には委員会制度があって、年度ごとに教務委員・予算委員・入試委員・広報委員……といったものを、学科や専攻ごとにえらぶのです。クラスの学級委員とおなじです。

委員にえらばれると、なにをするのか。時間割の作成のような一部の仕事をのぞくと、小学生と同様に、たいしたことはしません。予算委員が一から大学の予算を組んだり、入試委員が試験の日程をきめたりするのではないのです。

そういう専門的な仕事は、教員が授業・研究の片手間にはできないので、実質的には大学の事務職員がぜんぶ決めています。委員会では、職員さんがつくってきた資料にもとづく説明をきいて、結論を自分の学部にもちかえるだけです。

最初からメールで全員に送信すれば、伝達ミスも減り時間も節約できることを、あたかも伝書鳩《でんしょばと》のように教員を使ってやっているのです。

大学の教授会というと、厳粛《げんしゅく》な場のような雰囲気がありますが、内容のほとんどはこうした伝書鳩どうしの情報交換です。学部ごとの教授会の上位には、「審議会」や「評議会」などの名称をもつ、学部長クラスのメンバーで構成される大学全体の会議があるのですが、そこも似たような感じらしい。

私のような平《ひら》の伝書鳩が学部レベルの教授会で報告すると、議事録に載ります。学部長クラスの「ワンランク上の伝書鳩」は、その教授会の議事録にもとづいて、審議会に伝達する。おそろしいことに、その審議会のようすを教授会にもちかえる逆方向の伝書鳩もいて、「先月の審議会ではこのような議題が出ました」という話を、つぎの教授会でえんえん報告する。毎回1時間くらいは話していたと思います。

審議会の議題の過半数は、もともと教授会で議論したものを持っていっただけですから、ほぼ完全におなじ内容を、かならず2回はくり返し聞くことになるわけです（もめる議題だと継続審議になるので、くり返しが4回、6回……と増えていきます）。信じがたい非効率なので、唖然《あぜん》としてみていたのですが、それが「大学の自治」の本質だと、まじめに考えている人たちもいるようでした。

大学の自治とはなにか。私は、「教育と研究の自由」だと考えます。あらゆる教員が自由に、自身の知的好奇心にしたがって研究でき、思うところを授業の場でのべることができる。その権利を、ほかのだれにも侵害されない。

この意味での「大学の自治」は、けっして失われてはならないものだと思っています。

しかしそれは、大学教員が小学校のクラス委員のように伝書鳩をすることと、なにか関係があるのでしょうか。じっさいには運営のプロである職員がきめたものを、形式だけは「教授会で教員がきめました」というかたちにするために、時間の浪費をしているだけではないかと、疑問でしかたありませんでした。

いや、その形式に意味があるのだ。そういう「教授会自治」があってこそ、教育や研究の自由が守られるという考えかたも、あるのでしょう。そちらが正しいことになっているので、いまでも多くの大学教員は、研究や授業の準備についやす時間をけずって、伝書鳩をしています。

しかし、これは架空の想定ですが、「教授会のドン」のような人物がいて、その教員がイエスといわなければ、ほかの教員の研究計画は却下《きゃっか》、授業のシラバスも書きなおしという状況があったとしましょう。このばあいも、形式的にはすべてが教授会の議決を経ているので、「教授会自治」は１００パーセント守られます。

ですが、そこに「教育と研究の自由」は、あるといえるでしょうか。

さいわい私の大学では、ここまでひどい状況はありませんでしたが、それでも特定の論文集を「参考文献としてかならず授業案内に入れてくれ」と、ほかの教員につよく要請されたことはあります。私の授業内容とは関係のないものだったので、あくまでも参考のためで「かならずしも購入の必要はない」と添えて原案をつくると、「それではだめだ。購入意欲を削《そ》ぐ文言はけずってくれ」と言われる。

その論文集は、学科の教員全員に分担をわりあててつくったオムニバスで、編者役をした教員にはなんとしても、同書をプッシュしたい意向があるようでした。しかも、「新入生の説明会でチラシを配って、『この学科に入るなら必読です』という雰囲気をつくれば、入学記念にみんな買うのでは」とおっしゃる。

さすがにまずいと感じて、「会員商法のようなやり方で、まだよくわかっていない学生に高価な出費をさせるのはどうかと思う。その本をつかう授業に出るかは、それぞれの学生がきめることだし、出る段になってから買えばすむ話でしょう」と反論したところ、立ち消えになったのですが、こういう空気を読まない言動にたいして、こころよく思わない同僚もいたようです。

教員を守らない「教授会自治」：ある脅迫事件の実例

「教授会自治」がときとして、いかにより大事な自由を侵害してしまうのかについて、私の体験した笑い話を紹介しましょう。もっとも笑えるようになったのは最近のことで、発生当時はただ暗澹《あんたん》たる気持ちになり、とても笑いごとではなかったのですが。

3章でものべたとおり、教員時代の私はSNSでも言論活動をしていたので、ややこしい人にからまれたことも一度や二度ではありません。多くはネット右翼とよばれる人びとで、大学のメールアドレスに罵詈《ばり》雑言《ぞうごん》を送りつけられたこともあります。

もっとも、「あなたは私の主張を誤読しているから、ちゃんと読みなさい。そのうえで、あなたが私とちがう意見をもつのは自由だが、事実と異なる中傷をしたり、なんらかの不法行為におよぶなら、こちらも法的な措置をとります」とお返事すると、それでおさまるのがつねでした。そもそも文章の体《てい》をなさない、ほんとうに支離《しり》滅裂《めつれつ》なメールが届いたばあいは、返事をせずに放置していました。

ところが２０１４年の春、ある事件が発生します。ツイッターで私のつぶやいた、とくに政治性もない他愛ないツイートに1か所、「北朝鮮」という単語が入っていました。それを目にした、これまで一度も話したことのない人物が、リプライをとばすかたちで私を脅迫してきたのです。

「北朝鮮などという用語をつかうおまえは、朝鮮民族への差別主義者だ。いますぐ謝罪しろ。しないなら大学におしかけて、授業ができないようにしてやる」といった難癖《なんくせ》です。もちろんそんな基準をみとめたら、こんにちのあらゆるメディアは全員「差別主義者」になってしまいます。

こういう人にまじめな反論が通じないことは知っていたので、完全に黙殺しましたし、じっさい当の脅迫者自身が、ほどなく別のターゲットに標的を移していったので、ふだんならそれで終わるはずの話でした。

タイミングが悪かったのは、ちょうどその翌日に、大学で私が司会をする大きな講演会が入っていたことです。

おどろいたことに、翌朝私が出勤すると、すでに警察から大学に通報が入り、学長の決断で護衛がつくことになっていました。具体的には、一般の来客も多い講演会場近くの校門にパトカー1台を配備し、また私服警官2名ほどをホールのドア付近に待機させて、万が一にそなえるというものです。

ツイッターの無名アカウントの言いがかりに、即座にここまで対応するとは、日本の警察の俊敏さにはおどろきました。私が当時、それなりにメディアに出ることがあったためか、もしくは脅迫者が、自身のホームページで極左的な活動を誇示していたせいかのどちらかで、あらかじめマークがついていたのかもしれません。

いずれにしても、教員にたいする不当な脅迫はゆるさないということで、学長以下の大学当局が毅然《きぜん》とした対応をとってくださったことには、感謝するばかりです。職員の方々も協力してくださり、内心面倒《めんどう》だったろうと思いますが、会場近辺の番に立ってくださいました。

ところがこの経緯を、口をきわめて論難した人びとがいます。——くだんの、「教授会自治」を信奉する先生方です。次の教授会は事実上、私にたいする糾弾会の様相を呈しました。

彼らにいわせると、大学構内に警官を入れたことが「大学の自治」の破壊につながるらしい。しかも上述のとおり、私が警察に電話を入れたり、「警官隊を導入してほしい」と学長に要請したわけではないにもかかわらず、事前に私に話をきいて実情を把握することもせず、伝聞情報だけで「こういう事件があったそうだが、許しがたい。きょうの議題に入っていなくても、断固《だんこ》批判させてもらう」とやるのです。

しかたなしに自分で手をあげて、「いまみなさんが批判している、『ネットで脅迫された某《ぼう》教員』とは私のことだ。こういう経緯で発生したもので、SNS時代のいま、教員・職員のだれにでも起こりうる事件だと思うが、どうか」と説明しました。会議の後に「はじめて事情がわかったので、説明してくれてよかった。まったく正反対の構図を信じてしまうところだった」と、声をかけてくださる先生もいました。

あたりまえですが、このような警察の入構は、70*年安保のころに問題にされた「学生運動を自力でコントロールできない大学当局が、警察をキャンパスに入れて鎮圧させる」といった事態とは、なんの関係もないまったくの別物です。

たとえば朝日新聞の記者に右翼から「斬奸状《ざんかんじょう》」がとどいて、会社が警察に警護を要請したら、「朝日は国家権力に屈した」と批判されるのでしょうか。花火大会やコミックマーケットなど、多人数があつまるイベントの多くは警察に会場警備を依頼していますが、そういう行事は「警察権力の礼賛」につながるから行くべきではないのでしょうか。

おそろしいのは、このとき私を糾弾する先頭に立った人びとが、1章でのべた「皇太子来学企画」の主導者でもあったことです。彼らのことばにしたがえば、たとえ極左の活動家から「天皇制に屈した差別主義者の教員どもめ。皇太子の講演なんか、できないようにしてやるぞ」という脅迫が届いても、警察を入れずに丸腰で皇太子に来学させるのが「大学の自治」だというのです。ほんとうにこわいことです。

これは、私が邪推《じゃすい》で書いているのではありません。とうぜんその教授会でも「現に、皇太子を呼ばれるという企画も進行していますが、そのときも警察を入れないおつもりですか」と質問しています。こたえは、「高い金を払って警備会社を雇っているだろうが」「皇太子に話をすりかえるな」でした。

＊70年安保
全共闘運動とも呼ばれる。左翼系の学生団体がバリケードをきずいてキャンパスを封鎖し、授業や入試を不可能にする例がおおく、大学当局は排除のために警官隊を導入するか否かの決断をせまられた。１９６９年の「東大安田講堂攻防戦」が有名。

むなしい「グローバル人材」の実態

最近はすこし下火になったようですが、私がまだ勤務していた２０１２～１４年のころは、「グローバル人材の育成」が大学の最重要使命のように語られていました。

文部科学省が音頭《おんど》をとって、グローバル人材の育成に資《し》するカリキュラムには補助金を出すといったことをやり、各大学がこぞって応募するのです。私の勤務先も何件か同種の事業に応募して、採用されたものもあったと記憶します。

そのときからふしぎだったのは、「そんなにグローバル人材というなら、どうして、すでに大学にいる人材をだいじにしないのだろう？」ということでした。

たとえば私の大学にも、海外の大学院で学位をとり、現地の出版社から（つまり外国語で）著作を出された先生がいました。グローバル人材からほど遠い私ですら、日本で出した著書を、複数の外国語に訳してもらったことがあります。海外の学会の会員になり、積極的に国際会議で発表している先生となると、もっと多くいたでしょう。

しかしそういった先生方をあつめて、「国内のみでなく、海外でも研究／出版することでなにがえられたのか」・「海外の大学や学界を知る人の目でみて、日本のアカデミズムの強みと弱みはなにか」といったことを論じたり、意欲ある学生たちとシェアする機会があったかといえば、ゼロです。せっかくグローバルに活躍する人材が大学にいるのに、その体験に学ぼうという発想がないのです。

それでは、大学でじっさいに立案されていた「グローバル人材」の育成事業とは、どんなものなのか。

なんのことはない、①学生にもっと語学試験を受けさせましょう、②留学生をもっととりましょう、という程度のものです。

休職中にとどいたメールでも、「学生のTOEIC目標点を何点にするか。低すぎると大学の格が落ちるが、高すぎると達成できない」といった類《たぐい》の議論がつづいているらしいのをみて、涙が出そうになりました。そんなものが、アカデミズムを標榜《ひょうぼう》している教育機関がおこなう議論でしょうか。

TOEICで点数をとらせるのがグローバル人材の育成なら、たとえば『ビリギャル』の著者は同試験で満点をとる英語力があるそうで、学年ビリのギャルを慶應に入れるだけの指導力も証明されているのだから、その塾にかよわせたほうがはやいでしょう。むしろそれとは異なる、「大学でしか身につかない語学力」とはなんなのかを提示することこそが、いま、大学に期待される営為ではないのでしょうか。

平成の日本では、語学の検定試験で一定の成績をとると、外国語科目の単位に替えてあげるといった制度が、大学改革の目玉として売りだされた時期もありました。やはり休職中に拝読したメールに、「それは、ほんらいの大学の任務の放棄ではないか。なにが単位として認められるべき能力かの基準を、外部の試験に丸投げしていいのか」とする異論をみて、胸のすく思いがしたのをおぼえています。

私自身は関わらなかったのですが、私の職場で採用されたグローバル人材育成がらみの事業についても、「補助金のほとんどが、結局は語学試験の実施会社に流れていくような計画に、大学の人員を割く意義はあるのか」との批判を、学内で耳にすることがありました。公費で支援されるべき、大学ならではのカリキュラムとはなんなのかについて、きちんとした精査が必要だと思います。

留学生の受け入れにともなう問題は、もっと深刻です。

病気のために大学内部で発言できず、後悔していることのひとつですが、グローバル化というのは「日本の大学に来る留学生の質が低くなっていくこと」だという事実を、理解できない教員が多いのにはおどろかされます〔Coda 2も参照〕。

かつて、東アジアを中心とする非西洋地域がまずしかった時期には、「さすがに欧米留学はむずかしいから、とりあえずアジアで最先進国の日本へ」というかたちで、各国のトップエリートが日本に留学する構図がありました。しかしグローバル化のもとで、後進国とよばれた地域の経済発展がすすむと、彼らは日本をスルーして、むしろ直接ハーバードやオクスフォードに留学するようになります。

裏をかえせば、そんな時代に日本に留学するのは、出身国でもトップクラスではない学生になるわけです。東京大学で大学院生をしていたころにも、「最近は留学生の質が低くてこまる。国際政治が専門の専攻ですら、むかしのような学生はもうとれない」といった教員のぼやきを、よく聞きました。

日本の国際的な地位が、相対的に低下している以上、そうなるのは必然です。すくなくとも、大学だけががんばって、どうにかできることではない。

しかし大学によっては、いまでも1980年代に国際化がいわれたころの発想のまま、「どんどん留学生をうけいれて、学生が国際交流する機会を増やそう。それがグローバル化への対応だ」と信じている教員がいます。その結果、信じがたいレベルの外国人が、学生として入ってきてしまうのです。

個人的な体験から例をとると、たとえば2009年、まだ私の教員としてのキャリアの初期に入ってきた中国人の留学生は、日本語もよくできたし、それ以上に「日本から新しい知識を学びたい」という意欲に満ちていました。

しかしその2年後くらいから、おなじ中国ないし韓国からの留学生でも、そもそもそういう発想のない子がめだつようになりました。

たとえばレポートを書かせると、出身国で刊行された翻訳本を引用してくる。それはかまわないのですが、日本でいえば自己啓発本にあたるような通俗心理学の書籍で、しかも授業の内容とまったく関係がない。

はては中国人の留学生に、中国で刊行されたマルクス主義の解説書で、レポートを出されたりする。こうなるともう教員のほうが、自分がなにをやっているのか、意味がわかりません。

じつはそれでも、学部への留学生は試験もきびしく、また日本語の授業もふくめて在学中の履修《りしゅう》科目も多いので、まだましです。救いがたいのは大学院で、そもそも入試自体が小論文のような、採点者の手心《てごころ》でいくらでも高得点をつけられるしくみなので、語学の点数がきわめて低い学生でも入ってきてしまいます。

とうぜん、そんな留学生に大学院レベルの日本語文献が、読めるはずはありません。レジュメをつくってきてねといっても、「できませんでした」という。

では授業でなにをするかというと、小学校の国語の先生のように、教材の文章の主語はどれか、肯定文か否定文かといったことを、逐語《ちくご》的に手とり足とりするのです。

あまりにもおかしいので就任したてのころ、同僚に「学部より大学院のほうが、レベルが低くていいのですか」と聞いたら、自嘲《じちょう》ぎみに「うちみたいな二流大学の宿命だから」と返されました。

「グローバル人材」のブームもひと段落したいま、大学院で教員に国語教師をさせるような社会的浪費が、笑いごとですまされてよいのか、教育関係者がもういちど考えるときだと思います。

学生・教員・職員がかがやく改革を

知性の内実を、身体的な側面を排除して言語のみによってとらえ、しかもそのにない手を大学教員にかぎる「知性主義」の発想は、日本はもとより、アカデミズムの本場と目されてきた欧米でも崩れさりました。

これからの大学はそのことを踏まえて、みずからの存在意義を再定義していかなくてはならないでしょう。じっさい、「人文系の大学教育じたいがむだだ。もっと実業に役立つことを教える、職業訓練校に改組しろ」といった声さえ、近年ではめずらしくなく、平成時代の最後の月となる2019年4月からは、企業と連携して特定の職業に特化した内容を教える「専門職大学」なる制度がスタートします。

ほんとうに、これまで大学でおこなわれてきた文系の教育は、社会的な浪費だったのでしょうか。私のこたえは、イエス・アンド・ノーです。

教員だった私の目からみても、特定分野の専門家としての大学教員が、「自分の後継者」を育てるためにおこなってきたような教育のほとんどは、縮小されるべきだと思わざるをえません。そのような教育につきあわされても、じっさいに「後継者」になれるのはごくわずかという現状は、あきらかに学生にも不利益をあたえています。

前世紀末に進展した大学院重点化のために、同僚いわく「二流大学」だった私の勤務先でも、全教員が大学院で授業を持たされ、しかも定員を充足させるために、不適切な学生を入学させる事態となっていました。このような悪循環は、断《た》つべきです。「専門家の後継者養成」は、日本国内でせいぜい十数校の大学がになえばよいことです。

こうしたことを書くと、「二流大学だけを、特別あつかいするエリート主義だ」と批判されます。しかし、そういう人はほんとうに、一流大学にかよって特定の学問分野の専門家になるような人生に、意義を感じているのでしょうか。

そこまでしたところで「世間を知らない大学教員なんてじつはバカ」と、ふだん読書をしない人びとに、平気で罵倒される人生に。

むしろ多数の大学の教育カリキュラムを、「専門家の後継者養成」から解放することで、多くの大学教員は、大学院に進学しないふつうの学生、つまりさまざまな職種で社会のにない手となる学生にたいする教育に、注力できるようになります。「学生だけでなく社会人教育も大事だ」というなら、民間のカルチャースクールのような短期の講座を、適切な料金をとって運営すればよいでしょう。年単位の高額な授業料を納入させられ、2年（修士）ないし5年（博士）の長期にわたって拘束される「社会人大学院」のしくみよりも、はるかに働く人びとにとって利用しやすい教育機関になることは、確実です。

それでは、たんなる専門家の養成機関ではなくなった大学は、なにをめざすのか。そのミッションこそ、まさに「知性主義」にとらわれない広い意味での、知性の社会的な復権でなくてはならないでしょう。

大学教員として編集者の方と話していたときに、さる女子大の先生がおこなわれている、初年次教育の内容を聞いたことがあります。

参加した学生全員に、毎週1冊、新書を紹介してもらう。しかし、それでは毎週1冊ずつ読破しなくてはいけないのかというと、そうではない。

なんでもよいから、自分が「いま、読んでみたいと思った新書」を1冊持参して、「どうして、その本を選んだのか」を説明すればよいというのです。

そうすると、かりにまだ1ページも読んでいなくても、「著者はだれか」「どういう履《り》歴《れき》の人物か」「なぜ信用に値すると考えたか」「どんな知見がえられると期待されるか」……といったことを、学生が自分で吟味《ぎんみ》するようになります。もちろん意欲がある学生は、じっさいに内容を読んで「まだ何章しか読んでいませんが、こんなことが書いてありました」という報告をしてもよい。

重要なのは、それが連鎖していくことだというのです。

1年間もこれをくり返していくと、自身の関心にそくして良書を読み、かつ他人のことばのコピーではなく自分なりに咀嚼《そしゃく》して語れる学生が、クラスのなかでかがやいてくる。

テストでいい点をもらいたいから、他人の書いたことばをコピーするというのではないのです。いっしょに学ぶ仲間たちの視線の前で、自分が敬意をはらわれる、自尊心を持ちうる存在でありたい。そういう身体的な欲求の部分にうったえかけているのが、この授業のミソなのだろうと思います。

この話を聞いたとき、「やられたな」と思いました。私なりにベストを尽くしてきたつもりでも、実現できない死角になっていた部分が、みごとに補われているからです。

その先生はあくまでも、1年生の1年間にかぎっておこなっているとのことでしたが、むしろ学部の4年間をつうじて展開されてもよい内容だと感じました。

このような授業では、たんなる専門知にとどまらない、教員側の技量も求められるでしょう。もちろん、専門以外の分野については教員も素人《しろうと》ですが、「よい本そうか、そうでなさそうか」を見定めるコツや、あきらかに議論がおかしな方向にいきそうなとき、適切なタイミングでストップをかけ、修正してゆく勘は必要になります。

――それこそがほんらい、「知性」ということばに、私たちが期待していたものではないでしょうか。

もちろん教員の側が、自分の政治的な立場にそった本ばかりを無理推《お》ししたり、権威の前ではあっさり自分の信条をひるがえしたり、事実を調べず憶測で他人を糾弾したりすれば、彼らのそういう姿は知性を欠いたものとして、学生の目に映ることでしょう。

そういう目を持つ学生を養《やしな》うことこそが、これからの大学という場の目標におかれなくてはなりません。そうした人びとこそが、既存の権威や一時の流行、情報の錯綜《さくそう》やデマゴーグの跳梁《ちょうりょう》に抗する力を持った、社会をつくるからです。

特定分野の専門家ではなく、知性を持つ一般市民の育成がミッションなのだということを、教員と学生とがともに自覚するには、専門分野ごとに「学部」や「学科」がしきられ、その学部のうえに教授会が乗っている標準的な大学組織のありかたも、みなおしていく必要があると思います。

とはいえ、かつて*「四文字学部」と揶揄《やゆ》されつつ流行した、なんの専門性もなくただ多分野の教員や授業をならべたカリキュラムをつくることは、おすすめできません。私も学際系の出身ですが、「友だちといっしょに出たいから」「評価があまいらしいから」といった理由で、てんでばらばらな科目群を履修した結果、なにもえられなかった学生を、多数みてきました。

むしろ、先にのべたような知性の修練のコアとなる読書科目を、学部の4年間を通じて、ただし半期ごとに担当教員は替わる形で履修しつづける。そこでみつけた自分の関心にそって、専門性についても一定の配慮がなされて設定された「コース」を、いくつか履修するようなかたちがあっていいのではと思います。

たとえばひとつの授業が、「政治学」「国際情勢」「日本社会論」「公共哲学」といった、複数のコースに位置づけられるといったこともありうるし、それならたんなる多分野の雑居ではない、意味のある横断的な学習になりうるでしょう。

どのようなコースを設定し、どの科目がどのコースに相当すると位置づけるのか。こういった高度に教育・研究の内容に踏みこむ課題については、これまでどおり、きちんとした学識を有する教員自身が、自分の手で決める権利を持たなくてはいけません。

しかしそれ以外の純粋に事務的な部分、教員がこれまで「伝書鳩」をしてきただけの話題にかんしては、全面的にその権限を、実務を担当してきた職員に移譲《いじょう》すべきです。そうすることで、職員の士気が高まると同時に、教員もまた雑務から解放されて、自身の研究・教育という本業に専心できるようになるでしょう。

もっとも重要なことですが、こういった改革は、悪い意味での「反知性主義者」にではなく、「知性のある反正統主義者」によってこそ、になわれる必要があります。

いまもなお吹き荒れているだろう各種の大学改革が、みるべき成果をあげていないのは、「大学教員はバカ」・「文系なんてカネにならない」・「税金を使ってるんだから政治家にしたがえ」といった、およそ知性を感じさせないポピュリストに主導されたことで、しかるべき協力がえられなかった側面が大きいと思います。

知性のある改革者によって、「知性主義」を脱したより広い知性のために変わるのであれば、積極的に協力を申し出る大学関係者は多いはずだ。

そう考えるくらいには、私はいまも「知性の砦《とりで》」としての、大学を信じています〔残念なことに令和の新型コロナウイルス禍で、この信頼は大きく損なわれた。Coda 1を参照〕。

＊四文字学部

「文学部」「理工学部」など、研究分野を漢字1〜2文字で示すことの多かった伝統的な学部名にたいし、平成に新設された諸学部が「総合」「国際」「文化」「情報」「環境」などの語を組みあわせた4文字の学部名で、新しさをアピールしたことをさす俗称。その後、学部名のブームはカナ表記（「グローバル」「コミュニケーション」など）へと移行した。

第5章 知性が崩れゆく世界で

英、EU離脱へ

国民投票 多数確実

2年かけ脱退交渉

離脱	1625万2257票(51.8%)
残留	1513万139票(48.2%)

円急騰

東証、一

「リスク憂

2016年6月24日、朝日新聞夕刊

帝国が消えてゆく世界秩序

リベラルはなぜ衰退したのか

１９８９年、東欧の社会主義圏の崩壊とともにはじまった平成という時代は、２０１７年のドナルド・トランプ米国大統領就任に象徴《しょうちょう》される、リベラルの世界的な退潮のなかで、幕をおろそうとしています。

人種・宗教・性・障害などにかんする差別発言を連発するトランプにたいしては、選挙中から批判が集中した半面、「あれは、支持者をもりあげるためのレトリックだろう。さすがに当選したら、穏当な政策をとるだろう」という評価も聞かれました。しかし、イスラーム圏を中心とする特定国の国民の入国禁止や、メキシコとの国境への壁の建設などの過激な公約は、司法との軋轢《あつれき》をかかえながらも、じっさいに着手されています。

奴隷制に代表される人種差別の暗い過去をのりこえて発展してきた、自由主義の本場ともいえるアメリカで、どうしてこのようなことが起きるのでしょうか。

平成の日本では、やはりリベラル派の衰退がいわれはじめた小泉改革のころから、「リベラルが弱いのは、有効な経済政策がないからだ」といった解説が語られてきました。

結果として、思想的にはリベラルに近いとされた民主党政権がたおれ、復古的な保守主義の色が濃い第二次安倍内閣が発足したときも、「アベノミクスは期待できるから」といって、リベラルを称する人びとのかなりの部分が支持にまわるという、もの悲しい光景もみられました。

この保守やリベラルといった用語じたい、平成とともに役割を終えつつあるのでしょうから、最小限の定義をしておきましょう。

そもそも、20世紀には左翼と同義語だった社会主義とは、本人たちの主観では最強の「経済政策」でした。産業を国有化することで、資本家の労働者にたいする搾取《さくしゅ》をなくせば、これまでは資本家の懐《ふところ》を肥やすだけだった部分が、社会的な厚生にまわる。解放された勤労大衆も、これからは資本家ではなく自分たち自身のために働けるのだから、生産力の爆発的な増加が起こり、貧困は消滅する。だいたいこういった理屈です。

これは、文字どおり革命的な変化なので、とうぜん反発をまねきます。社会秩序の安《あん》寧《ねい》のためには、そうした変化をゆるしてはならないとするのが、保守の立場です。

たいして両者の中間で、リベラル（自由主義者）がになった役割はふたつありました。ひとつは、社会主義の経済政策にたいして、それはむしろ「非効率」ではないかと指摘すること。じっさい、官僚による計画経済の運営は、民間の市場経済とくらべてうまく機能せず、社会主義の国では物資の不足が常態化していきました。

もうひとつは、左翼が主張する社会主義の実現、ないし保守がとなえるその阻止にたいして、「それよりも、もっと大事なものがありませんか」という価値を示すこと。社会主義国で政府の方針を批判したものは投獄・粛清され、逆に革命を防止するために反共主義をとった国でもまた、レッドパージのような思想弾圧や、政治犯の虐殺がおきました。

もちろん経済を発展させることも、秩序を安定させることもたいせつだ。しかしそれらはほんらい、人間が自由に生きるための手段であったはずだ。

われわれの目的は、あらゆる人が人権を尊重されて、自由に活動できることなのだから、優先順位をまちがえてはいけない。これがリベラルの立場です。

その意味では、「必要なのは経済政策だ」といった手段の議論が幅をきかせ、はては「多少不自由になっても、成長戦略のある政権がいい。思想よりお金だ」といわんばかりの発想が語られはじめた時点で、政治勢力としてのリベラルの意義は、おわっていたのでしょう。それでは、たんなる保守ないし左翼の下請けです。

しかしいま私たちが直面している課題は、より深刻です。自由や人権といった、リベラルがかかげてきた価値自体が、「それって、そんなに大事なものなのか」「政策の邪魔なら、なくしたっていいんじゃないか」と、広く思われはじめている。

消えつつあるのはリベラル派という思想集団ではなくて、私たち自身の権利なのです。しかもそれを途上国の独裁者ではなく、先進国の民主的リーダーが、つまり「私たち自身」の代表がみずから先導している。

どうして、そんなことになったのでしょうか。

病気から回復する途中で、そのことについて、考える手がかりをくれた小説があります。

２００８年末に刊行された、伊藤計劃《けいかく》の『ハーモニー』というSF長編です。翌年の著者の急逝や、海外での受賞もあって、ファンのあいだではすでに古典的な扱いをされている作品だそうです。

内容じたいは、古くからあるディストピア*ものの一種です。舞台となるのは核戦争の抑止のために、いわば「リベラルな思想が強制される」ことで、じっさいに平和が実現した未来世界。

強制といっても、大学で教員が自由主義を教えるような、効率の悪いことはしません。人間全員がコンピュータを埋めこまれて、食事管理やストレスコントロールから、異なる文化をもつ隣人との共生まで、「みんなに優しい選択肢」をメカニックに提供されつづけるのです。

ここまでいくと、国ごとの政府というものが存在する意義がないので、それらは「生府」なる福利厚生の提供機関に格下げされ、ＷＨＯ（世界保健機構）による世界統治がおこなわれています。そんな満ち足りたはずの社会で、ある日突然、大量の自殺者と、彼らをハッキングしたと思《おぼ》しき組織の犯行声明が出る。犯人は誰か、そのねらいとは――。

興味深いのは、この小説の全体が、３章でみた「言語と身体」の葛藤を軸にしているようにも読めることです。同書は各章のタイトルをはじめとして、随所に <etml:lang

=ja>といった、コンピュータのプログラムのような表記が挿入され、このユートピアを支配しているシステムが、言語的な理性によって駆動されていることが示されています。

たいして、そういうリベラルの理想を体現した世界秩序への、反乱の拠点として位置づけられているのが、まさしく身体的な違和感なのです。

「体を見張るメディモルの群れ。人間の体を言葉に還元してしまうちっぽけな分子。そうやって、わたしたちはありとあらゆる身体的状態を医学の言葉にして、生府の慈愛に満ちた評議員に明け渡してしまうことになるのよ。……自分のカラダが、奴らの言葉に置き換えられていくなんて、そんなことに我慢できる［？］……わたしは、まっぴらよ」[82]

1991年末にソビエト連邦が解体し、社会主義が失効するなかではじまった平成という時代は、当初はリベラルの黄金時代になるものと目《もく》されました。日本新党・新生党・新進党・民主党といった、旧来の左翼政党と一線を画《かく》して自由主義の旗をかかげた新党が自民党にいどみ、いくつかはじっさいに政権を獲得しました。

しかし平成の終わりにさいして、私たちはこんどは、そのようなリベラルの世界的な没落を目のあたりにしています。それでは、保守が勝ったということなのか。

すくなくとも日本においては、それもちがいます。自民党に代表される日本の戦後保守とは、アメリカが主導する「リベラルな世界秩序」を保守する存在だったのだから、国際的にリベラルが凋落《ちょうらく》すれば、じつは保守も終わるのです。

ソ連の社会主義であれアメリカの自由主義であれ、超大国のインテリたちがグランドデザインを描こうとしてきた、言語によって普遍性が語られる世界秩序にたいする、身体的な――4章のことばでいえば、反正統主義ないし反知性主義的な反発。

その力は最初に、ソビエト帝国としての社会主義圏を崩壊させ、およそ30年後にいま、アメリカ合衆国の帝国版たるパクス・アメリカーナを、瓦解《がかい》させようとしている。

そういう目でみることで、はじめて目下の世界で起きていることが理解できるのだと、私は感じています。

＊ディストピアもの
理想社会をえがくユートピアものの反意語で、悪夢と化した未来社会の描写を通じて、現代の諸問題をあぶりだす寓話《ぐうわ》的な作品をさす。冷戦下ではソ連型社会主義の風刺として読まれたオーウェル『1984年』は、皮肉にもトランプ当選後のアメリカで、自国の将来を予言するものとして再度のベストセラーになった。

(82) 伊藤計劃『ハーモニー』ハヤカワ文庫、2010年、19～20頁。

言語による帝国と民族《エトノス》という身体

ここで、ことばの定義をしておきます。さきほど「帝国」という語が出ましたが、帝国とはそもそもなにか。

一般には、「地理的に広大な範囲におよび、複数の民族を直接ないし間接的に統治下においている、支配機構や政治の体制」といった意味でしょう。本章を読みすすめるうえでも、基本的にはその定義でかまいません。

やっかいなのは「民族」のほうです。この定義をめぐっては、膨大《ぼうだい》な論争と学説の歴史があり、じつはいまだに決着をみていません。

なぜ民族がやっかいか。定義しようとするとトートロジー（同語反復）になってしまうからです。たとえば「民族とは、同一の言語を共有する集団だ」という、一見わかりやすい定義を考えましょう。

日本民族とは、日本語を話す集団だ。これはわかりやすい。しかし、津軽《つがる》弁と鹿児島弁とでは、会話がなりたたないくらいちがうのに、どちらも「日本語」だとみなす根拠はあるのか。津軽人も鹿児島人も「日本民族だ」という前提が先にあって、あとから「どちらも『同じ日本語』ということにしよう」と、こじつけただけではないのか。

こういう論争があって、私が大学で勉強した20世紀末のころには、民族という用語は学界ではむしろ、アンタッチャブルなものになっていました。いろいろつっこまれるから、不用意に使わないほうがいいよ、ということです。

しかしその後も、発展途上の地域における「民族紛争」はとまらず、しかも近年は移民排斥などのかたちで、先進諸国でも「人種・民族差別」の問題が再度クローズアップされてきました。こうなると、いつまでも「定義なし」で日和《ひよ》っているわけにもいきません。

そこで本章では、このように考えたいと思います。

すなわち、帝国とは言語によって駆動される理性にもとづき、官僚機構が制度化されたルールをもうけて統治している空間であり、逆に民族とはむしろ「ここからここまでが『われわれ』の範囲だ」という、身体的な実感にもとづく帰属集団のことである、と。

帝国が理性にもとづく、というと、「おまえは帝国主義を肯定するのか」と怒られそうですが、そうではありません。たんに、広い範囲で多様な人びとを共通のルールにしたがわせるには、それなりに知恵をねる必要があるという事実を、指摘しているだけです。

じっさい、先住民を文字どおり殺戮《さつりく》していた近世スペインの帝国支配のあと、近代のイギリスやフランスが広大な植民地帝国をつくったさいには、「文明化の使命《シビライジング・ミッション》」という正当化の論理が語られました。「われわれは、無知な迷信にとらわれているあなたがたを、より合理的で進歩した社会へと案内するために、知性によって支配する」ということです。

こうした西欧列強の植民地主義を、はじめて根底から批判して登場した政治体制が、社会主義をかかげて１９２２年に成立したソビエト連邦です。彼らは「われわれは労働者や少数民族などの、抑圧された階級を解放するために、革命を広めてゆく」という理屈で、領土や勢力圏の拡張を正当化しました。
たいして「そういうソ連こそ、国内の人びとから自由を奪っている『悪の帝国』である。われわれは、世界の人びとの自由を守るために、彼らに対抗する」と主張したのが、20世紀のアメリカでした。この意識がソ連解体後も、仮想敵を独裁政権一般に拡大してつづいたのが、「世界の警察官」とよばれたアメリカ帝国の絶頂期です。

いずれにしても、帝国のコアには「文明・進歩・科学・平等・自由……」といった、言語によって語られる抽象的な理念があるのです。そうしたイデオロギーを大学で習得した能吏《のうり》が、「こういう大義のためなのだから、小さなちがいはのりこえて協力しなさい」といって、彼らよりも教育水準の低い住民を、指導する。これが帝国による統治です。

しかし、人によってはまさにその「小さなちがい」が、一大事になります。

3章・4章でくわしくみてきたように、人間は、言語によって組みたてられる論理だけで、うごいているのではありません。どのように説得されても「でも、現にあいつらは、俺たちとちがう」というかたちで、身体的な違和感が生じてしまう場面が、多々あります。

この「理屈以前の、身体感覚としての『俺たち』」の範囲を、民族《エトノス》とよぶことにしたいと思います。エトノスとは、もともとソ連の民族理論でつくられた用語で、英米圏の学説では、ほぼ同じものをエスニー（エトニ）といいます。

話をわかりやすくするために、国連の安全保障理事会や、ＩＯＣやＦＩＦＡといった国際スポーツ団体を想定してください。公式か非公式かはともかく、そういう世界規模の団体の会議には、多くは地域や民族ごとの「枠《わく》」があるでしょう。こんどの代表委員の選挙では、ヨーロッパ枠３つ、アジア枠２つ、アフリカ枠１つ……といったふうに。

日本も国連で非常任理事国の地位をえたり、東京でのオリンピック開催を勝ちとったりする際に、そうした「アジア枠」を利用しています。しかし、ではこんにちの日本人に、自分たちは「アジア人」だという意識があるかといえば、そうではないでしょう。

やはりアジア枠の利用者だからといって、中国人や朝鮮人、東南アジアや中東のムスリム、インドのヒンドゥー教徒と「おなじだ」といわれたら、「ちょっと待ってくれ。自分たちは、いろいろな意味で彼らとちがう」と言いたくなるでしょう。日本人のほうが「上だ」といった、差別的な意識がとくになくても、「ちがうものはちがう」と感じる人のほうが、多いと思います。

これが、エトノスという意味での民族です。おなじく民族と訳される語でも、ネーション（ロシア語ではナーツィヤ）には「国民国家の構成単位」といった、政治制度の設計にともなって定義される側面が強いのにたいして、エトノスはむしろ当事者の身体的な実感に依存するがゆえに、制度化をはみだしてしまう性格があります。

複数のネーションをたばねて官僚機構が運営してきた帝国に、エトノスとしての民族が異議申し立てをし、秩序の再編をはげしく要求している。

こんにちの世界には、そうした側面があります。その結果として、旧来のエリート支配層であった、インテリやリベラルの没落が起きている。

まさしくいま、世界規模で、身体が言語（理性）に反発しているのです。

似かよう米ソ両帝国の崩壊過程

病気のために学界や論壇を離れて長いので、国際政治や現代史の専門家に類似の議論があるのか、よく知りません。しかしトランプの米国大統領当選にさいして、私が最初に思い出したのは、ソビエト連邦の解体過程でした。

バルト三国など小さな共和国の離脱に直面しつつも、最後まで連邦の維持をはかるゴルバチョフにたいし、連邦内の最大共和国だったロシアのエリツィン大統領が、隣邦ウクライナの独立に追随《ついずい》して、新連邦に加わらないことを宣言。こうしてソ連は崩壊しました。

ソ連という国にはいわずもがな、多数派であるロシア人が連邦内の少数民族を支配した「帝国」としての側面があります。しかし、そういう見方をするなら帝国内の最大権力者であり、マジョリティだったはずのロシア人自身が、自分で帝国をほうり出してしまった。

そういう不思議なプロセスが、現に生じたのでした。

なぜ、帝国の受益者であるはずのマジョリティが、みずからの支配領域を捨て去るような行動に出たのか。*専門家の見解では、ソビエト連邦が単純な少数民族の抑圧政策のみではなく、ある種のアファーマティヴ・アクションを採用していた点に、一因があるとされています。

たとえば、絶対的な独裁権力を敷《し》いたスターリンはグルジア系、3章でみたように彼を否定したフルシチョフはウクライナが地盤で、連邦を解体にみちびいたゴルバチョフもスターリンの故郷に近い北カフカースの出身です。労働者階級の解放という国是《こくぜ》をかかげ、多民族国家を統治するうえでは、「共産党の指導に忠実なら、少数民族でも党を通じて要職に抜擢《ばってき》されうる」という建前が必要だったのです。

これが、多数派からみるとおもしろくなかった。それでうまく国がおさまるならまだしも、現に少数民族の連中はあれこれ政府の方針に反抗して、したがわないじゃないか。だったら、そんな連邦や党なんて、捨ててしまえ。

これからはいわば「ロシア・ファースト」で、ロシア人のためのロシアをめざすのだ。そういう民意が、エリツィンの連邦離脱を後押ししたとされます。

トランプのいう「アメリカ・ファースト」にもおなじ側面があります。対外的には、もう日本の防衛なんかに、人的・金銭的コストを割《さ》きたくない。国内的には、不法移民もふくめたマイノリティに、これ以上配慮してやりたくない。

黒人の大統領まで出したけど、それでもおまえらは納得しないじゃないか。だったら「ホワイト・ファースト」、より正確には「白人勤労異性愛男性ファースト」で、なにがわるい。それが、トランプに投票した人たちの気分なのでしょう。

こうして帝国を解体させるにいたった米ソという二大国は、政治や経済の制度では正反対だったにもかかわらず、「国のなりたち」として似かよった面があります。すなわち、どちらもその「人工性」がきわだった国家であり、それを正当化する神話と実態とのあいだに、大きな乖離《かいり》をかかえていた点です。

かつてよく指摘されたことですが、「ソビエト社会主義共和国連邦」という国名は、地名も民族名もふくまない、かなり異様な名称です。ソビエトとは「評議会」の意味なので、理念としては、社会主義を信じて実現のための組織を樹立する人びとであれば、世界中のどこの誰でも、連邦の一員になれることになります。

そういう建前をささえていたのが、「労働者が資本家から権力を奪取する、プロレタリア革命で建国された」というロシア革命の神話です。じっさいにはこれは嘘で、そもそも人口の８割が農民だった当時のロシアに、そんなに労働者はいません。第一次大戦まではツァーリ、ついでは自由主義派をふくむ臨時政府が行使していた、国民を総動員する集権的権力を、天才アジテーターだったレーニンが「戦争ではなく、平和を実現するための権力へ！」とうったえて、横どりしただけです。

アメリカはこれにくらべれば、自発的な移民集団を中心に建国されたという点で、人工国家といってもある種の自然発生性をそなえています。しかしピルグリム・ファーザーズの建国神話には、当初の交流からやがて虐殺の対象へと転じた先住民も、その後に大量に連れてこられた黒人奴隷も出てこない。「世界の自由を求める人びとが、自発的に結集してつくった国」というリベラルな神話の虚偽《きょぎ》性は、プロレタリア革命のそれとどっこいどっこいでしょう。

どうせ嘘なんだから、そんな建前にこだわって、多数派ががまんする必要なんてあるのか。むきだしの力による支配で、やりたいことを全部やってしまえ。

そういう発想は、当初は「帝国の維持」のために発揮されました。

1968年、プラハの春を弾圧するためにチェコスロヴァキアへ軍事介入した際に、ソ連が表明したブレジネフ・ドクトリンというものがあります。社会主義の実現という正義は、国際法に優先する。そのための介入なら、内政干渉もありだという理屈です。79年末のアフガニスタン侵攻も、おなじ理論で正当化され、しかしその戦費に耐えられずに12年後、帝国は崩壊しました。

2002年、前年の*9・11テロの衝撃を受けて米国が表明したブッシュ（子）・ドクトリンにも、似た側面があります。自由世界をおびやかすテロの脅威をとりのぞくためなら、一方的な先制攻撃が容認される。翌年のイラク戦争はこれにもとづいてはじめられ、収拾をみないまま、13年後のトランプ当選へといたります。

最初は帝国の維持ないし拡張にむけられていたはずの、エゴイスティックな強制力にたいする信仰が、なにかのきっかけで逆方向にブーストして、帝国を吹きとばしてしまう。

そうした転換のスイッチを入れるのが、ナショナリズムともよばれる国民の「自己の輪郭《りんかく》」をめぐる感覚です。

ロシア研究者は、「ソ連が崩壊したのは、『ソ連人』『ソ連民族』というアイデンティティをつくり出せなかったからだ」という言い方をします。トランプによるアメリカ帝国のほうり出しを、米国民の半数近くが支持しているのも、帝国の全域を覆う「パクス・アメリカーナ人」という自己意識は結局、生まれなかったからでしょう。

わかりやすくいえば、「なんでイラク人の自由や、日本の領土とやらを守るために、アメリカ人の兵隊が死ななきゃいけないんだ。そんな他人ごとに首を突っこんでないで、これからは『アメリカ・ファースト』だ」ということです。

帝国とはたんに軍事・経済的な限界ではなく、そのにない手となっている人びとの身体的な自己像を超えてしまったときに、崩壊を起こすのです。

＊アファーマティヴ・アクション
積極的差別是正措置。一般には1960年代の公民権運動以降にアメリカで採用された、大学などの定員の一定割合を、黒人ほかの差別されてきた少数派に割りあてる施策をさす。これが白人など多数派への「逆差別」ではないのかという不満が、トランプ現象の背景にもあるとされる。

＊9・11テロ
2001年9月11日、イスラーム系のテロ組織が米国の国内線飛行機をハイジャックし、世界貿易センターやアメリカ国防総省に激突させた事件。世界的な反響と同情を呼んだが、のちに米国がテロリストの巣窟《そうくつ》とみなして、アフガニスタンやイラクの攻撃に踏み切ったことへの評価は分かれた。

冷戦がほんとうに終わるとき：集団的自衛権問題

日本ではトランプの発明のように報じられがちな「アメリカ・ファースト」ですが、じつは、これはわれわれが生きてきた戦後日本のルーツとも関係する、深い歴史をもったことばです。

１９４０年、アメリカ第一委員会（America First Committee）なる民間団体が結成されます。リーダー格は、大西洋横断で有名な飛行士リンドバーグ。彼らの目的は、ルーズヴェルト大統領が検討していた第二次世界大戦への参戦を、阻止することでした。

要するに、「ドイツがヨーロッパを征服しようが、日本がアジアを侵略しようが、知ったことか。米軍兵士の人命優先、アメリカ政府はアメリカ人のことだけ考えていれば、それでいいんだ」ということです。そのため、国内の親独派《ファシスト》や人種差別主義者（反ユダヤ主義者）の、隠れみのになった面もあるとされます。

じつは当時の日本政府も、こういった米国内の参戦反対勢力にはたらきかけて、「東南アジアで大英帝国と開戦しても、アメリカには中立を守ってもらう」といった落としどころを探った形跡があります。じっさいにはご存じのとおり、日本海軍がハワイを急襲してしまい、当然の流れとしてアメリカは対日・対独開戦に踏み切るのですが。

そうして第二次大戦が連合国の勝利に終わったあと、アメリカとソ連の二大強国が帝国的な性格を強め、地球を事実上、ふたつに分割する勢力圏をつくるようになった。

これが、いわゆる冷戦体制というものです。

日本はご存じのとおり、このときからアメリカ帝国＝勢力圏の一部、強い表現をすれば一種の「属州」になります。しかしいま、その当のアメリカでふたたび、かつては日本の軍国主義者が提携しようとした「アメリカ・ファースト」の声がよみがえり、政権をとってしまった。

そういう国と日本は、同盟をつづけていかざるをえない。これではなんのために日米戦争をしたのか、やがて両国ともに、わからなくなる日がくるでしょう。なんという歴史の皮肉でしょうか。

そもそも第二次大戦下のアメリカに、自身が帝国でありたいという意志が、どこまであったのかは不明です。ニューディール政策の提唱者として、労働者の権利擁護に熱心だったルーズヴェルトには、やや共産主義に甘いところがあり、かつヤルタ会談のころには健康が悪化して、冷静な判断がむずかしくなっていました。

ほうっておけばスターリンと妥協して、ソ連圏の一方的な膨張を放置しかねなかったのを、3章でみた反共主義者の英国首相チャーチルと、大統領職を継承したトルーマンがひき戻して、どうにか「米ソで二分割」の線まで持っていったのです。

平成末期の日本を騒がせた集団的自衛権の問題も、こうしたアメリカ帝国の成立事情を知らないと、ただしく解釈することはできません。

集団的自衛権とは、機能的には「同盟締結権」と同義です。集団的自衛権を行使できない、つまり「同盟国が攻撃されても、われわれ自身が攻撃されるまでは、助けてあげないよ」という国とは、ふつうは同盟を結ばないからです。

「集団的自衛権なしの日米同盟」という変則例が生じたのは、日米安全保障条約が1951年、朝鮮戦争のさなかで緊急避難的にうまれたからです。

サンフランシスコ講和会議を経て日本が独立するにさいして、平時ならとうぜん、米軍は引きあげねばならない。しかし隣国で、初期には半島全土を制圧する共産勢力の大攻勢が起きているときに、米軍を撤退させたら、ソ連圏の封じこめは破れ、冷戦はアメリカの敗北でおわったでしょう。

このとき、「憲法とのかねあいとか、こまかな理屈はあとでつけるから、とにかく米軍は日本にいてちょうだい」として、いわば同盟というより駐兵協定として結ばれたのが、旧安保条約です。調印した日本側全権は、首相の吉田茂。

外交官出身の吉田には、この時点からもうすこし、「できればきちんとした同盟にしたい」という意図もあったふしがあります。外交史家の一部には、それをつぶした責任の一端を、昭和天皇にもとめる見方もあります。

吉田はチャーチルとおなじく、ふつうの反共保守の政治家だったのですが、昭和天皇は皇太子だった時代に、ロシア革命の勃発《ぼっぱつ》とロマノフ王家の処刑を目にしています。そのため「共産主義の脅威」を、実態よりも過剰におそれるところがあり、アメリカ帝国という反共勢力圏に自国を組みこんでもらうことに、吉田よりも熱心だったとされます。

いずれにしても、こうして米軍の日本防衛の義務が明記されない、たんなる駐兵協定として日米安保は発足しました。とうぜん、それにたいする反発は、とくに「国家・対・国家」の立場で、日米戦争を戦った記憶を持つ世代からよせられます。

吉田を引きずりおろして政権をうばった鳩山一郎内閣よりあとに、外交をになった重光葵《まもる》（外相）や岸信介（幹事長。のち外相・首相）は、安保条約の対等同盟化に執念を

60年安保闘争、国会前にて

もやし、じっさいに岸政権のもとで1960年、新安全保障条約の締結に成功します。

しかし問題は、吉田が戦時中は傍流の自由主義（親英米）の外交官で、戦争末期には短期間であれ投獄も体験したのにたいし、彼ら反吉田勢力の主要人物が、戦時体制では大臣に任官したような主流派であり、条約改正には日本を「戦前に戻す」意図があるかのように、国民にはみえたことでした。

こうして、60年安保とよばれたはげしい反対運動をうけて、岸内閣は退陣。そのあと冷静に考えると、集団的自衛権の提供なしで、一方的にアメリカが日本を守ってくれる安保条約は、日本側にとってひじょうに都合がよかったので、なんとなく最近までつづいてきた、というのが戦後の歴史でした。

したがって、ソ連帝国の解体をもって平成の頭におわったとされている冷戦構造とは、日本人にとっては、じつは冷戦の半分にすぎない。のこりのもう半分は、集団的自衛権の行使容認にともなう日米安保の「通常の同盟化」、そしてトランプ政権が構想するアメリカ帝国の幕引きによって、平成のおわりにようやく幕をおろしたのです。

地域の命運を決める「帝国適性」の高低

「ヨーロッパ帝国」は維持できるのか：EU離脱問題

現在の世界を「冷戦のほんとうの終焉」にともなう、「帝国解体の最終段階」としてみることで、クリアな見取り図をえられる地域が、もうひとつあります。

2016年のイギリスの離脱表明によって、当初はまさに解体のプロセスに入ったとまで報道されたEU、すなわちヨーロッパ世界です。

冷戦のはじまりをどこにおくか、専門家の見方は複数ありますが、一般にいわれるのは1947年のトルーマン・ドクトリンです。トルコおよびギリシャに共産化の懸念《けねん》がせまり、これを放置すればソ連圏が東欧を越えて拡大するという危機感から、アメリカが両国への積極支援を打ち出したものです。

結果として、ギリシャとトルコはともに1952年、米国主導の軍事同盟であるNATOに加盟しています。NATOは北大西洋条約機構の略称ですが、どうみても北大西洋沿岸にない両国を加えたところに、ソ連の影響を地中海より北で遮断《しゃだん》するという、アメリカの強い意思をみることができます。

EUというのも、昨今はむしろアメリカへの対抗意識による結束という側面が出てきましたが、もともとはこのNATOの傘のもとで、仏独和解と経済協力のために発足したECSC（欧州石炭鉄鋼共同体、1951年成立）が母体でした。しばしば吉田茂と対比される西ドイツの指導者アデナウアーは、戦前に隣国フランスとの紛争地帯だったラインラントの自治（ケルン市長）を長くになない、国家ごとの中央集権化よりも、西欧世界としての一体化をめざすビジョンをもっていました。それが結果的に、戦争による併合とは異なるあたらしい形での「帝国」を、戦後のヨーロッパに浮上させたともいえます。

いま起きているのは、ポスト・トルーマン・ドクトリンの流れです。トルコはNATO加盟国ながら、アメリカの主要敵であるイスラム国（IS）を長く黙認したほか、2015年秋には単独でロシア軍機を撃墜するなど独自の行動をとり、米露双方から自立する志向をみせはじめています。

つまり、ここでも冷戦が終わりつつあるのです。

ギリシャはご存じのとおり、たび重なる債務危機でEUの共通通貨ユーロの価値をゆるがし、加盟国の多くに「もう、EUなんてやめたらいいんじゃ」という世論をつくりだしました。冷戦下の反共主義をのりこえて成立した社会党政権がおこなった、福祉や年金の大盤ぶるまいを、止められなかったのです。

ややこしいのは、ギリシャ政府の放漫《ほうまん》財政がユーロを暴落させても、それで利益をえている国があるようにみえることです。アベノミクスがインフレへの期待をあおって円安に誘導し、日本の輸出産業の競争力を復活させようとしたように、EU最大の工業国であるドイツにとっては、「ユーロ安」は輸出のチャンスかもしれません。

結果として出てきたのが、「EUがふたつの世界大戦をのりこえる崇高な平和の試みだという神話は、ウソで、実態はドイツに都合のいい為替《かわせ》レートと労働市場をつくるための『ドイツ帝国』だ。そんなもの、離脱して崩壊させてしまえ」という論調です。エマニュエル・トッドのようなフランスの大知識人でさえ、そうした主張を公言しています。

中心的存在であるドイツで今後、反EUの政党が躍進し、「よその国にそうまで言われるなら、こっちからやめてやるよ」といって離脱すれば、文字どおりソ連帝国やアメリカ帝国とおなじ過程で、EUという「ヨーロッパ帝国」も崩壊することになるでしょう。

そこまでいかなくても、加盟国の世論にみられる反EUの動きには、ロシアのソ連離脱やトランプ当選にも似た、アンチ・アファーマティヴ・アクションのにおいがあります。

いうまでもなくドイツは、日本とおなじ第二次大戦の敗戦国です。しかしそういう国が、戦後は妙に再度の発展をして、いつのまにか地域のリーダーにおさまっている。「負け組だったあいつらが、なぜ優遇される」という気持ちが、ほかの国でうまれても、しかたないところもあるでしょう。

また、ナチズムという究極の人種差別体制のもとで戦争を起こしたドイツは、今日までつねに、民族差別に厳しくなければいけないポジションにいます。だから移民や難民も、積極的に受け入れざるをえない。問題児のギリシャにたいしても、戦時中に占領・虐殺をおこなった過去があるから、強く出られません。

しかし、EUに不満をもつ隣国からみれば、「そんなのは、ドイツ人の勝手だろう。おまえらの自業自得《じごうじとく》に、なんでこっちまでつきあうんだ」ということになります。このままEUにとどまっていたら、ドイツ経由で中東の難民がどんどん入ってくるぞ、移民の態度がもっと大きくなるぞ……。

そういって煽動家《せんどうか》がつけこめば、いっきに帝国の解体と、人種主義の復活を加速できる。そうしたあぶない状況に、いまのヨーロッパはむかっているようにみえます。

「大日本帝国」解体の最終局面：歴史問題と沖縄

ソビエト帝国の崩壊にはじまり、アメリカ帝国とEU帝国の解体で暮れつつある、平成の日本。多くの人は忘れていますが、この国にもかつて帝国だった時代がありました。明治以降の大日本帝国、そして第二次大戦中に一時となえられた大東亜共栄圏です。この帝国時代におこなった戦争や植民地支配を、どうとらえるのかという「歴史認識問題」は、平成をつうじて政界や論壇のトピックでありつづけました。

語弊《ごへい》はあるかもしれませんが、帝国解体のプロセスとしてみたとき、じつに卑小な問題だったな、と思います。

日本とおなじ敗戦国である西ドイツは、すでにみたとおり独立の直後から、NATOやECSCという西欧諸国の多国間体制に組みこまれています。かつて戦争をした相手と、いっしょに軍事や経済を運営することになったのです。

それなら「歴史の反省」がドイツで先行するのも、とうぜんです。また、ソ連の衛星国となった東ドイツと陸続きの状況では、いくら戦争を反省したといっても、軍隊をもたずに非武装にするわけにもいきません。

アメリカとソ連のあいだで中立政策をとるのも、かえって両陣営からの介入を誘発したり、「自立した『世界に冠たるドイツ』として、独自の道をいこう」といった、かつてのヒトラー政権のようなあぶない道に踏みだす危険がある。だから、再軍備はして軍隊をもつけれども、あくまでNATOの一部としてのみ行動しますという形で、「戦争への反省」を示すことになりました。

ドイツにおいて歴史問題の清算がはやく、また再武装をスムーズにおこなえたのは、アメリカ帝国のヘゲモニーが大西洋側ではNATOという形態をとったことに、多くを拠《よ》っています。逆にいうと、日本で歴史問題が平成まで持ちこされたのは、東アジアにNATOがなかったからです。

大日本帝国崩壊の過程で、アメリカは日本の吉田茂や岸信介、韓国の李承晩《イスンマン》や朴正熙《パクチョンヒ》、台湾の蒋介石といった反共政権と、それぞれ別個に安保・防衛条約をむすびました。NEATO（北東アジア条約機構）のような形で、複数国が参加する集団安全保障体制をつくるやりかたには、ならなかったのです。

もしNEATOが成立していたら、どうなっていたか。

おそらくは、とくに韓国との歴史和解は、現状よりも進展して、それなりに良好な関係がきずかれていた可能性はあるでしょう。私は、1章でのべたような思想の人間なので、ひょっとするとそちらのほうが望ましかったのかもしれないと、以前は思うこともありました。

しかし、日本にくらべて近隣関係が順調だと目されたドイツが、EU帝国崩壊のなかでふたたび隣国にとっての「悪役」をになわされている状況をみると、考えの甘さを反省せざるをえません。

EU離脱派が現状を「ドイツ帝国」だと批判するように、かりにNEATOを基盤とした東アジア共同体、さらにそこにASEAN*をくわえた巨大な地域統合機構が成立していたとしたら、「それは大日本帝国の再来、あたらしい大東亜共栄圏ではないのか」という批判を、いまかならず浴《あ》びていたにちがいありません。

じっさい、大東亜戦争下で経済政策の責任者をつとめた岸信介は、1957年に首相となるや東南アジア諸国を歴訪し、日本独自の開発基金構想を提唱しました。そのため「やはり岸には、大東亜共栄圏再興の意思があった」とみなされることもあります。

じっさいには、CIAの協力者でもあった岸にそこまでの野心はなく、せいぜいが「アジアの盟主・日本」というイメージをつくって、安保改定にむけた交渉を有利にすすめるためのブラフだったとされます。現在の中国がAIIB（アジアインフラ投資銀行）をつくって、同国主導のアジア経済圏をねらっているのとは、だいぶちがうようです。

しかし、EUがドイツ帝国だという攻撃を浴びているように、もし東アジアや東南アジアに地域共同体があったら、経済危機のたびに「こんな地域枠組みじたい、大日本帝国の負の遺産なのに、なぜわれわれがつきあわされる。なんなら、出ていってやろうか」という憎悪の視線を、加盟諸国の国民からむけられることになったでしょう。目下の韓国の「反日」ですら、神経をピリピリさせてしまう現在の日本人に、それが耐えられるのか。すくなくとも私には、自信がありません。それにくらべたら、「慰安婦像をたてられた」くらいの歴史問題など、その程度ですんでくれてよかったと、感謝さえしたくなります。

「NEATOの崩壊」は、私のつくったフィクションですが、じっさいにいま「大日本帝国の解体」を体験している地域があります。——米軍基地問題にゆれる沖縄です。なぜ沖縄に、基地がここまであるのか。その原点として指摘されるのが1947年、昭和天皇がGHQに伝えた「天皇メッセージ」です。日本は沖縄にたいする「潜在主権」を保持するが、そのかわり共産化への防波堤として、米軍にはむしろ琉球諸島の占領をつづけてほしい、という趣旨です。

これをどうみるかの、評価はわかれます。好意的な視点では、潜在的であれ沖縄にたいする主権の存在を主張した、ナイスプレーということになる。批判的な見方では、総理大臣や外務省の頭ごしに、天皇みずから「沖縄は、基地用地としてさしあげます」と白旗をあげてしまった、ゆるされない政治行為とされます。

1972年に沖縄は日本への復帰をはたしますが、皇太子時代には台湾にまでおもむき、戦争に敗れても国内巡幸で国民をはげました昭和天皇は戦後、ついに沖縄の土を踏むことはありませんでした。かつて自分がアメリカ帝国の前線基地として同地をさし出したことに、どれほど悩まれたろうかと、忖度《そんたく》してしまうのは私だけでしょうか。

一貫して堅調な選挙をたたかってきた第二次安倍政権も、沖縄では長く苦戦がつづき、2016年の参院選では現職の沖縄担当大臣が落選。17年秋の衆院選でようやく1議席を回復するまで、同県（選挙区選出）には与党の国会議員がいない状態でした。見方によっては事実上、日本政府に代表を送っていないとさえみえる、異常な事態にこのような状況では、双方の側で「あいつらは、結局他人だ。かつて日本が帝国だった時代に、なんとなくおなじ国に属しただけだ」という気運が高まるのも、やむをえないでしょう。じっさい「基地に反対しているのは、じつは沖縄人にまぎれた中国人だ」といった、無責任な発言まで見聞きするようになりました。

大日本帝国が併合した諸地域のうち、唯一、戦後も日本の一部であることを選んでくれた沖縄が、いま「もう日本なんていいよ。あんなの俺たちの政府じゃないよ」という民意に傾いている。

問題はもう、辺野古《へのこ》に新しい基地をつくるかどうかではないのです。これからも沖縄人にとって、自分たちが「日本人」だという身体感覚をもちつづけられるか否か、それこそが最大の問題なのです。

語弊をかさねれば、私は基地がつくられても、日本側の対応次第で、沖縄人が日本人でありつづける道はあると思っています。現行の政権が、そうした可能性に背をむけているようにみえるのが、私はただ残念です。

＊ＡＳＥＡＮ　東南アジア諸国連合。ほんらいはベトナム戦争中の１９６７年に米国主導で発足した反共同盟であり、95年の社会主義国ベトナムの参加は冷戦後の国際社会の変容を示すものとして、おどろきをもって迎えられた。

「帝国適性」の高い中国

いままさに帝国の解体が進もうとしている米・欧・日にたいし、平成初頭の冷戦終焉のころから「崩壊する、崩壊する」といわれながら、いっこうに崩れない帝国がありま す。

われわれの隣国である中国です。

なぜ、中国はいまだに崩壊しないのか。同語反復ではありますが、「歴史的に、帝国としての適性が高い地域だから」とこたえるほかないでしょう。

「帝国」としての中華人民共和国のルーツをどこに求めるかは、むずかしいですが、多数派の漢民族を支配者とする王朝としては、１３６８年建国の明朝《みん》。かつて大日本帝国が「満洲国」をつくった東三省《とう》をも、支配下に入れていたという点では、１６４４年に北京に入城した清朝《しん》となるでしょう。

いずれをとっても直近の400年間近く、同じ地理的サイズで国を運営してきたことは、中国の帝国維持において、大きな強みとなっています。これは、ヨーロッパおよび日本と比較すれば、すぐわかります。

ヨーロッパのばあい、イギリスをふくめた全土を完全に支配下においた帝国は、古代のローマ帝国もふくめて、存在したためしがありません。大陸部にかぎっても、ナポレオンやヒトラーの絶頂期をのぞいては、統一されたことがなく、しかも彼らの支配は安定的な帝国というより、戦争にともなう「占領地」のそれでした。

日本のばあい、そもそも列島の外部に進出して帝国をきずこうという志向が、歴史的にみてあまりありません。近代の大日本帝国をのぞけば、1590年代におこなわれた豊臣秀吉の朝鮮出兵が、ほぼ唯一です。

じっさいに経済統合という面にしぼっていえば、EUを一種の「できそこないの中国」としてみる専門家もいます。

EUの場合、加盟国の主権をのこしているので、いかにブリュッセルから経済政策を発令しようと、各国政府を完全には統制しきれません。EU本部が「緊縮《きんしゅく》財政をしろ」といっても、ギリシャ政府がお金をばらまいてしまったら、それまでなのです。

中国はとうぜんながらひとつの国であり、しかもご存じのとおり一党制ですので、中央政府が発した命令は党官僚をつうじて、それなりには徹底します。発足時はカリスマの欠如が心配された習近平政権ですら、官吏の綱紀粛正をつうじて、いまはむしろ強権統治をつよめているといわれるゆえんです。

それではなぜ中国では、ソ連共産党を解体に追いこみ、アメリカでトランプ現象をまきおこした「官僚帝国への身体的な反発」が、かたちをとらないのか。大日本帝国のすぐれた中国観察者であった、東洋史家の内藤湖南《こなん》は、一見するとあまりにもわかりやすいこたえを示しています。要は、「あまりにも長くつづきすぎて、もうみんなあきらめてしまったから」。

最初の統一国家とされる紀元前の秦《しん》朝にすら、法家《ほうか》主義というかたちで官僚制度があったように、中国の王朝は官僚制の先進国です。とくに、960年成立の宋《そう》朝からは、儒教思想とセットになった科挙《かきょ》制度の普及によって、世襲ではなく筆記試験で選抜される、かなり「近代的」な官僚制が採用されました。

こんにち漢民族とよばれているのも、じっさいにはこの「帝国官僚の選抜試験にエントリーするために、儒教的な思考法や風習を身につけた人びと」というのが正確な定義で、ローカルなエトノスとはだいぶちがいます。いいかえれば、ソ連政府は「ソ連民族」の創出に失敗しましたが、中国は歴史が長いぶん、ほんとうに帝国のサイズにほぼひとしい「民族の身体」をつくりだしてしまったのです。

科挙じたいはかなりフェアな試験でしたが、合格した官僚たちはとうぜん、その後の統治にあたっては自分の出身である一族（宗族《そうぞく》。父系同族集団）をえこひいきします。ネポティズム（縁故主義）とよばれるもので、これはソ連統治下の中央アジアなどでも、民族より細かいレベルの「部族対立」をしばしばもたらしました。

ところが、現にそういう体制が数百年を超えてつづいた結果、中国の人びとは「政治とは、そもそもそういうものだ」と慣れきってしまった。だから中国では、意識の高い人ほどもうあきらめて、政治にはコミットしない。むしろその才能をビジネスや、文化でつかうのだ——というのが、内藤湖南の考察でした。

中国崩壊論は、こうした中ソの帝国としての「年季の差」を無視して、たんに社会主義国というくくりだけをみて、「ソ連が崩壊したなら、中国も」といっていただけです。そうした希望的観測は、平成を最後にすてたほうがいいと、私は思います。

それでは、崩壊しそうにない中国という帝国と、日本はどうつきあうのか。

あまり気づかれていませんが、日本が集団的自衛権の行使を解禁して「同盟締結権」を手にしたことは、長期的に大きな意味をもってくる可能性があります。

たとえばトランプのアメリカが離脱したことで、TPP（環太平洋パートナーシップ協定）の発効は不可能になったと一時報じられ、現在進行中のTPP11（米国抜きのTPP）では、当初期待された経済効果は見込めないといわれています。

しかし、そもそも締結交渉が始まったころには、中国政府の一部に加盟を検討する声もあるといったニュースが、ちらほら聞かれました（2021年9月に正式に加盟申請）。だとすればGDP1位のアメリカが抜けても、中国・日本の2位・3位連合というかたちで、いわば「大東亜交易圏」のような新TPPを実現させることも、論理的には不可能ではありません。

TPPの批准《ひじゅん》には、加盟国に貿易上のルールを守らせる、つまりいまは中国政府が野《の》放図《ほうず》に展開している国家資本主義を、国際的なとりきめにしたがわせる効果があるので、アメリカもそんなに怒らないでしょう。

怒ったらどうするのか。いまや日本には「同盟締結権」があるのだから、日米安保を解消して、日中同盟を結ぶという選択肢も、やはり論理的には可能です。どこまで本気かは未知数ですが、ドゥテルテ大統領のフィリピンのように、はるかに長くアメリカの「植民地」をやってきた国でも、似た動きがみられます。

誤解されたくないのですが、私は「そうすべきだ」といっているのではありません。それがありえる状況に、諸帝国崩壊後の日本と世界が立ちいたってしまったという事実を、きちんと確認したうえで、新しい時代をむかえるべきだとのべているのです。

なぜなら、現実におこりうる可能性を、検討せずたんに無視しておくことが、有事の際に最悪の結果をまねくからです。そのことを私たちは、平成の日本をゆるがした震災や原発事故から、学んだのではなかったでしょうか。

はるかな帝国の幻影：トルコとイラン

日本の保守派の外交論には、「日英同盟コンプレックス」ともいうべき伏流《ふくりゅう》があると、私は感じることがありました。明治のわが国は、当時の世界最強国である大英帝国と、対等な同盟を結んだではないか。それにたいして、戦後のアメリカにたいする従属同盟はなさけない。

なんどか本書で名前の出た江藤淳などがその代表で、彼らにとっては日米安保をもういちど改定して、完全に対等な同盟にあらためることが悲願でした。集団的自衛権の行使解禁によって、ある意味でそれは果たされたのかもしれません。

しかし日本をイギリスに比肩《ひけん》するのは、ほんとうに妥当でしょうか。ともに君主制の伝統をもつ海洋国家とはいえ、イギリスはかつてアメリカ東部やインドを植民地とし、現在もコモンウェルス（英連邦）というかたちで、ある種の擬似《ぎじ》帝国をもつ国です。「帝国適性」が、日本とはだいぶちがうのです。安易な対等同盟の称揚《しょうよう》は、西洋化が至上命題とされた明治以降に、欧米なみの帝国をめざして挫折した戦前の歴史を、無自覚にくりかえすことにならないでしょうか。

こんにちの世界では、民主化されないまま中国が台頭し、ロシアがウクライナ問題でEUと対決姿勢をとるなど、「西洋化」から逆行する潮流のほうが強まっています。そういう時代には、日本と比較する対象も、むしろ欧米以外の国にもとめていったほうがいいように思います。

たとえば、明治憲法とほぼ同時期にミドハト憲法を発布（1876年）するなど、近代化のあゆみを共有してきたようにみえるトルコ。以降、紆余曲折《うよきょくせつ》があったとはいえ、20世紀の末ごろまでは、トルコ共和国はくりかえしEUへの加盟を申請しつづけるなど、「西洋化」を国の基本方針においてきました。

ところが、いまはちがうらしい。アラビア半島と北アフリカの全域を支配したオスマン・トルコ帝国をモデルに、中東世界で独自のリーダーシップを発揮しようとする「新オスマン外交」なるものを、現行のエルドアン政権は追求してきたとされます。

２０１１年におこった「アラブの春」は、大きなチャンスでした。チュニジア・エジプト・リビア・シリアなど、民主化運動のたかまった国はすべて、かつてのオスマン帝国の支配地域。ここで、立憲制や議会政治の導入など「西洋化の先輩」としての格をみせつければ、いっきに地域の指導的地位に立てるというもくろみも、あったようです。

しかし現実には、西洋型の民主主義にむかいつつあるといえるのはチュニジアだけで、のこりの国では政争や内戦をつうじて、むしろイスラーム勢力が台頭する、期待と正反対の結果になってしまいました。そのなかにはもちろん、一時はシリアとイラクの大部分にまたがって「建国」された、いわゆるイスラム国もふくまれます。

トルコの強みであり弱みでもあるのは、オスマン帝国からトルコ共和国への「近代化」の過程で、帝国時代の伝統だったイスラームを切りすてたことです。アタテュルクという強力な指導者のもとで、国教の廃止・宗教的な服装の禁止・アラビア文字のラテン文字（ローマ字）への転換などの世俗化（脱イスラーム化）が、おしすすめられたからです。

エルドアン自身はイスラーム回帰的な政治家で、世俗主義の擁護《ようご》者である軍との軋轢がたえず、２０１６年夏にはクーデターの応酬をまねいて、世界を騒然とさせました。伝統と断絶して「イスラームぬきのオスマン帝国」をめざそうとしても、そうは問屋がおろさない。どこか、自分はたっぷり西洋化の果実を味わってから、近隣政策では中途半端に「アジアの連帯」をうちだして、失敗した大日本帝国を思わせます。

逆にイスラームの伝統を維持しながら、日本との類似性をみせる国家がイランです。イスラームの多数派であるスンナ派をかかげたオスマン帝国の時代、イランでは少数派のシーア派を国教とするサファヴィー朝が成立しました（1501年）。このころから、イランの国境と宗教は、ほとんど変わっていません。

ちょうど、戦国時代の統一と江戸文化の定着をもって、いまにつながる「日本」の地理的範囲や民族《エトノス》的な生活習慣が確立されたのと、きわめて似ている。国民国家としての、歴史的なスタートラインが近いのです。

近代に入るとイランは地理的な重要性から、ロシア帝国と大英帝国の角逐場《かくちくば》となります。このあたりも、ちょうど『坂の上の雲』のころの日本を思わせます。

そして1930年代、イギリスとソビエトという既存の帝国的勢力にあいそをつかしていたパフラヴィー朝の皇帝レザー・シャーは、挑戦国への期待から、ヒトラー政権に接近します。35年に国名をペルシャからイランに変えたのも、「アーリア」につうじるということで、ナチス・ドイツが慫慂《しょうよう》したものだったとされます。

大戦直後のイランでは、そうした現状打破への願望を「共産勢力とナショナリズムの連合」がになないました。1951年に英国資本を追放して、石油国有化をおこなったモサデク政権が典型です。

この路線は、CIAも関与した宮中クーデターによって、排除されてしまいます。日本でも、短期の社会党首班政権（片山哲内閣）や共産党の一時的伸長が、レッドパージとともに消えさり、米国の資金にテコ入れされた保守合同と自民党長期政権に替わられていったのと、似たプロセスです。

そしてここから先に、両国のちがいがでてきます。モサデクを失脚させた二代目の皇帝モハンマド・レザー・パフラヴィーは、天皇のような象徴的君主ではなく実権を持つ独裁者で、その統治は国民の怒りを買いました。さらにシーア派イスラームの伝統は、江戸時代に牙《きば》を抜かれた「葬式仏教」と異なって、宗教者が独自の徴税権や法典の解釈権を持つなど、きわめてつよく政治にコミットする傾向がありました。

結果として、1979年に宗教指導者ホメイニの指揮する革命が成功。王政は廃止されて、こんにちのイラン・イスラーム共和国が建国されるにいたります。

平成の最末期から、自民党の右派系支持団体である「日本会議」についての書籍が、小さなブームとなっています。政教分離の原則があぶない、安倍政権は戦前の国家神道の復活をねらっている、といったトーンのものもあります。

しかし国家神道とは、幕末に広がって明治政府にも流入した儒教の徳目と、個人の生死をあつかう民間信仰の折衷形態《シンクレティズム》というべきもので、体系的な教典もなく、その歴史は敗戦までの数十年間にすぎません。スンナ派に対抗した「真のイスラーム」の実現を、数百年間うったえているイランのシーア派にくらべれば、かわいいものともいえそうです。

戦後の日本が持っていた、ある種の「平和さ」。そのありがたみと限界をもういちど嚙《か》みしめるうえでも、日本を世界のどの地域と対照しながら位置づけるのか、あたらしい座標軸がもとめられていると思います。

あらたな「身体の政治」をもとめて

「最初のコミュニズム」としてのイスラーム

「世界は西洋化をめざす」という神話とともに、こんにちその信憑性《しんぴょうせい》がうたがわれているのが、人類が進歩するにつれて、世俗化（脱宗教化）してゆくという考えかたです。

ここ数回のアメリカの大統領選挙が、キリスト教原理主義とよばれる宗教票のうばいあいになっているのは、周知の事実です。西欧世界との断絶をおしすすめるプーチン政権にも、ロシア正教の古《こ》儀式派という、独自のキリスト教意識を指摘する見方があります。あるいは創価学会のささえる宗教政党（公明党）が、キャスティング・ボートをにぎりつづけた平成30年間の日本の政局をくわえても、いいのかもしれません。

しかし20世紀末からこんにちにかけて、最大のリバイバル（信仰復興）を実現した宗教は、やはりイスラームだといわなくてはならないでしょう。

その理由は、いわば「最終宗教」としての性格――伝統宗教の「最後のバージョン」として、逆説的にその後の人類が体験するさまざまな政治体制のポテンシャルを、あらかじめふくんでいたところにあるように思われます。

まずイスラームは、ひじょうにコミュニズム的です。世界史や地理で教わるように、その聖地であるメッカやメディナは、砂漠に覆われたアラビア半島中部の西端という、かなり不便な場所にあります。

これはビザンツ帝国（東ローマ帝国）とササン朝ペルシャという、6〜7世紀の二大強国の対立によって、地中海とアジアをつなぐ交易ルートが一時的に南に移った時期に、同地が商業的にさかえた史実によるものです。いわば戦争の棚《たな》ぼたで、地理的な「漁夫の利」をえたのが、ムハンマド誕生時のメッカでした。

しかし、地の利だけで莫大な富を手にする人びとの出現は、社会的な反発をまねきます。その公正な分配をもとめて力をえた宗教が、イスラームだったのです。

２０１１年に、オキュパイ・ウォールストリート（ウォール街占拠）という市民運動が、米国で話題になりました。銀行や証券会社は、とりあえずどこかにお金を預けないといけないという、会計システム上の「地の利」だけで、ぼろ儲《もう》けをしている。そんな不公平が許されるのか。

ある意味で、こうした不満を原初的に吸いあげて、成立したのがイスラームです。

またイスラームは、帝国的でもあります。そうした平等への欲求を、一時的なデモやストライキのブームでおわらせずに、彼らのいう「公正な分配」を、長期にわたって制度化するしくみをつくりました。

コーランは教典であると同時に、法律でもある、という説明をきいたことはないでしょうか。アラブの遊牧社会では、部族ごとに交易時の慣行も異なるのが、当初はあたりまえでした。しかしこれでは、トラブルも多くなります。

イスラームはコーランというかたちで、「これが、われわれの考える『公正な取引』だ。賛同してくれる人は、部族や民族のちがいを超えて、フェアな交易をしよう」というルールを明示した。いわば、元祖TPPです。

さらに巧《たく》みだったのは、ユダヤ教やキリスト教といった「先輩格」の宗教の信者も、人頭税《ジズヤ》さえ払えば「イスラーム帝国」＝コーランの通用地域で、共同体を存続できるとしたことです。特定宗教の信者にのみ課税するのは、こんにちでは許されませんが、宗教的な「異端者」には拷問による改宗の強制か、処刑があたりまえだった時代には、最大限リベラルなしくみだったことは事実です。

こうした性格を持つイスラームは、はじめからプロテスタント的な宗教でした。あまり知られていませんが、イスラームにはほんらい、教会や聖職者はいません。モスクとは教会というよりも「礼拝所」であり、ウラマーという宗教指導者もコーランを解釈する「法学者」のことで、神父よりもNPOの弁護士に近い存在だったようです。

ただし4章でもみたように、プロテスタント的な「言語＝教典」の重視は、無限の「反正統主義＝新しい解釈の挑戦」を生んでしまいます。そこで主流派のスンナ派では、10世紀のころから「イジュティハード（法解釈）の門は閉じた」という言い方で、法学者らによる新たな解釈を禁止したとされます。

結果として出てきてしまったのが、21世紀になっても「文字どおり」にコーランを実践しようとするイスラーム原理主義であり、その武装形態としてのイスラム国です。1

000年前であれば、先進的かつ合理的だったはずのしくみを、そのまま復興しようとしてしまうのです。

そうした試みをささえているのが、帝国的なだけでなく民族《エトノス》的でもある信仰の性格です。そもそも冷戦時代の社会主義圏には、民族登録の一区分として「ムスリム」の項目をもうける国もあったほど、独自の礼拝や衣食住の習慣を持つイスラームの信仰には、多分に身体的な側面があります。

イスラームの巡礼者はきびしい砂漠の旅路に耐えて、聖地メッカに到達したとき、あたかも自分の身体がムスリム共同体の全体とひとつになったような、異様な法悦《ほうえつ》におそわれるそうです。私も9・11から3年ほどのちに、ユナイテッド便で米国に調査にいった際、周囲の欧米人の視線にたじろがずに機内で定時の礼拝をくりかえす信者の姿をみて、そのこころの強さにうたれたのをおぼえています。

ことイスラームにかぎっては、帝国と身体とが相反せず、むしろ融合して存在している。

中国以上に「帝国適性」が高いかもしれない彼らの共同体と、いかなる関係をむすんでいくかが、こんにちの世界の最大の課題であることは、論をまちません。

「私が民族《エトノス》だ」：ポピュリストの危険な身体

いまのところ欧米の潮流は、「反イスラーム・ポピュリズム」にむかっています。トランプはムスリムの入国禁止を公約して、米国大統領に当選し、離脱をきめたイギリスや多くのEU加盟国の移民排斥論者が標的にするのも、中東から流入するムスリムです。ロシアのプーチンも、自国内（中央アジア）のムスリム居住地域に「イスラム国」を波及させないために、シリア内戦に介入して爆撃をくりかえしました。

しかし、歴史とは皮肉です。そうして熱烈にイスラームの隔離や撲滅《ぼくめつ》をとくポピュリストの政治家こそが、国内における言論の自由や人権を圧殺し、いわば「裏返しのイスラム国」のような抑圧的体制を、先進地域にうみだしつつあるようにみえるからです。

ポピュリストの政治スタイルは例外なく、ワンフレーズに要約されます。

——すなわち「朕《ちん》は国家なり」ならぬ、「私が民族《エトノス》だ」。

わかりやすいので、トランプ大統領を例にすると、俺はアメリカ人だ。アメリカ人の俺には、ムスリムはテロリストにみえる。だから入国禁止にしよう。おまえらもアメリカ人なら、とうぜんおなじように感じるだろう？　感じてないなら、おまえはアメリカ人じゃないから、おまえの意見なんてきかない。

こういう政治をつづけるとどうなるかは、ロシアが示しています。２０１２年の世論調査では、各項目について「信頼している」とこたえる国民の割合が、「プーチン」と教会が5割でならび、政府は3割、警察は2割、政党は1割強だったそうです。

皮肉なことに、権力者の身体を「みずからの帰属集団の全体」と同一視してもてはやすのは、スターリンや毛沢東の肖像画をかかげて広場を行進するような、社会主義国の指導者崇拝が最悪期にたっしたときとおなじ特徴です。

これでは、リベラルの勝利とされた「冷戦の終焉」とはなんだったのか、ますますもってわかりません。

こうした身体感覚にもとづく権力にたいし、言語による批判は往々にして無力です。リベラルな法律家の出身で、名演説家としてもならした前任者オバマとくらべて、罵詈《ばり》雑言《ぞうごん》だらけのトランプのほうが自身の意志を現実に反映させてゆくなら、私たちは身体にたいする言語の屈従を、否応なく思い知ることになるでしょう。

なにか対案は、ないのでしょうか。

ポピュリズムという「民主主義の鬼子」を防ぐのは、貴族制だといわれることがあります。専制君主のひとりの身体にたいして、おなじように社会的な権威をもつ複数の貴族の身体で、歯止めをかけるということです。

歴史的にみてもイギリスを典型として、議会政治が長い伝統をもつ国は、王権にたいして貴族の力が強かった事例が多い。同等の力をもつ貴族どうしが、たがいの立場をそれなりに尊重しつつ、みずからの主張をぶつけあう場としての議会を育てることで、特定のひとりだけが「私の意志が人民の意志だ」とは、僭称《せんしょう》できないようにしてきたからです。

いわゆる高貴なるものの責務《ノブレス・オブリージュ》であり、その伝統はEU離脱のさいに貴族院（上院）の承認が最後の関門となった、こんにちの英国でもまだ生きています。トランプ政権発足後のアメリカで、多くのセレブリティが積極的に大統領批判の先頭に立つのも、おなじ気風が大衆社会よりにアレンジされたものです。

日本の戦後知識人を代表する丸山眞男《まさお》は、国語の教科書で目にする「『である』ことと『する』こと」というエッセイで、「ラディカル（根底的）な精神的貴族主義」を「ラディカルな民主主義」と結合させる、[83]という理想をうたいました。たんに民主主義なだけでは、「私が民族だ」と主張する僭主《せんしゅ》が自由な議論を圧殺する世のなかになることを、見ぬいていたからです。

しかし貴族やセレブの良識によって、ポピュリズムの弊を矯《た》めることを期待するのは、丸山のような「立派な大学の先生」に「悪しき自民党政治」を叱《しか》ってもらって満足していた時代と同様の、4章でみた「知性主義」の発想です。

そうしたエリーティズムじたいが、反知性主義というかたちでゆきづまりをむかえたいま、私たちはリベラルな批判者たちの勇気に感謝しつつも、そこにとどまらないあらたな政治と身体のありかたを、模索しなくてはいけません。

いわば、かつては貴族層にかぎられていたようなリベラリズムを、身体化すること。言語による理屈だけでなく、身体的な感覚として、リベラルな発想を根づかせること。知性主義の牙城《がじょう》だった大学のカリキュラムの改革もまた、そのような方向でなされなければならないことは、前章でのべたとおりです。

君主によるリベラリズム？：天皇退位問題

じつはポピュリズムを抑止するには、歴史的にみてあまり民主的ではない、もうひとつの方法もあります。

そもそも君主をひとりに決めて、その人がリベラルな「名君」に育ってくれるように、王位継承者となった時点から英才教育をほどこせばいい。近代初期のヨーロッパでひろくみられた、啓蒙《けいもう》専制とよばれる体制です。なんらかの「望ましい社会のありかた」を実現するための、教育のコストという観点でみると、啓蒙専制なら文字どおり１人だけを教えればいいのだから、もっとも効率的です。

純粋に効率だけを比較すると、つづくのが旧ソ連や中国のような、「党」を経由してリクルートされた幹部候補だけに、知識をあたえる体制。近年までのアメリカは、ごく少数の世界的難関大学でふるいにかけるというかたちで、競争率としてはこれらの国と大差ない「エリートの絞《しぼ》りこみ方法」を、リベラルな社会の理念と両立させてきました。

まちがいなくもっとも非効率なのは、いまや若者の過半数が、なんらかの意味での「大学」で教育を受けてから社会に出てゆく、戦後日本の教育システムです。

それは、その「効率の悪さ」にみあうだけの価値を、つまりたとえ経済的には非効率でも、維持していくべきだと国民が自信を持てるような成果を、わたしたちの社会にもたらしているでしょうか。

（83）丸山眞男『日本の思想　改版』岩波新書、２０１４年、１９９頁。

愕然《がくぜん》とさせられたのは２０１６年７月、「天皇陛下が退位のご意向」とメディアが報じて始まった、いわゆる「生前退位」騒動でした。

私の考えでは、大卒とはいわず、中等教育をおえたくらいの教養があれば、以下のような疑問がうかぶのが自然だと思います。

①象徴天皇制のもとで天皇のほうから、実質的に「退位したいので制度を変えてくれ」と発言するのは、禁じられている政治行為に該当しないのか。
②退位された後の天皇は、かつて院や上皇とよばれたものと同様の存在となるが、その行為はどのように規制されるのか。たとえば「天皇」のままでは憲法に拘束されて自由におこなえない政治的な発言も、可能になるのか。
③そのばあい「退位後の天皇」がもらした一言によって、政治が左右されるようになる危険はないか。あるいは、いまの天皇を気に入らないからといって、時の政権が譲位を強要するような事例が、今後起きたりしないか。

①と②は、公民科の基本的な知識で、②と③も、ごく常識的な日本史（とくに中世初期と、幕末・戦前期）の事項だけで、たやすく連想されるものでしょう。
私は、生前退位じたいに反対ではありません。しかし、こういった疑問が国民の脳裏《のうり》にうかばないまま、「ご本人がおっしゃるなら、しかたない」とばかりに民意が退位賛成へとなだれをうつのをみて、心底おそろしく感じました。

それが、教育を受けてきた「主権者」の姿なのか。そこまで、自分の頭で考える気がないなら、もう戦前のように主権をまるごと、天皇陛下にお返しになったらどうか。いっぽう多くの国民が、天皇という職業がじっさいには、本人が引退したくなるほど大変なものらしい、という印象をいだいたのは、貴重な機会のようにも感じます。

そもそも、啓蒙専制のように政治の実権をゆだねているわけではないにもかかわらず、そこまでの負担をひとりに負わせる天皇（君主）という制度は、なぜあるのでしょうか。ひとことでいえば、民族的《エトノス》な意味での「われわれの共同体」という観念を、実感をもって私たちが把握し、かつ変事があったさいにコントロールしやすくするために、具象性のあるひとつの身体が存在する必要があるのです。

ほとんどの地方自治体が「ゆるキャラ」を制定し、さまざまな物体や観念を「擬人化」することに慣れた平成後期のサブカルチャーを経た日本人なら、わかっているはずです。具体的な人格によって象徴されることで、いかに対象への親しみが喚起《かんき》され、かつそれをじっさいに操作できるという感覚を味わえるのかを。

かつてカントロヴィッチという君主制の研究者は、その著作の名称にもなった『王の二つの身体』という言い方をしました。王さま個人の人間としての物理的な身体には、その王さまが代表している「民族の身体」とでもいうべきものが、二重うつしになっているのだ、ということです。

たとえば基地問題について、いかにメディアが「沖縄は怒っている」と書こうと、「沖縄さん」という具体的な人がいて、「怒ったぞ」と口をきくわけではありません。

しかしこれが「陛下のおことば」となると、なんとなく「日本人全体の共通感覚の表明」のように、聞こえてしまう。

それが、君主が持っている民族の身体の効果です。国家のように抽象度が高く、制度的に複雑で全体をみとおしにくい機構ほど、だれかが「国家さん」の位置について、具体的な身体をあたえてあげる必要があるのです。

たとえるなら多くの企業が、業務と無関係なタレントをイメージキャラクターに起用して、「なんとなくこの会社、フレッシュそう」といった印象をつくりだし、みずからの事業への社会の理解を、深めてもらうのとおなじです。

しかし「企業の身体」をかかえたタレントは、意外に大変です。恋愛・結婚・妊娠のような、ほんらいその人の自由であるべき行為や、成人した家族がおこした不祥事などの、そこまで本人の責任をとうべきではない事態でも、「企業の身体」としての機能をそこねたとみなされると、バッシングされて謝罪や賠償に追いこまれてしまいます。

まして国家の身体、民族の身体となると、そう簡単にはになえません。

だから、世襲でお願いしているというのが、天皇制をふくめた君主制。

国によっては、政治の実権をもつ首相のほかに、名誉職としての大統領をもうけて、人格識見《しきけん》に定評のあった引退後の政治家などに、ついてもらうばあいもあります。

天皇の唐突な退位への意向表明は、この仕事が相当に大変だという事実を、国民につきつけました。世襲制のために、本人には「職業選択の自由」がなく、また明治以来の*一世一元《いっせいいちげん》の制によって、現状では離職する自由もない。

あらためて考えると、かなりブラックなお仕事のようにも思えてきます。

象徴天皇というかたちで、政治的な実権と離れたところに「民族の身体」を持っているのは、目下の日本社会にとっては、あきらかなメリットだと思います。すくなくとも、トランプやプーチンのように独善的な政治家が「民族の身体」を簒奪《さんだつ》する、完全なポピュリズムには、おちいらないですんでいる。

その意味では、象徴天皇制こそが日本的なリベラリズムなのだと、言っていえないことはない。それは、どうしても戦前の「実権ある君主」の影をせおっていた、昭和天皇の後半生とかさなる「戦後日本」ではなく、天皇ご本人が戦後憲法の精神のもとにあゆまれた「平成日本」だったからこそ、完成をみたということもできます。

しかしそこにはやはり、無理があった。だからこそ、憲法上の疑義なしとはしがたいご意向の表明によって、平成という時代は突如、幕をおろさなくてはならなかった。

どれだけの人びとが、そのように感じているかはわかりませんが、すくなくとも私は「生前退位」の意味を、そう理解します。

つぎの時代にも、私たちはあたらしい天皇に「リベラルな民族の身体」を丸投げして、なにひとつ学びもせず、考えもせずにすごすのでしょうか。それとも私たち自身の手で、海外のものまねではないリベラルな日本社会を、つくりなおすのでしょうか。

大学が、どのような場であるべきか。知性とは、いかなる姿をしているのか。その定義もまた、この問いにどうこたえるかに応じて、変わってくるはずです。

決めるのは「陛下」ではなく、私たちです。

現行の憲法によって、主権を持っているところの、私たちなのです。

＊一世一元の制

ほんらい、生前に譲位をおこなったり、ひとりの天皇の在位中でも元号をかえる（改元する）ことは江戸時代までは通例であり、崩御まで「ひとりの天皇にひとつの元号」と定められたのは、明治天皇からである。

第6章 病気からみつけた生きかた

首相施政方針演説

成長と分配 好循環に

同一賃金実現に意欲

憲法改正「逃げず」

首相官邸に入る安倍首相（22日午前）

2016年1月22日、日本経済新聞夕刊

入院とデイケアの体験から

発病してわかった「友だち」の定義

ここまで、私が病気をしてわかったこと、病気の経験をつうじて「あたらしく考えられるようになったこと」について、ずっと書いてきました。

自分の病気を、そのようにポジティヴな方向へとむけられるようになったきっかけとしては、2か月強の入院生活と、その後の約2年間のデイケア（リワーク）の体験をはずすことはできません。

最後となる本章では、それについて書きたいと思います。

2章でも書いたように、診察を経て入院が決まったとき、私は日常会話もままならない状態でした。ごく常識的な問診でも、聞かれたことのこたえが、頭に浮かばない。あるいはもやもやとした印象は浮かんでも、それを表現することばがみつからないので、結局こたえられない。

そのときは、こうして自分がまた本を書けるようになるとは、考えもしませんでした。じっさい、「入院したからって、なんだ。ここまで思考能力がむちゃくちゃに破壊されているのに、回復なんてできるはずがない」というのが、病棟に着いたときの率直な印象でした。

精神科への入院については、サイコサスペンスの聞きかじりで「社会から隔離されて、一生出てこられなくなる」という妄想的な恐怖感をもったり、逆に「入院さえすれば、最先端の画期的な治療法が受けられて全快する」といった過度《かど》の期待をいだく人がいますが、どちらもあやまりです。

まず精神病棟であっても、長期にわたって入院するほど病院側に入る診療報酬は下がるので、治療者には可能なかぎり既存の患者を退院させて、新規の患者を受けつけるインセンティヴがあります。それを度外視してでも、超長期の入院が必要と判定されるほどの重症でないかぎり、「出てこられない」などということはありえません。

一方で、入院しないと受けられない特殊な治療法があるかというと、それもさほどのものではありません。有名なのは、映画でよくえがかれるＥＣＴ（電気けいれん療法）ですが、べつに全員が対象となるわけではなく、じっさいに私は希望しなかったので、受けませんでした。

それでは、入院してなにをするのか。医師の説明では、ひとつは起床・就寝や食事といった、生活リズムの改善。もうひとつは、薬の調整です。通院だと、どうしても２週間おき程度になってしまう薬剤の変更や分量調節を、入院すれば１日単位でおこなえるということです。

しかしながら私にとって最大の意味を持ったのは、そうした「通院治療の効率化」としての公式な入院の効用ではなく、むしろ類似の病気の人びとが一時的に共同生活をいとなむという、非公式な入院の側面でした。

やはり海外の映画などで、病棟で患者どうしが車座になって、体験を話しあうシーンをみたことはないでしょうか。私が入院した病院では、医師や看護師が主導する「治療法」としては、そういった作業はおこなわれていませんでした。しかしその分、よりプライベートなかたちで、入院中におなじ境遇《きょうぐう》の人たちと、そこでしかえられない交流をもてたと思っています。

もちろん病気でもないのに、入院する必要はありません。ですが、たとえばこういうふうに、考えてみてください。

あなたには、あなたの「属性」も「能力」も問わずに、あなたを評価してくれる人がいますか、と。

仕事をもっている人なら、かならず名刺に会社の部署や、保有する資格を入れるでしょう。そうした「属性」についての情報ぬきで人づきあいをするのは、こんにちのビジネス社会では不可能です。

はたらける時間は有限なので、「あの会社の人なら、顔をつなぐ価値がある」「この資格をもってる人なら、信頼できそうだ」というかたちで、属性によって対応すべき相手をしぼらないと、業務がパンクしてしまうからです。

私は学問という、すこし特殊な業界ではたらいていたので、相対的には属性についてルーズだったと思います。資格のないフリーの文筆家に頭脳明晰《めいせき》な人がいて、博士号をもつ東大の教授に支離滅裂な人がいることを知っていたので、属性で相手を評価することには、慎重にならざるをえませんでした。

しかしその分、「能力」で他人を評価することについては、おそらくふつうのビジネスマンよりシビアだったと思います。能力がある人の声なら、相手の属性をとわずに、耳をかすべきだ。逆に能力もない人間が、属性が立派だからといってえばり散らしているのは、よくない。

そう信じていたからこそ、「病気によって能力をうしなう」という想定外の体験をしたことが、衝撃でした。能力のなくなった自分なんて、この世に存在する価値はないじゃないか。そう考えていました。

入院時に、病棟でともにすごした仲間が教えてくれたのは、そうではない、ということです。彼らの多くもまた、病気によって能力をうしなっていました。

年齢的には、おおむね高校生から中堅社員くらいにおよぶでしょうか[84]。学生であれば、中退や転学を余儀なくされ、社会人のばあいは、最低でも休職はせざるをえない。そういう人たちとの会話をつうじて、徐々に自分の考えかたが変わっていくのを感じました。

病棟で、はじめから自分の属性（職業）をなのる人は稀《まれ》です。そもそも私は各種のカ

（84）認知症を精神科が治療する関係上、一般には精神科の入院患者は高齢者が多いと思います。たまたま近い世代の患者どうしでめぐりあえた私は運がよかったとともに、この範囲を超えてはあまり交流をもてなかったことが、限界だったかもしれません。

ードをつくるときなども、「教員」という以外に書いたことがないので、病棟の面々はなおのこと、私が大学の先生だとは思っていません。

くわえて前記のとおりの状態ですから、もちろん入院時の私には能力もありません。じつのところ、入院して最初の2日間は文字どおり、ベッドの周囲にあるカーテンを閉めきって、同室のだれともひとことも口をきかずに閉じこもっていました。

それでも、声をかけてくれる人がいる。まとまらない話をぼそぼそとでもしゃべると、うれしそうに共感してくれる人がいる。

このちがいは、なんなのだろう。

かつて博士号をもつ大学の教員として、当時の自分の能力をフルに回転させた授業や言論活動をしても、「おまえは、大学に皇太子を呼べないだろ」（1章）・「副総理よりはえらくないだろ」（4章）としか評価されなかった。それがどうして、属性も知られず、能力をうしなったいまのほうが、はるかに敬意をもってあつかってもらえるのだろう。

たとえば平成のなかばにインターネットが普及しはじめたとき、人びとが夢みていたのは、そういう関係ではなかったかと思います。

これからは、属性を問わずにいろんな人とつきあえる。もちろん能力が不要とまでは思わなかったでしょうが、すくなくとも成績・業績競争にいそしむ日常の世界とは、ちょっとちがった、学校や職場に閉ざされていては得られない、ゆたかな関係が手に入ると。

じっさいに起こったことは、逆でした。「属性・能力ぬき」でいいたい放題書き散らす空間は、２ちゃんねるの一部のような誹謗《ひぼう》中傷の温床となり、反対にフェイスブックやインスタグラムは「お洒落なオフィスにさっそうと通勤し、余暇の過ごしかたも一流の私」をアピールする、「属性・能力顕示《けんじ》」の場になりました。

退院したあとも、彼らのうちの何人かとは交流をつづけています。そうした関係をどう呼ぶかといえば、月並みですが「友だち」になるでしょう。

しかし、友だちを「属性や能力にかかわりなく、あなたとつきあってくれる人」と定義している人は、どれほどいるでしょうか。

ある人が努力をすればするほど、進学校や一流企業といった属性がついてまわり、そこでは自動的に、能力によって選抜されたという根拠にもとづいて、周囲との関係をきずかなくてはならなくなる。だから属性や能力をうしなっただけ、人によっては発病や休職によって「うしなう可能性」が出てきただけで、自分の人格を全否定してしまう。

うしなったって別にいいよ。それでものこるのが本来の意味での「友だち」だから。――そういう認識が広まるだけで、どれだけ多くの人が救われるだろうかと、いま私は感じざるをえません。

そんな極論めいた定義の友だちなんて、ふつういないだろ、と感じた方もいるでしょう。

ええ、いなくてかまいません。じっさいに私も、たまたま入院時に運よく得られただけのことで、そうでなければきっと、いなかったろうと思います。

たまたま属性がおなじだったから物理的に近くにいる人、ましてＳＮＳ上の表記で友だちとなっているだけの人を、わざわざ「友だち」だと思いこむ必要はないのです。あなたがそれを必要とする日がくるまでは、「人づきあいは苦手じゃないんですけど、ほんとうの友だちとなると、なかなかできなくて」で、かまわないのです。

属性や能力がすべてではないということ。それをうしなってなお、のこる人との関係という概念があり、自分がいままだそれにアクセスできていなかったとしても、やがてつながる可能性はだれにも否定できないということ。

そういう発想を社会的に育《はぐく》んでいくことが、だれにとってもいまより過ごしやすい世界を、長期的にはつくるのだと考えています。

「能力」をとらえなおす：ボードゲームからアフォーダンスへ

発病する前からのくせなのですが、私は「回心」したり「めざめた」人のいうことを信じません。そういう人は、いつまた「あのときの『回心』はにせものだった。こんどのが『真の回心』だ」といって、手のひら返しをするかわからないからです。

ですので、療養生活を経た私の変化を「まちがった思想をすてて、ただしい思想にめざめた」といったふうに、ひといきで１８０度の転換をおこしたようにとられるのは、とても心外です。

そうした誤解をうまないためにも、私の「考えかたの変化」を、ゆるやかにもたらしてくれた媒体について書いておこうと思います。

なんども書いてきたように、うつ状態になると主観的な気分が沈んでゆくだけでなく、他人と話す能力も低下します。そのため、たとえおなじ病気に苦しんでいるということで親近感を得やすかったとしても、入院患者どうしの会話が、最初からぽんぽんはずむということは、まずありません。

そうしたとき、トランプが一組あると重宝《ちょうほう》します。なんとなくゲームをはじめることで、とりあえず相手に接するきっかけをつくると同時に、「現時点での戦局」といった共通の話題が生まれることで、たがいの話をつなぎやすくなるからです。

そういった効果を期待して、基本的なゲーム一式くらいは、病院側が談話室に準備していました。ベッドのカーテンを開けられるようになってからは、各種のトランプや『ウノ』などを、病棟の仲間とずいぶん遊びました。

おどろいたのは、「ウノができない」という成人の患者さんが、ずいぶんいたことです。すくなくとも知的な障害はなく、発病前はいわゆる「健常者」として暮らしていて、一般にいうところの高い社会的地位に、ついていた人でもです。

読者の方は全員、この「一般にいうところの高い社会的地位」といった言いかたが、先ほど批判した「属性と能力」による評価そのものであることに、気づかれたでしょう。そのとおりです。じっさい、私も最初は「ウノなんて、小学生でも修学旅行で遊ぶだろう。それができない社会人って、どうなんだ」と感じていました。能力で人をはかってきた長年のくせが、抜けていなかったのですね。

しかし、そうした患者さんの存在もあって、途中から新しいボードゲームを談話室ではじめたことで、すこしずつ考えかたが変わるようになりました。当時は、ボードゲームカフェのブームが起きるすこし前だったのですが、いくつかのホームページを参考にして、外出時に購入したものを持ちかえったのです。

『カルカソンヌ』という、世界遺産になっている南フランスの城郭《じょうかく》都市をテーマにしたゲームがあります。マニアのあいだではともかく、一般の知名度はウノよりはるかに低いでしょう。しかし、だからといってむずかしいかというと、そうではない。

タイルがなくなったらゲーム終了。未完成の地形と草原の点数を加えて多い方の勝ち。
！
お！来《き》た来《き》た!!
ほな、この「都市《とし》」完成ー!!
4×2で8点《てん》やな！
いっ…!?

入院中に『カルカソンヌ』を遊ぶ場面のある、ゲームが主題のマンガ『放課後さいころ倶楽部』（中道裕大、小学館、2015年、6巻40話より）

　このゲームの特徴は「手札《てふだ》」に相当する、「プレイヤー本人にしか見えない情報」が、いっさい存在しないことです。ウノやトランプで「わからない。どのカードを出したらいいの?」といって手札を全員に見せられたら、興ざめしてつづける気にならないでしょう。

　カルカソンヌでは、自分の手番にタイルをめくって、場のどこかに配置します。しかしめくったタイルはほかのプレイヤーにも見えるので、「手堅くいくならここに、冒険するならむこうに置くのがいいよ」と、アドバイスしてあげることができるのです。

ひとりでぜんぶ判断して決められるような「能力」がなくても、大丈夫なように、きちんとゲームがデザインされているのです。じっさい、アドバイスされながら半信半疑でプレイしていた人のほうが、結果的に勝つこともあります。ゲームが終わったときにできる地図状の盤面がきれいなこともあって、ウノが苦手だった患者さんも、たのしんでくれました。

うまくあそべない人に、「おまえは能力が低いなあ。もっと勉強しろよ」なんて、言わなくてもいい。むしろ「能力が低い」プレイヤーがまじっても、みんなが最後までたのしめるようなデザインのゲームを、みつけてくればいいのです。

このとき私が思い出したのは、アフォーダンス（affordance）という概念でした。もとはギブソンという米国の心理学者が提唱したものですが、その射程《しゃてい》のひろさから、教育学や人類学でも使われることがあります。

私なりにまとめると、「提供する」という意味の動詞 afford を名詞化したアフォーダンスとは、「能力」の主語を、人からものへと移しかえるための概念です。[85]

たとえば、健常者の人間には走るという能力がある、とは考えない。逆に「平らな

（85）注意深く読んでいただければおわかりのように、厳密には「ものと人とのあいだの関係」が能力の主語になります。3章のハイデガーの存在論にもつうじます。

道」というものが、走るという行為を健常者の人にアフォードしている、つまり道と人間とのあいだに走るというアフォーダンスが存在する、というふうにとらえます。

あるいは、ビルの1階から3階に上がる場面を考えます。エレベータはほとんどすべての人に、3階へのぼるという行為を提供します。エスカレータや階段では、車いすの人はアフォードしてもらえなそうです。

それでは、外壁はどうか。とび職人やロッククライマーなら「じゅうぶんアフォードされている」と感じそうですが、健常者でもふつうは無理でしょう。このとき、「きみたちは3階程度まで壁をのぼる『能力』もないのか」と、言おうと思えば言えるでしょうが、はたして、そこになにか意味があるでしょうか。

私がいいたいのは、社会主義の衰退とともに平成の日本ですっかり色あせた「平等主義」ではありません。人によって「能力の差」がある事実を、否定する気持ちはまったくなく、「能力が最低のものに、最大の配分をしろ」と主張しているのでもありません。そうではなく、「どれだけ大きな能力の差をカバーできるかで、そのものの価値をはかってみよう」と提案しているのです。そうした思考法は、退院したあとも趣味としてゲームをつづけるなかで、徐々に明確になってきました。

カルカソンヌは退院するとき、病棟に寄付してきたのですが、たまたまその後にかよいはじめたデイケアにも、思考力の回復にむけた練習としてボードゲームをおこなう時間が設けられていたおかげで、2年間のあいだにかなりの種類を、ためすことができました。

1作だけあげるなら、『マスカレイド』という仮面舞踏会のゲームになります。1枚のみの手札をたがいに交換しつつ、持ち札の能力を行使して所持コインを増やすだけの単純なゲームですが、手札を伏《ふ》せて（自分でも見ないで）プレイするため「いま、何のカードをもっているのか」について、カンとハッタリを利かせないといけないのが味噌《みそ》です。

どの手札になんの能力があるのかを把握し、それがいま誰の手元にあるのかも推測しないといけないので、カルカソンヌにくらべるとむずかしいゲームです。それをカバーしているのは、一人でもあがったらその人の勝ち（のこりの人の負け）なので、「あがりそうな人」がみえてくると、自然とほかの全員が協力しはじめるところです。

ルールを十分飲みこめず、うっかりだれかを勝たせてしまいそうな人がいたら「このままだとあの人があがっちゃうから、こうしてよ」と、ほかの人が頼めばいい。「あの人はゲームをわかっているから、まかせよう」・「この人はわかってなさそうだから、自分の手番をつかって、かわりにあがりを阻止しておこう」というように、ほかのプレイヤーの「能力」をみきわめながら、戦略を変えてもいい。

将棋や囲碁のような完全実力のゲームや、スポーツ競技一般は、プレイヤーどうしの能力が均衡《きんこう》していないと、たのしめないばあいがあります。それにたいして、不慣れな人がまじっても「その人のチョンボをいかに防ぐか」までが込みで、あたらしいゲームになったのだと考えなおせるデザインになっているのが、このゲームの魅力です。

そしてそれはまさに、はたらくということ、よりひろくいって社会的に生きるということのモデルでもあります。

「全員が有能」な会社や社会というのは、思考実験としてはありえますが、前者はまずめったに存在せず、後者は存在したためしがありません。大学の学者がいかに「反知性主義」をなげこうとも、世論《せろん》の流れを変えられないように、人びとのあいだに「能力の差」はつねにあるのです。

その差異が破局につながらず、むしろたがいに心地よさを共有できるような空間をデザインする知恵こそが、いまもとめられています。

「能力主義」が見落としたもの

コミュニズムを訳しなおす

いまでもかなりひろく読まれている、網野《あみの》善彦《よしひこ》という歴史学者がいました。南北朝時代を中心とする日本中世史の分野で、大きな業績を残したことで知られます。周囲のマルクス主義者たちが、運動の挫折から「回心」して保守に転向するか、現実ばなれした教条主義に固執《こしつ》してあやまりを認めないかという両極にすすむなかで、マルクスの思想を機械的にあてはめた、史実に反する歴史解釈をきびしく批判するとともに、自身は終生、左翼の立場を堅持した人でした。そのあたりが、いまも党派を超えて読者をひきつけるのかもしれません。

網野善彦

何冊かの共著を出すなど、親交が深かった阿部謹也《きんや》という西洋史の学者が平成の明仁天皇（皇太子時代）に面会すると、網野は明確に批判的な姿勢で、真意を問いつめたそうです。阿部のほうも、べつに「皇太子を大学に呼んで知名度をあげたい」といった不純な動機ではなく、被差別部落のような歴史的に根深い問題を伝えたくて進講に応じたのですが、それでも網野には許せなかった。それだけ、自分の信念に誠実な人でした。

その網野が最晩年の2001年、「『コミュニズム』を『共産主義』と訳したのは、歴史上、最大の誤訳の一つではないか」[86]とのべたことがあります。

もっとも、ではどう訳すべきなのかについては語っていないため、真意は判然としません。じっさい、マルクスのいうコミュニズム（communism）をどう解釈するかは、ソビエト連邦の矛盾が顕在化《けんざい》したスターリン批判以降、広義の左派に属する学者のあいだで多様な議論があり、さまざまな立場がありました。

あまりおもしろくない立場としては、共産主義ではなく共同体主義としてとらえる、というものがあります。共同体主義（communitarianism）とは、平成の日本でも一時的に有名人となったマイケル・サンデルのような、米国の哲学者の思想で、自立した「強い個人」を前提に社会をデザインするのは無理があるから、むしろ人びとに共通の道徳を埋めこむ場としての、家族や地域コミュニティのつみかさねを大切にしよう、といった主張です。

これはまさしくアメリカのような、徹底した個人主義が称揚される国においては、意味があります。しかし総理大臣（安倍晋三氏）が、私利私欲の追求を是《ぜ》とせず、村人どうしのたすけあいをモデルとした「瑞穂《みずほ》の国の資本主義」なる政策をかかげる国で、わざわざ学者が語るほどの思想でしょうか。

あるいは網野が歴史の原動力として、農民よりも商工業者に注目していたことをもって、「共同で生産する」というニュアンスの共産主義ではなく、もっと流通や消費の局面での「共同化」を考えていたのではないか、と推測することも可能です。

村落モデルの共同体主義というより、ある種の協同組合主義、ギルド社会主義にちかい発想でコミュニズムを解釈するものです。思想的に興味深くはありますが、そうした運動としては、大学や地域の生活協同組合がすでにあります。みんながＡｍａｚｏｎを退会して、生協の組合員になったら、世のなかが大きく変わるのか。さほどの期待は、もてないように思います。

そういうおまえは、どう思っているのか。

私は、保持する能力の高低が異なる人どうしの「共存主義」として解釈しないかぎり、コミュニズムというものの再生は、ないと考えます。

19世紀なかばに書かれ、20世紀の世界を席巻《せっけん》した代表的なコミュニズムの思想書である『共産党宣言』に、こんな一節があります。「私有財産の廃止なんて、とんでもない」という反論を想定して、マルクスとエンゲルスが再反論をこころみる箇所です。

(86) 網野善彦・小熊英二「人類史的転換期における歴史学と日本」網野善彦ほか『「日本」をめぐって　網野善彦対談集』洋泉社ＭＣ新書、２００８年、１９３～１９４頁。

資本家であるということは、生産において単に純粋に個人的な地位を占めていることではなく、社会的な地位を占めていることである。資本は共同の生産物であって、ただ社会の多数の成員の共同活動によってのみ、それればかりでなく、究極において社会のあらゆる成員の共同活動によってのみ動かされうる。

だから、資本は個人的な力ではない、それは社会的な力である。[87]

最近は左翼の人のほうが勘ちがいしているようなのですが、資本家はたんなる「お金もち」とはちがいます。たんに、自宅のタンスに札束をためこんで死蔵している人は、お金もちではあっても資本家ではありません。

自分のお金を、本人が直接お店や工場を経営する資金として活用するか、株券などを投資のために購入するかして、さまざまな人びとのあいだで環流させることで、その総額を増やそうとしている人。それが、資本家の正しい定義です。

マルクスやエンゲルスは「だったら、資本が『個人の財産』である必要はないじゃないか。私有財産を廃止して、社会の全体で資本を共有してもいいじゃないか」と考えました。5章でふれたようにこれはまちがいで、資本を社会的に共有しようとすると、その運用者としての国家と官僚の権力が極大化し、[88]人びとは自由をうしないました。

しかしこの箇所を、「能力」についての記述として解釈しなおすと、どうでしょうか。たとえば大学の先生に「能力」があるとみなされるのは、その先生の話すことや書くものを、「おもしろい。お金や時間を出す価値がある」として受けとめてくれる、学生や読者がいるからです。その意味では、大学の先生の能力とは、タンス預金のようにその人の脳内に詰まっているわけではない。

それはまさしく、ほかの人びととの「共同活動によってのみ動かされうる」「個人的な力ではない……社会的な力」です。

もちろん、大学教員にかぎりません。地球上のだれにもコンピュータ・リテラシーがないなら、*スティーヴ・ジョブズはただの無能者です。あるいは「話し上手」な人が存在できるのは、往々にしてまわりに「聞き上手」がいるからです。聞くというアフォードがあって、はじめて話すことは可能になり、それが話し手の能力とみなされます。

その意味で、あらゆる能力は、究極的には「私有」できません。

くりかえしますが、能力はけっして平等ではない。そこには格差があるし、いかに教育に予算をつぎこみ、学校間での実績競争をあおろうと、それはなくなりません。しかし、いかに能力の高い人であれ、その能力は私有財産のように、その人だけで処分できるものではないのです。

(87) K・マルクス&F・エンゲルス『共産党宣言』岩波文庫（大内兵衛・向坂逸郎訳）、1971年、59頁。

(88) 厳密にいうと、企業ごとに内部の労働者が資本の運用に参画するといった、国家があまり前面に出ない「共有」のしかたもありえます。冷戦下にユーゴスラヴィアなどでこころみられた自主管理型社会主義とよばれるもので、もっとも自由を維持した社会主義となりましたが、経済成長には失敗しました。

コミュニズムが昭和の遺物《いぶつ》で終わるのか、平成の次なる時代にもよみがえるのかは、むろん左翼でなかった人には、どうでもいいことです。しかし能力差という、けっして解消されることのない格差とつきあいながら生きるうえで、コミュニズムを共存主義として読み換えていくことは、すべての人のヒントになると私は感じています。

＊スティーヴ・ジョブズ
アップルコンピュータの創業者。2007年の iPhone 発売のころから日本でも神格化が始まり、独創的経営者にしてプレゼンの天才と呼ばれた。じっさいには対人コミュニケーションに難点をかかえ（発達障害に起因するともされる）、みずから口説いて招いた社長によって一時、事実上解雇されるなど、波乱の人生を送った。

「地頭《じあたま》」という誤謬《ごびゅう》：迷走する大学入試

平成の社会・経済の変遷や、ひらたくいって世相《せそう》のうつりかわりを理解するには、この「能力というものをどうとらえるか」という切り口が、有効だと思います。

私が教員になる前からきらいだったことばに、「地頭」があります。このことばで伝えたいことは非常によくわかるのですが、それだけに、ラベルとして誤解をまねく表現がいやなのです。

もう日常用語になっているので、解説の必要もないでしょうが、「大学の先生とか、医者や弁護士のような『頭よさげな職業』ではないけれど、じっさいに頭がいい人」や、「専門的な知識や技術はもっていないが、なにを教えても飲みこみがはやい人」について、あの人は地頭がいい、といったりします。

私がきらいな理由は、おわかりかと思います。地頭という表現じたいが、「タンス預金のように脳内に詰まっているもの」として、能力をとらえる見方そのものだからです。私のせまい経験にもとづく観察にすぎませんが、すくなくとも学者界隈《かいわい》で「地頭がいい」という表現を耳にしたら、警戒する必要があります。地頭がいい、とあえて言われるということは、なにかはわるいということです。

たとえば、もう何年も学術的な文章をまったく書いていない研究者について、「地頭はいい人なんだけどね」といったりするのです。大学院にいたころにも、論文を書かない・学会にもいかない院生を「でも頭のいい子だから」と庇護《ひご》して、けっきょくだめにしてしまう教員を、よくみてきました。

2005年に初版の出た『国家の罠』は、佐藤優《まさる》氏の最初の著作ですが、彼がつかえた政治家である鈴木宗男氏を評して「人間には学校の成績とは別に、本質的な頭の良さ、私の造語では『地アタマ』がある」[89]（傍点は引用者）とする表現があります。同書以前にまったく用例がないのかはともかく、このころにはまだ新語として、語義を解説しないと一般には通じないことばだったということです。

(89) 佐藤優『国家の罠 外務省のラスプーチンと呼ばれて』新潮文庫、2007年、49頁。

わずか10年強で、すっかり地頭ということばが日常会話に定着した背景には、いくつかの要因があるでしょう。

ひとつには、4章でみたような「知性主義＝大学の権威」の崩壊です。おれは学歴は二流かもしれないが、それがどうした。「頭がいい」と自称しているおまえら大学教員よりも、こっちのほうが「地頭」はいいんだぞ。そういうスタンスが、歓迎される空気が定着していったということです。

もうひとつは、ITの普及とサービス産業の感情労働化の同時進行です。純粋な計算はコンピュータに、単純な力仕事はロボットにまかせて人件費を浮かせる企業がふえると、人間の労働者が提供できる付加価値はむしろ情緒《じょうちょ》的なもの、心地よいコミュニケーションを顧客に提供するスキルになってきます。

こうなると、ペーパーテストで何問解けたかといった、数値化可能な従来の能力観が通用しにくくなる。そこで「あの人は東大卒だけど、空気が読めないから、地頭はわるい」・「ヤンキー育ちの人のほうが、人あしらいが上手で、地頭がいい」といった言いかたが、受け入れやすくなったのでしょう。

1章でのべたように、私は斜陽産業だとわかって大学に勤めていたので、そういう風潮じたいは、必然として受けとめていました。「学歴やテストの点数だけが能力じゃない」とする新しい能力観の出現は、100パーセントただしい発想で、なんの問題もないのです。

むしろ問題は、地頭ということばにみられるような、能力を個人の内側に閉塞させてとらえる中途半端に古い能力観に、それが帰結してしまって、じゅうぶんな人間観の刷《さっ》新《しん》をなしとげられなかったことにあると思います。

たとえば平成には、東京大学もふくめて多くの大学が、ペーパーテストでは測れない能力をみるとして、面接中心型の入試を導入しました。要は、地頭のよさをみるということでしょう。

しかし「面接で東大の先生に好印象をあたえる能力」は、地頭という点では同じであっても、当然ながら「池袋西口の公園まわりでヤンキーに一目おかせる能力」とはちがいます。そして、前者は受験生の脳内に折りたたまれて入っているわけではなく、ふだん家族がみているテレビのチャンネルや、自宅の本棚にならぶ書籍の種類、教室で級友からふられる会話の話題などの、総体《アンサンブル》として存在します。

つまり、地頭的な能力観をとりいれると、大学受験は「階級化」するのです。

ペーパーテストで「なにを詰めこめばいいか」が明確だったことが、どんな環境で育った人でも、勉強さえすればある程度、学歴の取得をつうじて社会的に上昇できるという平等性を担《たん》保《ぽ》してきました。「試験で測るのは、個人の内側に蓄積可能なタイプの『能力』にしぼる」というタテマエは、そうした公平性を確保する方便としての、意味があったのです。

それに無自覚なまま、あたかも「地頭」も同様にあつかえるかのように面接入試を拡大して、日本の大学はいま、戦後的な平等社会のインフラという最後の機能さえも、うしなおうとしています。

あらゆる資本主義はコミュニズムとのブレンド

もう昔話になりますが、20世紀末のころでしょうか、「能力主義・成果主義」を導入することが、組織の業績を改善し、日本経済を復活させる特効薬だといわれた時期がありました。２００１年から06年までつづいた「新自由主義的」な小泉改革が、国民の支持を受けたのも、その風潮にのっていた面がありました。

小泉政権のなかばには、「成果主義」を導入して自壊した企業の内幕をえがく本が話題になるなど、民間での流行は短命だったのですが、教育業界には、何事にもブームが終わってから飛びつく習性があります。私の勤務した大学でも２０１１年ごろでしょうか、「学科ごとにその年、いちばん成果をあげた教員を表彰して、昇給させる」というしくみが導入されました。

すこし考えればわかることですが、個人単位の成果主義を導入しながら、組織を維持することはできません。ほんらいは、どちらかを選ばないといけないのです。

かりに、能力というものが個人に帰属するとして、話をすすめましょう。あなたの職場に能力主義が導入されて、優秀な社員は特別に昇給されるかわり、業績がわるいものは減給されることになったとします。

この場合、もしあなたにある程度の人事権があるなら、可能なかぎり「能力の低い」新入社員を採用するのが、ベストの戦略になります。なまじ「能力の高い」ものを入社させたら、やがて自分を追いぬいて、自分の給料がさがるかもしれない。

逆に、どうやっても自分には勝てなそうな、最低の人材を採用しておけば安心です。既存の組織の枠組を前提にするかぎり、成果主義の導入は、「より劣った人材を採用するインセンティヴ」を、メンバーにもたらすのです。

永続的な組織の内部に「能力順」の序列をつくるのは逆効果であり、「このメンバーで仕事をするのは今回きりだから、ベストな人選をしよう」と思わせるような、短期的なプロジェクト型の組織形態をとらないと、そもそも能力主義は機能しません。たとえば映画の製作委員会方式のように、ひとつのミッションをなしとげるごとに組織が解散することにするのが、もっとも適したありかたです。

新自由主義とは、企業間の競争を加熱し、成果があがらなければ組織じたいがつぶれる状況にもっていくことで、能力主義を機能させようという政策です。いわば「会社のプロジェクト化」が、新自由主義の理想像であり、これはこれで一貫はしています。

しかし1年ごとに自分の職場が「解散」して、また次の職場へわたりあるくといったことになると、かなりストレスがかかる社会になるでしょう。だから一定以上の規模の会社は、すくなくとも映画の製作委員会ほどのペースでは、解散しません。つまり意図的に、個人単位での能力主義が機能しないような状況を、つくっていることになります。

このように考えれば、資本主義の企業であっても、その組織原理にはコミュニズム（共存主義）をふくんでいることがわかります。能力の「私有」をみとめて、相互に競争をあおって業績をあげようとするなら、企業じたいを定期的に解散しないといけない。それだとこまるので、能力を個人ではなく、組織に帰属するものとみなす。マルクス主義ふうにいえば、能力を「共有」するわけです。

したがって、貢献度に応じてある程度の格差はつくにしても、メンバー全員に最低限、自分の生活（労働力）を再生産できるだけの給与が分配されます。これが、いわゆる正規雇用の背景にある考えかたです。

それでは、日本にくらべて起業や倒産のペースがはやく、より徹底した新自由主義的政策がとられたとされる、アメリカやイギリスはどうなのでしょうか。

注目すべきは、米英で新自由主義を主導したとされるロナルド・レーガンやマーガレット・サッチャーが、思想的にはむしろ強硬な保守派であったこと、そのため同時代にはむしろ新保守主義とよばれていたことでしょう。

彼らは「政府が直接、国民の生活をまもるような、社会主義的な福祉はもうやめる。そのぶんは、家族やキリスト教の道徳で助けあえ。それが、そもそもうちの国の伝統だったろう」と主張しました。社会主義を批判する点では、自由主義的であるいっぽうで、伝統的な規範にしたがえと求める点では、保守主義だったのです。

しかし見方を変えると、これは徹底して競争をあおったとされるレーガンやサッチャーにしても、社会のどこかに競争を抑制する領域を、もうけておかなくてはならなかったということになります。その領域をむかしからありそうな分野、典型的には「家族」にもとめたところが、彼らの保守たるゆえんです。[90]

ご存じのとおり、すくなくとも常識的な意味での家族は、「能力が低い」という理由でメンバーを解雇したり、映画の製作委員会のように解散したりしません。

もちろん、離婚や家出といった選択肢はあります。しかし、「けさの朝食がまずかった」「先週のテストの点が低かった」といった理由で、パートナーを離婚したり子どもを勘当《かんどう》している集団があったら、それを家族とはふつうよばないでしょう。

アメリカやイギリスでは、家族というかたちで企業の外に、個人ごとの能力主義では競争しない空間、私ふうにいえば共存主義の領域をもうける。日本のばあいは、企業じたいを家族に類似した集団にしたてることで、企業の内側に共存主義の要素をのこしていく。

この意味で、あらゆる資本主義はどこかに、コミュニズムの要素をふくんでいます。これは、ソビエト連邦やマルクス主義の影響とは、関係ありません。そうでないと資本主義は、安定したかたちで存続できないのです。

ロシアが生んだ神話的な映画監督だった、アンドレイ・タルコフスキーに『ストーカー』（密猟者。1979年）という作品があります。自分のもっとも切実な願いがかなうという奇跡を求めて、自然界を旅する人びとをえがくSFファンタジーのような映画です。

(90) ただし離婚や妊娠中絶にかんする「規制緩和」についても、両者は支持ないし黙認するかたちで、社会の自由化を促進しました。この点は、特定の家族モデルや性道徳に固執しがちな、日本の保守派と異なるところです。

す。

ソ連の言論統制のもとで撮られているために、表現が難解なのですが、私はこの映画のラストシーンを「コミュニズムの遍在性《へんざい》」の主張として受けとります。コミュニズムを共産主義と訳して、それをどこか遠くで新たに打ちたてようとした人びとは、みな失敗した。

『ストーカー』
キングレコード(株)

むしろそれは共存主義のように、ものの見方さえ変えてさがせば、自分の身近なところにあるものなんだ。そういうメッセージなのだと思っています。

あたらしい時代を生きる

「日本型新自由主義」の挫折：SMAP解散がしめすもの

２０１６年の年頭に所属事務所からの独立をめぐる騒動が判明し、同年夏にSMAPの解散決定が報じられると、平成を代表する国民的なアイドルグループの去就《きょしゅう》が、デイケアの話題も席巻したのをおぼえています。

「夜空ノムコウ」がバブル崩壊後の日本人の心境を、「世界に一つだけの花」が競争社会にたいする癒《いや》しのメッセージをうたった歌としても聞かれたように、彼らは平成の日本文化を象徴する存在でした。

そうした彼らの軌跡は、いわば「日本型新自由主義」の勃興《ぼっこう》と衰退とも、ぴたりと重なります。

昭和末期に活躍した先輩グループである光GENJIとくらべると、はっきりしますが、SMAPのあたらしさは、そのバラバラな感じにありました。髪型もひとりひとりちがうし、服装もおそろいのユニフォームを着るのはまれ。マスゲーム的に統一された、集団行動のようなダンスも踊らない。

それぞれがピン（ひとりだけ）で、ドラマの主演やバラエティの司会をこなし、趣味をはじめとするプライベートもオープンにしゃべって、「みんなちがう」ことを前提にしている。そうした自由さが、人びとをひきつけたのだと思います。

そのシンボルとなったのが、「キムタク」の愛称で知られた木村拓哉さんでした。ピアニストから検察官まで、さまざまな職業を演じて高い視聴率をとりましたが、その役柄はいつも一匹狼で、ふてくされた表情で、周囲にこびない。「組織のルールとおれの美学は、ちがうんだ」とほのめかすニヒルなスタンスが、彼の魅力でした。

これはドラマにかぎった話ではないように思います。

経済成長や終身雇用の終焉がいわれるなかで、平成には数多くの「働きかた本」が書店にあふれ、インターネットも「ライフハック」（要領よく生きるハウツー）の記事で埋めつくされました。所属する会社にまかせておけば、一生じぶんの面倒をみてもらえるとは、思えなくなったからです。

ベストセラーになった本の多くは、いわば現実の職場におけるキムタクのような人が書いています。一流大学から有名企業に入って、第一線でバリバリ活躍するも、もっと自分のやりかたで働きたくなって独立。マスコミでも特集されて、一躍、時代の寵児《ちょうじ》に。そんな感じです。

せんじつめていえば、いまの時代は「能力が高い人」なら、組織を無視して働ける。そういう人って、意識が高くてカッコいい。それが新自由主義の時代としての、平成なかばの空気でした。

しかし、働くだれもが自分をキムタクだと思えるかといえば、無理があります。

じっさい、「働きかた・生きかた本」の潮流は、徐々に二極化していきました。自分の能力に、ときとして過度の自信をもつ「意識の高い人」にむけて、起業やフリーランスをすすめる書籍が出版されつづけるいっぽう、そこまで自信をもてない層には「自分の分をわきまえて、いまいる場所に感謝しろ」といった、守旧派道徳的な精神論をとく本が売られてゆきます。

木村さんが演じる役柄も、いつも不満げな顔をしているとはいえ、職場をやめてしまうことはそこまでなかったように思います。所属する組織をまったくもたず、ほんとうの一匹狼となってわたり歩くヤクザを演じた高倉健さんに、昭和の全共闘世代のドロップアウト組が熱狂したのとは、ちがうところです。

その背景には、日本で展開した新自由主義に特有の、中途半端さがあります。

バブル崩壊の直後こそ、著名な銀行や証券会社が廃業して世間を騒然とさせましたが、2009年のアメリカ・GM《ゼネラルモーターズ》社倒産のように、「その国を代表するとみなされた巨大企業が、まるごとつぶれる」といった事態は、おきませんでした。

終身雇用と思われてきた大企業がリストラをおこなったことも、国民に衝撃をあたえました。しかし、新自由主義の経済学者の最強硬派がとなえた「倒産寸前になるまで解雇できない日本のしくみを改めて、金銭的な補償をつければ、アメリカのようにいつでも解雇可能にすべきだ」といった主張は、いまのところ実現の気配がありません。

不況や構造改革がいわれた時期にも、多くの日本企業は「組織のありかたを見直す」

というより、「新規採用をしぼる」かたちで対応しました。すでに正規雇用でやとっている社員はそのままにして、むしろあらたに正規でやとう予定だった部分を、非正規雇用でおきかえるということです。

この結果として、若年層の一部をなす特定の世代に、しわよせがいくことになった。それが、平成後期のメディアをにぎわせた「ロスジェネ」(ロストジェネレーション＝失われた世代)の実像です。

長期不況や経済改革を経ても、じっさいのところ日本ではなお「共同体としての企業」が根づよくのこっており、所属するメンバーをしっかり囲いこんでいる。日本の新自由主義は、所属集団をもつ人ともたない人の格差を拡大しただけで、米英のように企業や労組をまるごと解体するような力は、よくも悪くもなかったのです。

これでは二重の意味で、「組織を飛び出して、カッコよく生きてみろよ」などとあっても、限界がみえています。

多くの人はそもそも、そこまで自分の能力に自信をもっていないし、さらには組織をうしなった人がサポートされるようなかたちに、日本の社会はできていない。

メディアが報道するところによれば、いちどは事務所からの独立を決めたSMAPのなかで、手のひらを返して残留に転じたのは、木村さんだったそうです。演じてきた役柄と同様に、あれだけの「能力」をもってしても、いまの日本では組織を飛び出せなかったのでしょう。

じぶんの能力を発揮すれば、もっと自由に生きられるよ――そのメッセージで視聴者をはげましつづけたＳＭＡＰが、こうしたかたちで終焉をむかえたことに、「日本が変われなかった時代」としての平成の象徴をみてしまうのは、私だけでしょうか。

ポスト平成政治のゆくえ：対抗軸は「赤い新自由主義」

平成の最後をいろどってきた第二次安倍内閣の施政《しせい》で、もっともおどろかされたのは、特定秘密保護法でも安全保障法制でもありませんでした。それらは首相の思想的背景をみれば、あらかじめ予想がつくことです。

私にとって最大の衝撃は、２０１６年の施政方針演説で「同一労働同一賃金」を目標にかかげたことでした。

あまりの唐突さに、政権を支持してきた人びとでさえ、いまも真意を測りかねているようです。なぜなら安倍首相が長年かかげてきた保守主義と、真正面からぶつかる政策こそ、同一労働同一賃金だからです。

すでにのべたように、企業の内部にコミュニズム（共存主義）の原理を囲いこんでいるのが、日本の資本主義の特徴です。ある会社の正社員でいるかぎり、「能力」はその会社全体で共有されるものとみなされるから、業績のちがいがさほどの収入格差をもたらさないということです。

しかし、これでは自分の「能力」に自信がある人は、不満を感じて出ていってしまうでしょう。

そうさせないためのしくみが、年功賃金とよばれる給与の支給法です。

年功賃金とは、入社当初の新人にはほんらいの労働の対価よりも安く、逆に退職間際《まぎわ》のベテランには高く賃金を支払うことで、「ベテランになる前に、途中で会社を抜けてしまうと、損をする」状態をつくるしくみです。

年功賃金をやめないかぎり、おなじ仕事をしても新人とベテランでは給与がちがうので、同一労働同一賃金にはなりません。つまり、本気で同一労働同一賃金をめざすなら、社内の「長幼《ちょうよう》の序」でなりたっていた（瑞穂の国の？）共同体としての日本企業を解体し、いつでも後腐《あとくさ》れなくやめられる場所へと、会社を変えていかなくてはいけません。

しかも年功賃金には、社員の離職をふせぐというねらいのほかに、特定のライフコースを促進する効能がありました。最初は独身だった新入社員も、やがて結婚して所帯をもち、出産して家族がふえ、住宅費や教育費がかかるようになっていく。

だったら、本人とその家族の暮らしを保障する生活給の観点からいっても、「最初は安く、だんだん高く」な給与の出しかたが、合理的だろう。こういう発想です。

つまり年功賃金は、おそらくは安倍首相のような保守主義者の念頭にある「好ましい家族設計、人生モデルのありかた」に、国民を誘導する装置ともなっています。

同一労働同一賃金に切りかわれば、その効果は消失します。じっさい、年功賃金にともなう昇給を前提に子どもをつくり、マイホームのローンを組んでしまった世代は、同一労働同一賃金では減給になるので、怒るでしょう。

逆にいえば、「自分がどう生きるかを、国家や会社に決められたくない。自分で自由に選びたい」と考える人のための制度が、同一労働同一賃金です。

私は勤務中、つまり安倍政権がその理念を打ちだすまえから、「大学こそ社会の先陣を切って、同一労働同一賃金にすればいいのに」と思っていました。

私のように博士号取得の直後に常勤職をえられるのは、大学院生という「大学教員予備軍」が急増した平成にはひじょうにまれで、非常勤講師としての収入だけでしのがないといけない、ばあいによっては一生非常勤かもしれないという研究者が、実績のある方にもおおくいます。

このばあい、常勤の教授や准教授とくらべての賃金格差が、大きな問題となります。

私の経験でいうと、都内の私立大学で非常勤をしたばあい、90分の授業を1回教えて収入は1万円弱。交通費は別途出してもらえますが、高校までと異なり既存の教科書を教えるわけではないので、自腹で参考文献を買って内容を準備していると、さほど手どりはよくありません。

英語のような需要の多い科目をのぞくと、そう何コマもいちどにおなじ大学では担当できないので、コンビニバイトのように長時間のシフトでかせぐわけにもいきません。試験の採点など、自宅でおこなう作業はいくら時間をかけても無給ですし、まして地方や国公立の大学となると、基本給じたいがもっと低いでしょう。

私は、1章でのべた事情でたまたま常勤のポストをえていたので、こうした問題について、どこか後ろめたい気持ちをずっと持っていました。3章でみたような、ある種の「やりすぎ」な仕事ぶりも、自分は非常勤の人にくらべて、多く支払ってもらえるだけの授業をできているのかという、意識のなせるわざだったかもしれません。

大学教員の仕事は「週何コマの授業＋月何回の教授会」のように、ある程度、小分けしやすいかたちをしています。であれば、授業1コマあたりの賃金を算出して、非常勤もふくめて統一することは、他業種にくらべても実現しやすいのではないか。

非常勤講師は教授会には出ないので、そのぶん常勤のほうがトータルでは高給になりますが、これは年功賃金と同様の、離職防止料だと考えればゆるされるでしょう。また年長者になるほど、「学部長」のような学内行政上の業務がふえるので、そのぶんを手当として加算していけば、住宅ローンの返済にも対応できそうです。

私の見聞がせまいのかもしれませんが、そういう話を大学のなかでする機会はまれ、すくなくとも私のばあいは皆無でした。

そんなことも考えられない人びとが、口をひらけば「自民党政治の弱者切りすてをゆるさない」などと、いいかげんな話を学生に教えている。遺憾《いかん》ながら、醜悪きわまる光景だったと、いまふりかえって思わざるをえません。

公平を期すなら、では政権の側はきちんと考えているのかといえば、それもなさそうな気がします。「これからは、バイト代もあげていこう」と打ちあげて、非正規雇用者の票が野党に流れるのを防ぎたい、といった程度ではないでしょうか。

しかし保守政党の総理大臣が、施政方針演説で「同一労働同一賃金」をかかげたという事実は、平成の次の時代を準備するうえで、きわめて重要です。

昭和の60年安保を念頭に「集団的自衛権に反対して政権をとめる、たおす」と息まいた人びとは、知識人もふくめて完敗しました。必要性を説く相手にたいして、「必要ない」とする水かけ論をいどんで、国民多数の支持をえられなかったからです。

同一労働同一賃金では、論争の構図が反転します。政権側がその必要を打ちあげても、安倍首相に代表される保守主義を基盤とするかぎり、それは「実現できない」のです。あの時やるといったのに、できていないではないか。それはあなたがたの思想に、根本的な限界があるからではないか。「なんでも反対」ではなく、「実現するための交代」をもとめていく力が、いま野党には必要とされていると思います。

――そう、まさに平成の最初にも、そう説かれていたように。

そのためには「生きかたは個人の自由であるべきだ」という価値観を、国民の共通認識にするところから、はじめなくてはいけません。保守主義が標榜《ひょうぼう》する特定の家族観やライフコースには、しばられない社会像を提示して、はじめてリベラルの意義が生まれます。

「正社員である」「入籍している」「子どもがいる」。それぞれに、すばらしいことです。

しかしそれは、ほかの生きかたを否定する理由にはならないし、だからそういう特定の人生設計だけを、国家や資本が支援するような諸制度は、改定が必要だ。

同一労働同一賃金とは、「こっちにも金よこせ」という分配の問題である前に、自由な生きかたの問題なのだ[91]。そういう認識に立てるかが、多数派形成の鍵になるのではないでしょうか。

すでにのべたとおり、そうした発想は、終身雇用・年功賃金といった「日本型雇用慣行」を解体させてゆくので、平成に展開した以上の「新自由主義」になります。しかし、伝統的な家族像に依拠する生きかたの強要をも、拒否する点で、レーガン＝サッチャー式の英米のそれとも異なります。

だれもが自由に生きかたを選べる社会を、目指すうえで提携すべきは、弱肉強食を説いてきたこれまでの新自由主義ではないのです。「能力があるなら」自由になれると主張し、ごく一部の「有能な個人」をシンボルに立てて多数派からの共感をうしなった、平成の書物群がとった戦略の失敗を、くりかえしてはいけません。

むしろこれから必要なのは、日本では同一企業の内側のみにとどめられてきたコミュニズム（共存主義）の原理を、その外にひろがる社会へと、解きはなっていくことです。そのために必要とされるのが、たとえばアフォーダンス的な方向での、能力観の刷新であり、社会的に能力を「共有」しつつも、自由や競争をそこなわない制度の検討です。心理学から経済学まで、さまざまな学問の知見がもとめられます。

冷戦下では両極端にあるとされてきた、コミュニズムとネオリベラリズムの統一戦線——いわば「赤い新自由主義」（red neo-liberalism）だけが、真に冷戦が終わったあと、きたるべき時代における保守政治への対抗軸たりうると、私は信じています。

社会で傷ついているあなたに

私がかよったデイケアには、月に2回ずつ、患者どうしでテーマを決めて話しあう時間がありました。いわゆるピア・サポート（当事者どうしの相互支援）に相当する内容を、治療プログラムのなかに組みこんでいたのだと思います。「うつのために夜、眠れないのをどうすればいいか」といった、病気そのものの症状について話しあうこともありますが、リワークデイケアなのでむしろ仕事や、人生設計にかんする話題が多くなります。

発病から休職、人によっては離職という経緯《けいい》を経て、いやおうなく、自分が想定していたのとはちがう人生をあゆまざるをえない。そのなかでみな、「そもそもこれまで自分が前提にしていたことは、正しかったのか」をなやんでいました。

これはほんらい、「知性」にもとめられてきたはたらきと、同じものだといえます。4章で、一般には反知性主義と訳されている「反正統主義」についてのべました。従来の社会でオーソドクスだとされてきた考えかたが、ほんとうに正しいのかを再検討した結果、既存の権威を否定していく。それじたいは、反知性としておとしめられるべきものではなく、知性のはたらきそのものです。

大学や教育機関にしか知性がないというのは、近代という短い時代のあいだでだけ正

(91) そもそも同一労働同一賃金とは、性や人種の違いによる給与の差別を許さないという「公正」の観点から、ＥＵ圏で定着していった思想です。逆にいうとフェアな賃金体系でさえあれば、仕事内容の違いによって収入に格差が生じることは正当化されるので、かならずしも諸階層間の「平等」にはつながらないこともあります。

統の地位を占めていた、たんなるイデオロギーにすぎません。1章でみたように、大学教員にも知性のない人はいますし、逆にポピュリストの政治家が音頭《おんど》をとりがちな知識人批判のなかにも、ていねいに探せば知性にもとづく議論があります。

これまでの大学は、みずからを「ノーマルなライフコース」の一部に組みこませることで、知性の社会的な意義をまもろうとしてきました。

大学くらい出ないと、いい会社に入れないよ。ふだんから本を読んでいないと、えらい人と話すときにこまるよ、ということです。恥ずかしいことですが、私自身もそのように学生を指導したことが、一度や二度ではありません。

しかしそれでは、「シェイクスピアなんか読むより、TOEICの対策講座をやらせよう」「論文なんて書いてなくていいから、官僚OBやコンサルのエコノミストを教授にしよう」といった方向での「大学改革」に、まきこまれても当然です。その流れにひとつ抗せないまま、教授会では高い教養をもつはずの人びとが、小学校の生徒会レベルの自治ごっこをしています。

そうした彼らが最後にすがったのが、ハーバードをみろ、スタンフォードはすごいといった「ほんもののエリートはちがう」論でした。大学をグローバル人材育成の場に、というのも、要はその下請け機関として生きのころうという発想です。

しかしこれは新しいようにみえて、平成以前の昭和の時代に、日本に特殊な自民党の一党支配を批判して「ほんものの民主主義はちがう」と言っていたのと、まったくおなじ構図です。2011年3月11日の震災以降の、短かった大衆行動の季節にも、海外にはデモが政治を動かす「ほんものの民主主義がある」といった話を、教室や街頭で語る知識人が続出しました。

現実には5章でみたとおり、「ほんものの民主主義」があるはずの欧米ですら、「ほんものエリート」の言うことはさして相手にされていないことが、確認されただけでした。

彼らは、知的な意味で文字どおり、虐殺されたといって過言ではありません。

そういうライフハックのような知性の売りかたを、もうやめようではないか。既存の社会に「いかに適応するか」ではなく、「いかに疑うか・変えていくか」という、知性がほんらい持っていたはずの輝きを、とりもどそうではないか。

けっきょくはそれが、いまいちばん伝えたいことなのだと再確認させられたのが、私にとっての療養生活だったのだと思います。入院中からデイケアへとつづいた、自身の人生観じたいを考えなおすピア・サポートのなかで、私は自分のやりたかったことを、もういちどみつけることができました。

もし、自分の能力についてなやむ人がいるなら、「こうすれば能力が上がる」ではなく、「能力は私有物ではない」とつたえたいと思います。

2章でみたIQのように、たしかに病気によって下がる「能力」もあります。しかし社会とはそもそも、個体ごとにみてしまえば必ず高低差が生じる能力を共有し、補いあうことで動いているのだから、いまいる場所であなたと周囲がよりよく能力を共有できないなら、たがいに調整し、どうしても無理ならより共有しやすい場所へと、移ればいいのです。

またもし、休職や離職という経緯じたいに傷ついている人がいるなら、まったく気づかいはいらないということを、つたえたいと思います。

自分の人生をまるごと会社にあずけて、若いうちは安く働いた分を定年間際に返してもらう日本の雇用慣行は、それじたいとして正義でも悪でもありません。「休職しながら手当を受給し、やがて離職する」のはたんに、年功賃金制のもとでほんらいの労働の対価から割り引かれていた部分を、人とはちがうかたちで「払い戻し」してもらうだけのことです。

あなたがもし、いまの社会で傷ついていると感じているなら、それはあなたにいま、知性をはたらかせる最大のチャンスが訪れているのだと、つたえたいと思います。

あなたにはいま、これまであたりまえだと思ってきたことが、「なぜこうなっているのだろう」というふうにみえています。これまで存在を意識すらしなかったものごとが、「なぜ存在するのだろう」と感じられているし、逆に思いつきもしなかったアイデアについて、「なぜ実現しないのだろう」という気持ちがしています。

3章のことばをつかえば、この「なぜ」という疑問を駆動させるのが、身体的な違和感。そしてその「なぜ」という問いを深め、そんな問いをはじめて聞いた人にもつたわるような説明へとみちびくのが、言語による思索です。

どうか、そのふたつの双方を、大事にしてください。

言語にばかりかたよっては、せっかくの知性がもういちど、せまい大学や書物の世界に閉じてしまうと、かつての私自身にたいする反省として、おつたえしたいと思います。いっぽうで身体にのみかたよるなら、そのゆくえはけっして実りあるものにはならないと、やはりつたえなくてはならないと思います。「ことばできちんと理解してはいないけど、まちがっていることだけはわかるんだ！」と称して、ただ空気にあおられるように街頭に出ていった先に待つのは、昭和にも平成にもくりかえされた、幻滅と虚無だけです。

私たちはのこりわずか1年で、あたらしい元号を迎えます。しかし、それがどこまでほんとうに「あたらしい時代」となるのかは、私たち自身がどのように、古い時代をふりかえり、その成果と課題を検討して、なにを残しなにを変えていくと決めるのか――すなわち、どのように「知性」をはたらかせるかにかかっています。

いかにいまの社会に不満でも、知性による吟味《ぎんみ》の結果、「変えない」という結論が出ることを拒否する人は、まっとうな改革者ではありません。そもそも知性をいちども経由せずに、「変える」ことを自己目的化している人も、まともな運動家とはいえません。

もちろん逆に、最初から「変えない」という結論をきめてしまい、あらゆる「変える」ためのこころみを条件反射でののしる人も、ただしい保守主義者とはいえないでしょう。

もし私たちのあいだに、どうしても境界線を引かなくてはならないのなら、それを国籍や性別や職業ではなく、知性をはたらかせている人と、そうでない人のあいだに引きましょう。

その線は、「学歴」や「アカデミズムの内外」とは、あまり一致することがないでしょう。残念ながら、それがかつての私自身もふくめて、学問や教育というものにたずさわってきた人びとの、限界だったのだと思います。

しかしいま、私は悲観していません。なぜなら、病気によって強制的に大学の外へと追いやられても、いくらでも知性にもとづいて、対話ができる人びとがいることを知っているから。

そして世界が混迷を深めるなかでの、あたらしい時代の到来によって、平成の30年間を経ても清算できなかった私たちの思考の前提がゆらぐときこそ、知性がもういちど輝きはじめるときだと、信じているからです。

すこし気恥ずかしいのですが、マルクスとエンゲルスによる1848年の「マニフェスト」に沿ってしめくくるなら、本書のメッセージはこうなると思います。

知性ある人は、その発動において、くさりのほか失うべきものをもたない。かれらが獲得するものは、あたらしい世界である。

万国の知性ある人びとの団結を！

おわりに　知性とは旅のしかた

大学から遠く離れて

もういちど自分が本を書けるようになるとは、思いもしませんでした。はげしいうつ症状のために、会話も困難になっていた時期には、出版社からきた「1行程度で推薦書籍のコメントをください」といった依頼すら、こたえることができませんでした。まとまりのある文章を書く、まして本を出版するなどというのは、想像もしえないことだったというのが、いつわらざる事実です。

その後に休職して入院していた際、友人がコミックを差し入れてくれましたが、作品によってはそれすら、目をとおすのが困難でした。たとえばグルメマンガのように、情報誌的な性格をもつ文字の多い作品だと、病気によって低下した脳の機能では、処理することができないのです。

その状態からの回復は、ほんとうに長い道のりだったと思います。もともとの仕事との関係もあり、私のばあいは病気からの回復の度合いを、読み書きをつうじて把握するようにしていました〔詳しくは Coda 3を参照〕。

あせらずに、まずは絵柄の気に入ったマンガを読めるようになるところから。徐々に慣れてきたら、ストーリーのある映画をみて、数百字程度の短文に感想をまとめる。その後に小説を経て、一般向けに書かれた学者の本にも手をのばす。

教員となる以前から、書物や映像といった文化的な作品が、人間にあたえる影響を高く見積もってきた私にとって、それは不思議な体験でした。

病気のために、いちどは知性を完全に抹消された状態からはじまって、すこしずつ、知性を触発《しょくはつ》する媒体にふれなおしていく。そのなかで、かつての自分がよみがえってくる側面があるのと同時に、病気なしではけっして成立しなかったような、あたらしい自分の相貌《そうぼう》が生まれていることに気づく。

結果、このような書籍をつくることができるまでには回復したものの、かつて自分自身がものしたような、学術的な専門書を読み／書きする段階には、残念ながら到達できない。そのような状態では、大学教員としての職責をはたすことができないと考えて、離職を決意しました。

もちろん最初は、悔しくて泣きました。しかしいま、後悔する気持ちは、まったくありません。

まだ自分がふたたび本を書けるとは信じられなかったころの、読書遍歴《へんれき》の過程でめぐりあったことばに、こんなものがあります。

――「しあわせとは旅のしかたであって、行き先のことではない」。

ロイ・M・グッドマンという米国の政治家のことばで、箴言《しんげん》集などによくとられるものだそうです。私にはそのつたえたいことが、とてもよくわかる気がします。

なぜなら、知性もまたそのようなものだから。

「知性とはまなぶ方法のことであって、まなぶ対象をさすものではない」。

それは、教員として大学の教壇に立つ以前から、変わらぬ私の信条でもありました。集団的自衛権とか、格差社会とか、戦争責任といったまじめな話題について書かれているからといって、その文章が知的だとはかぎりません。逆にタレントや流行といった軽めのテーマを扱うエッセイにも、書き手の知性にあふれたものはあります。

それは、平常心ではだれもがわかっていることでしょう。

しかし、大学や学問といった制度はときとして、そのことを見失わせる煙幕《えんまく》の役割をはたします。「哲学のゼミで原書を読んだから」・「歴史学の演習で古文書にさわったから」・「フィールドワークの授業で現地に行ったから」、自分は知的な人間だ、という気持ちにさせてしまうのです。

ほんとうは、どう読んだか／考えたかが、たいせつなのに。

だから、知性とは旅のしかたであって、行き先のことではありません。

大学という行き先にいくだけでは、知性には出会えません。ふつうではない「一流の大学」、そのなかでも「有名教員のゼミ」、それでもだめなら「海外のトップ大学」などと、目的地をつりあげていったとしても、結果はおなじでしょう。

知性をうしなってその場所にとどまるくらいなら、知性とともに別の場所へ旅に出るほうがずっとよい。そうする勇気がもてなかったために、病気という体験を必要としてしまったのだろうと、いま私は思っています。

それでは、かつて知性が輝いていた場所よ、さようなら。もしまた訪れることがあるなら、いつかその日まで。

謝辞

本書の文章は語釈もふくめて、すべて著者自身の手になるものです。口述筆記のようなかたちで、ライターの力を借りたほうが、よりはやく、読みやすく仕上がったとは思いますが、「ここまで書けるくらいには回復できる」という事実を示すことが、おなじ病気に苦しむ人にとっても意味があると考えて、あえてお願いをしませんでした。

大学教員という前職の性格から、本をつくること自体ははじめてではありません。しかし、ここまで「ほかの人のためにも」書きたい、と思って文章を書いたのは、本書が最初です。そのエネルギーをくれた、療養生活で知りあった友人のみなさんに、まずなによりも感謝申し上げます。

また本書は、ノンフィクション小説《ノベル》ではありません。私の実体験として書かれている部分は、すべて現実におこったこと――すくなくとも、私の視点で解釈したかぎりでの現実の体験そのものであり、意図的な脚色や創作はしていません。

ただし、病気をつうじて知りあった知人のエピソードについては、万が一にも本人の特定等につながらないよう、本質とは関係のない細部での、事実の変更をおこなった箇所があります。病気をテーマにした書籍では、一般的な処置でもありますので、ご理解をいただければと思います。

発病の前後をつうじて、かわらず友人でありつづけ、本書の出版をはげまし、実現にこぎつけてくださった文筆業や出版社のみなさん。変わりものの患者を受けいれ、2年超にわたって貴重な経験を積ませてくださった、S医師をはじめとするリワークデイケアのスタッフのみなさんに、あつく御礼申し上げます。

Coda 1 ―― 知性の敗北あるいは「第二のルネサンス」

知性が敗北した２０２０年

　後世に２０２０年を振り返ったとき、「新型コロナウイルスの年」だったと記されることは間違いありません。しかし、それは今回のパンデミックが世界で１５０万人超（同年末時点）という多数の死者を出したからではない。むしろこの危機への対応を、先進国の知識人や政治家たちが誤り、逆に反知性主義の勝利を呼び込んでしまった結果、「知性」への信頼を完全に崩壊させた1年間として、人類の軌跡に残るのだろうと思います。

　読者諸氏の便宜のためにも、わが国の例から始めましょう。国際政治史の簑原《みのはら》俊洋《としひろ》氏が早期に指摘したとおり（『産経新聞』２０２０年６月14日）、抗生物質が普及したあとにかぎっても、１９５７年のアジア風邪（推定死者２００万人）、１９６８年の香港風邪（１００万人）などのパンデミックは起きており、新型コロナは決して「未曾有《みぞう》の危機」ではありません。ところが日本のメディアは歴史上有名だからという理由で、ペニシリン発見以前のスペイン風邪（1918年、最も多い推計では1億人）と安易に比較し、危険性を誇張して過剰対応を煽りました。

新型コロナウイルスが「グローバリゼーション」に伴《ともな》って広がったことに新しさを求め、「人類史上初で、歴史の転換点になる」と叫ぶ議論も多数みかけましたが、これも誤りです。たとえば西洋中世で猛威を振るったペストは、モンゴル帝国によるユーラシア市場の統一（＝当時におけるグローバル化）の副産物として、中央アジア近辺に起源をもつ疫病が拡散したものでした。

死者数でも、グローバル化との関連でみても、とくに新しくはない。むしろ2020年の新型コロナの真の衝撃は、近代以来長く続いた「先進国神話」を葬《ほうむ》ったことです。自由や人権の尊重をうたう欧州諸国が、再三にわたりロックダウン（都市封鎖）を強行しながら膨大な死者を出したのに対し、中国および周辺の途上国は、いまのところ相対的に軽微な被害で済んでいます。

注目すべきは、ともに被害が甚大だった英米両国で、正反対のかたちでの「知性の失墜」が生じた点です。英国は当初、集団免疫と都市封鎖のいずれを採るかで方針が混乱し、のちにはロックダウンを主導した疫学者が不倫のために外出禁止令を破る不祥事まで発覚して、信頼を失いました。一方の米国ではトランプ大統領（当時）が「コロナはただの風邪だ」と喧伝して、より慎重な対応を求める科学者を攻撃。ホワイトハウス内で事実上のクラスターが生じて本人も罹患《りかん》しますが、最後まで「科学者軽視」の姿勢を改めることはありませんでした。

科学者のアドバイスを採用しても、逆に無視しても結局は知性への信頼は損なわれ、地に堕《お》ちてしまう。法的なロックダウンではなく「自粛のお願い」というかたちで対応したわが国でも、事情は同様です。

春には「人との接触を8割減らす」といった欧米以上の強硬策を提唱しながら、夏には一転して「衛生のプロが管理する鉄道や旅館は安全」だと観光旅行を推奨し、冬にはまた掌《てのひら》返しで移動を止めろという。SNSやネットニュースのコメント欄を眺めれば、当初は存在した専門家の提言への期待感はすっかり喪失し、「こいつらは無能」「責任をとってから発言しろ」といった罵声で溢《あふ》れています。

ファクトとエビデンスに基づくはずの自然科学者さえもが信用を失えば、「真実かどうか」を無視して自身の主張に居直る、野蛮な反知性主義が力を得ていきます。2020年11月の米大統領選挙は、その集大成になりました。大接戦の末に敗北が判明したあとも、トランプは「不正選挙が行われた」とする陰謀論を高唱し、米国はおろか日本でも、熱狂的な支持者がそれを拡散する。

「試合に負けても勝負で勝つ」という言葉が、こ

2020 年3 月末、新型コロナウイルス感染症拡大による外出自粛要請後の渋谷駅周辺の様子

れほどあてはまる例もないでしょう。2016年に「番狂わせ」で当選して以来、既存の知性や権威を「どこまで無視し、踏みにじれるか」に挑戦し続けたトランプは、ホワイトハウスを去ったあともこれらの信者たちに支えられ、世界を分断し続けることができるのですから。

西欧ルネサンスのダークサイド

2020年の疫病が明るみに出した、人文学も自然科学もない全世界的な知性の崩壊。それを私たちはどう歴史のなかに位置づけ、新たな針路を模索すべきか。

最良の補助線となる優れた論文が、精神科医・思想家の中井久夫さんの代表作『分裂病と人類』(UP選書)に収められています。1979年が初出となる「西欧精神医学背景史」で、中井さんは一般には「近代科学」や「啓蒙思想」の出発点として、ポジティヴに位置づけられることの多いルネサンス期の西洋社会を、むしろ暗黒面の大きい狂乱のカオスとして描いています。

考察の手がかりとして、最初に中井さんが挙げる例は「魔女狩り」です。後世からみると、えてして魔女狩りはキリスト教が絶対視された「中世」の野蛮な慣行であり、ルネサンスを近代思想でそれを克服してゆく時代だと捉えがちですが、これは史実と異なる。実際には、魔女狩りは1490年代、つまりコロンブスのアメリカ到達のころに始まり、3世紀の長さにも及んだ「ルネサンスから近世への転換期」の現象だったと指摘します。

ルネサンスないし大航海時代以前、グローバル化を担っていたのはモンゴル帝国や中国・イスラーム系の商人であり、ヨーロッパは輸出する産品をもたず、経済的にも貧しい「後進地域」でした。これを近代化によって逆転する最大の契機が、アメリカ大陸の「発見」だったことは歴史学の常識に属します（詳しくは拙著『中国化する日本』文春文庫も参照）。奴隷労働で掘り出した新大陸産の銀が、空前の資本力を欧州にもたらしたのですが、膨大な金銀の流入は長期のインフレを招き、社会を激しく流動化させました。持続的なインフレは思い切った投資で富を築く投機家にはありがたい一方、普通の庶民にとっては安定した生活の継続を困難にするでしょう。

そんな混乱期に台頭した人間類型の典型として、中井さんが挙げるのは「ルネサンス官僚」です。のちの近代国家の官僚——価値中立的に粛々と法務を処理する能吏ではなく、「この激動の世界で勝ち抜けるスキルを、俺たちなら提供できます」と自称し、パトロンを求めて宮廷に入り込む人びとです。よくいえば大胆なビジョンをもち、悪くいえば山っ気しかないコンサルタント。そうした、事務官というよりも「何でも屋」に近い廷臣たちが、王侯貴族や豪商に群がって影響力を拡大しました。

興味深いのは、当時ルネサンスものの小説で知られた作家の塩野七生《ななみ》さんの、「ルネサンス時代は異能を持たぬ、あたりまえの人が生きにくい時代であった」という評言を、中井さんが引用していることです。従来の生業《なりわい》を実直に続けようとする人が不利益をこうむり、胡散臭《うさんくさ》かろうがハッタリをかまして、オールラウンド・プレイヤーめいた顔をする「自称レオナルド・ダ・ヴィンチ」たちのほうに、お金や権力が集まってゆく。

問題は彼らルネサンス官僚の提言が、おおむね「口だけ」に終わったことでした。そもそもインフレの背景に「アメリカ大陸の発見」という世界史的な構造転換がある以上、宮廷ごと（一国単位）の対策では、全体の趨勢《すうせい》をコントロールできない。そのなかで「上手くいかないのは、政策を邪魔する裏切り者、秩序を乱す悪魔がいるからだ」といった陰謀論的な発想が広まり、魔女狩りの狂乱に至るというのが、中井さんの考察です。

そして、同時期にヨーロッパで迫害されたのは「魔女」だけではなかったことを、中井さんは指摘します。古代地中海世界の知的遺産を保存し、欧州に伝えてルネサンスのルーツともなったイスラームの信徒やユダヤ人に対して、あたかも「お前らはもう用済みだ」とばかりの激しい差別（虐殺や追放）が加えられてゆく。従来なら知識階級として尊敬されたはずの人びとが憎悪の対象となり、やがて近代以降の民族主義の基盤にもなる、排外主義的な友敵政治が始まっていったのです。

「中国の発見」と第二のルネサンス

お気づきのとおり、「西洋近代」を生み出す際の陣痛だったともいえるルネサンスのダークサイドは、目下の世界情勢によく似ています。いわば「中国主導の脱近代」への過渡期における「第二のルネサンス」が、いま起きているのだとみることすら可能でしょう。

各国ごとの経済政策・疫病対策がなかなか機能せず、先のみえない不安が広がるなか、「私だけは解決策を知っている」と称するビジネス混じりの有識者が、民間はおろか政府主催の会議にまで出席し、プレゼンしては美味《おい》しいところをもっていく。それらは機能しないか、激しい副作用を伴うのですが、国民の不満はスケープゴートに振り向けられ、先進諸国で移民排斥やレイシズムが高まる。これまで知的な存在とみなされてきたはずの学者や知識人は、存在感を失うばかりか「時代遅れ」だと嘲笑される……。

最もわかりやすい例は、米国のトランプ政権で一時は首席戦略官を務めた（現在は決裂、さらに募金詐欺の容疑で逮捕）スティーブン・バノンでしょうか。元はゴールドマン・サックス出身の証券マンで、映画プロデューサーやネットメディア経営者を経《へ》ての政界入り。こうした「なにが本業かは皆目わからないが、なんとなく〝すごそう〟」な肩書を売りにする識者がひしめく光景は、日本の首相官邸や霞が関も大差ありません。

それでは、西欧ルネサンスの根源をなす要因が「アメリカ大陸の発見」だったとすれば、目下進行する第二のルネサンスの主動因は何でしょうか。それは「中国の発見」です。むろん地理的な意味ではなく、世界の工場かつ世界最大の消費市場としての中国大陸というフロンティアを、資本主義がみつけたという事件です。

先ほど紹介した中井さんの論文が発表された１９７９年は、事実上の最高指導者だった鄧小平《とうしょうへい》が訪米し、改革開放路線へと大きくアクセルを踏みだした年でした。経済学者の梶谷懐《かじたにかい》氏は、その後の世界市場における中国台頭の背景を、同国が国内にプレモダン（前近代的な零細・パクリ業者）、モダン（ファーウェイ型の「欧米並み」企業）、ポストモダン（オープンソースやベンチャーキャピタルなど「より進んだ」ＩＴ産業）のすべての時代相をもち、海外諸国のあらゆるニーズを受注できた点に求めています（『中国経済講義』中公新書）。

　中国に注文を「投げて」おけば、なんでも世界最安値で納品してくれるのですから、同国とのパイプはいまや資本家にとって「魔法の杖《つえ》」です（必然的に、アメリカの発見がインフレを招来したように、一国単位では止められない低価格化＝デフレへの圧力が生じます）。その結果として、先進国から製造業や雇用がブラックホールのように中国へと吸い込まれ、残るは「俺なら逆転の戦略を立てられる」と自称する虚業従事者ばかりとなる。こうした構造的な背景を押さえずに、「中国は千人計画で技術を盗んでいる」「そういう陰謀論は反知性主義だ」と罵《のの》りあっても、解決策はみえてきません。

日本の歴史学界は機能不全

　遺憾なことに、本来こうした時代の見取り図を提示する責務を負っていたはずの、わが国の歴史学界は完全な機能不全に陥《おちい》っています[92]。冷戦終焉時にマルクス主義史学が崩壊して以降、その穴を埋める「マクロな歴史観」を築かずにきたことが、ここにきて響いているのです。

　ある時期までは海外の研究の邦訳によって、歴史学が一定の存在感を示していました。世界市場の「中国依存」が決まる画期となったのは、２００１年の中国のＷＴＯ加盟です。このとき日本の読書界では、前年に訳されたA・G・フランク『リオリエント』（山下範久訳、藤原書店。原著は1998年）が話題になりました。ヨーロッパが大航海時代に乗り出す前から、中国を中心とするかたちで「グローバルな世界経済」は存在しており、目下の中国台頭は過去への回帰なのだとする主張です。

同様に、2010年に中国が日本のGDPを抜いて衝撃が走ると、翌年にはG・アリギ『北京のアダム・スミス』（中山智香子監訳、作品社。原著は2007年）が広く読まれました。欧米の資本主義は植民地からのマルクス的な搾取（不等価交換）で成り立っていたが、すべてが市場での業者間の商品交易（等価交換）に戻ると、もともとスミス的な自由貿易に近かった中国が有利になると説く書物です。楽観的なようでいて、中国の側がトランプ政権の保護主義を「WTOに提訴する」と主張しはじめた現在、笑って流せない示唆を含んでいます。

逆に2020年、当初は「中国発の疫病」と呼ばれたコロナ禍で問われたのは、輸入品ではなく自分の頭で、自国のデータをみながら思考する力の強弱でした。たとえば米国（出身は英国）のN・ファーガソンや、フランスのE・トッドは、ともに自身が専門とするマクロな歴史学の見地から「ロックダウンは過剰対応で副作用が大きすぎる」と批判していました。日本よりはるかに被害が甚大な国に住みながらです。

(92) より詳しくは、拙著『歴史なき時代に 私たちが失ったもの 取り戻すもの』朝日新書、2021年を参照。

ところがわが国の歴史学者は、抗生物質がなく比較対象にならない大正時代のスペイン風邪を持ち出して危機を煽ったり、「古代以来、日本人は穢《けが》れを避けてきた」といった自己満足的な故事を讃えたりと、表面的な類似点に基づく浅薄な「日本史の教訓」を語ることに終始しました。

日本では、マクロヒストリーは国際政治学や経済学・統計学など「社会科学」の一分野とみなされ、本人に強い意志がないかぎり歴史学科のカリキュラムでは学ぶことができません。その欠陥が、ときとして危機管理上のマイナスにすら転じてしまう。こうした問題意識をもつ大学人が、いま何人いることかと寂しく感じます。

「未来予測」の悪循環を止めよ

「個別の事象」の背景にある、直接目でみたり手で触れたりはできない「マクロな構造」を学問的に描き出す営《いとな》みが衰退すれば、人びとはその空白を陰謀論で埋めていきます。「全世界が中国へと依存する新たな資本主義の構図ができた」事実をみることなく、「親中派の誰それの売国的な姿勢が元凶だ」と考えて排除に走る。

過去からの因果関係を単純化した結果、陰謀論が生まれるのだとすると、対照的なようでじつは同じ機能を果たすのが「未来予測」です。「このビジョンなら日本はグローバル市場で復活できる〝はず〟」なのに、実際にはできない。このとき、それは「俺たちに従わない、〝意識の低い〟やつらのせいだ」と責任転嫁されれば、結局最後は魔女狩りになるわけです。

２０２０年のわが国のコロナ対策は残念ながら、文字どおりこの轍《てつ》を踏んでしまいました。「なにもしないと日本だけで42万人が死ぬが、自分に従えば１か月で収束する」といった予言を披露し、死者数が少なければ「私が警告したおかげ」、逆に増え出したら「ゆるみ始めた国民のせい」。悪い意味で西欧ルネサンス期の錬金術師と同類というほかはない政策アドバイザーたちが、科学や専門家への信頼を毀損《きそん》してゆきました。

スマートフォンやＳＮＳの浸透に、いわゆる第三次ＡＩブームも加わって、コロナ禍の前から日本で未来予測が大流行《はや》りだったことは、ご記憶の方も多いでしょう。「中国はデジタル・レーニン主義で世界覇権をとりにくる」「だからＡＩ開発で日本が勝てるかがカギだ」といった技術偏重型の未来主義の言説は、コロナ禍に際して「テレワークとデリバリーがニューノーマルになる」「対面での教育や飲食はもう不要」へと変奏されて続いています。しかし、それは本当なのでしょうか。

ネットメディアの定着が、逆説的にインフォデミックの弊害を今日《こんにち》もたらしたように、１４４０年ごろにグーテンベルクが開発した活版印刷の普及が、かえって魔女狩りを加速する結果となったことを、中井久夫さんは指摘しています。ルネサンス官僚たちの怪しい未来予測がスケープゴート探しを呼び込む悲惨なループが、ようやく終息に向かうのは１７００年前後のこと。きっかけのひとつは「あるイタリア・ルネサンス知識人による『もう未来を予見することはやめよう。予見は少しも事態を改善しない』という叫び[93]」だったといいます。

２０２１年以降の「ポストコロナ」に、知性の居場所はあるのか。もしあるとするなら、それは無責任な「未来図のプレゼン」と決別したかたちでなければならない。一方で巷間《こうかん》の陰謀論に対しても、たんなる個別事項のファクトチェックではなく、精確かつマクロな「全体像」を提示するかたちで挑まねばならない。

それらを実現できたときに初めて、中国の発見＝第二のルネサンスに伴う混乱期を、私たちは抜けられるのでしょう。

２０２０年秋にアカデミアを騒然とさせた日本学術会議会員の「政権による任命拒否」問題では、普段は実証的な史実の解明で知られる学者までもが、「政府が文系の学問を支配しようとする兆《きざ》しだ」といった陰謀論／未来予測を唱えだして、私たちを呆《あき》れさせました。いまだ先は長いですが、こうした知の惨状を自覚し、一歩ずつ抜け出してゆくこと。

遠回りでもそれ以外に、道はないのです。

（初出「繰り返されたルネサンス期の狂乱」『Ｖｏｉｃｅ』２０２１年２月号）

（93）中井久夫『新版　分裂病と人類』東京大学出版会、２０１３年、１４６頁。

Coda 2 ——大学のなかでこれ以上続いてはならないこと

傭兵《ようへい》について最も危険なのは彼らが無気力なことであり、援軍について最も危険なのは彼らが有能なことである。

——マキァヴェッリ『君主論』13章

「災後」の終焉と「逡巡《しゅんじゅん》」の衰退

うつ状態からのリハビリでリワークデイケアに通っていた際、毎朝のミーティングでスピーチの練習をする機会がありました。その際、2016年6月20日に日本生産性本部が発表した、意識調査の結果を紹介したことを覚えています。

同年の新入社員のうち、「会社のためにはなるが、自分の良心に反する手段で仕事を進めるよう上司から指示された」場合、「従う」と答えた人の割合が45・2パーセント（前年から7・4ポイント増）で、過去最高になったと。注目すべきは、「従わない」（10・6パーセント）だけでなく「分からない」（44・2パーセント、前年比6・3ポイント減）という選択肢もあったことです。

つまり実際には、逡巡することが許されている。しかし、それをしない人が増えたということですね。

その時点からわずか5年前の2011年3月に、東日本大震災にともなう福島第一原子力発電所事故がありました。批判意識なく政府や会社（この場合は東京電力）に従っていたら、そうした悲劇を繰り返すかもしれない。そんな雰囲気が社会に生まれ、脱原発デモのような形で「抵抗する」「物申す」人びとが増えたとも言われました。

「戦後」は原発事故とともに、破綻して終わったのだ。これからは「災後」が始まる、といったレトリックも当時、学界や論壇を飛び交《か》いました。しかし実際には戦後の長さにはるかに満たない、瞬間と呼んでもいいような短さで、災後なるものは吹き飛んでしまった。「自己の良心に反する指示でも「逡巡せずに従う」」、そうした人びとの増加は、まさにその証明ではないでしょうか。

逡巡できなくなること。それは知性の衰退と表裏一体ではないだろうか。私自身の体験や、昨今の大学をめぐる不祥事を見るにつけ、その感をつよくします。

先日、日本大学アメフト部で危険な反則タックルをした学生は、「勝利のためにはなるが、自分の良心に反する手段で仕事を進めるよう上司から指示された」わけでしょう。そして従ったわけですが、しかし彼はその前後に、逡巡することができた。だから会見を開いて痛恨と謝罪の弁を述べ、そのことが結果的に日大をも救ったわけです。

このように言われた際、「私は目下の大学の経営陣、とくに日大のような閉鎖的でトップダウンのそれを、つねづね批判している」とおっしゃる大学関係者は多いでしょう。

しかしそういう方々でも、科学研究費助成事業（科研費）などの競争的経費に関しては無批判にお先棒を担いでしまう姿を、遺憾ながら数多く見てきました。

東京医科大学が、文部科学省の有力官僚の子息を裏口入学させていた事件は、同省の助成金（「私立大学研究ブランディング事業」）に採択されたいというのが、直接の動機だったとされていますね。事実の解明は司法の場を待ちたいと思いますが、「要はどうやって［審査委員を］騙すかですよ」「一番の殺し文句は『新しい学問の領域を作る』」と、官僚の側が発言していたとも報じられています。

私が大学に勤務している際に疑問だったのは、この種の大型事業――とくに少人数の研究グループでも取得可能な通常の科研費ではなく、学部以上の規模で大学全体を巻き込む事業の公募に際して、どうして「応募しない」という選択肢も含めて、立ちどまって考えられないのかということでした。お金がなければ研究が止まってしまう理科系なら、まだ理解できます。

しかしなぜ人文系の場合に、「いまは実直に研究を進めていく段階ですから、組織を混乱・疲弊させかねない事業は見送りましょう」という判断ができないのか。教授会で少しでもそうした意見を述べると、「応募しないことはありえない」「消極的な態度を見せたら、意欲のない学部と見なされてつぶされる」といった反応が返ってきます。

しかたがないので発病直前だった2014年の初夏、執行委員を務めていた教職員組合の活動方針に「過度な外部資金の獲得競争の是正」を入れました。すでに実施中の事業に関わる教員からは、「われわれへの批判のつもりですか」と詰問《きつもん》されましたが、私としてはいまふりかえったとき、価値ある提案だったと自負しています。

「尊厳のデフレ」の時代だった平成

在職中から感じていたことですが、いま起きているのは大学が持っている価値の「ダンピング」だと思います。大学の側が、自分で自分の価値を貶《おとし》めて、たとえば「大きな外部資金を当てなければ、存在意義を社会に理解してもらえない。自分たちなんてその程度の存在だ」と思い込んでいる。結果として「新しい学問の領域を作る」といったフレーズがてんこ盛りの、官僚にせせら笑われる公募事業に群がってしまう。

いたずらに競争を煽った文科省、ひいては政府全体の「新自由主義的」な政策や、安易なハウツー、ライフハックばかりを持てはやし、学問や教養を軽んずる経済界や出版界の「反知性主義的」な風潮など、大学の外にも問題はあるでしょう。しかしまずは自身を省みて、正すべきを正してから他者を批判するのが、知性あるものの流儀ではなかったかと、強く感じます。

そのような目で見たとき、平成の（とくに大学界隈の）苦境の深層部にあるのは、安倍晋三首相が一時声高に指弾していた貨幣的現象としてのデフレではなく、いわば「尊厳のデフレ」ではなかったかと思います。自己の尊厳をあまりにも安く売ってしまう人びとが――悲しいことに、相対的には恵まれた雇用環境にあるはずの大学の常勤教員の内部でも！――増えてしまった。

たとえば東京医大の事件を受けて、「文科省が主導する助成金の、不透明な実態が明らかになったいま、科研費も含めて新規の応募は停止する。同省はまず真相を解明して、解決策を講ぜよ。本学の名誉にかけて、それがなされるまで応募は行わない」と議決した大学はありますか。あれば、心から尊敬します。ほとんどの大学は、白昼公然とお茶の間で笑いものにされながら（当該官僚を接待中のものとされる音声は、TVのワイドショーで流されました）、いまも書類上でだけ「新しい学問の領域」を作り続けているのではないですか。

大学教員はそこまで、自分の尊厳を安売りすることに慣れてしまった。そもそも労働の対価は、つねにお金だとは限りません。なにか相手を手伝ってあげたときに、「お礼を払いますよ」と言われた場合、相手が払いたがっているのだから受けとった方が、経済学的な効用としては最大になるでしょう。しかし「そんなつもりじゃないので」「好きでやったことですから」と断ることが、だれにでもある。

この場合、その人はもらえるはずだったお金を放棄するかわりに（――皮肉な見方をすれば、その値段分の）尊厳を得ている。そうしたあり方が、大学に限らずひろく人間の経済としてある。

２０２０年に予定される「東京五輪ボランティア」が批判されているように、使用者の側が「お金でなく尊厳で払うから」と居直ってしまった結果、いわゆるブラック労働（やりがいの搾取）が生まれるという問題はあるでしょう。しかし、ブラック労働の要請に対して「私は、やらない。そこまで自分を（金銭的に）安く売れない」と主張することが大切なように、尊厳の安売りに対しても「私は、やらない」と反駁《はんばく》していくことが、いま大学に求められてはいないでしょうか。

「地域貢献」のために投げ売られる授業

私が体験した大学における「尊厳のデフレ」の一例として、所属学科（日本史・日本社会論が専門）と地元の博物館との提携事業をあげましょう。外部資金の獲得と同様、「地域連携・地域貢献（社会貢献）」という、これまた大学評価の指標として平成期に強調された領域に属する事業です。

前提として、その博物館は大学の隣の駅にありました（ただし、徒歩での移動は困難）。また学科の側は学芸員の養成課程（じっさいに受講者も多い）を抱えており、博物館との提携自体はきわめて望ましいことでした。しかし、問題はそのあり方です。

在職中に複数の学生から、「どうして学芸員資格のための科目は、大学のキャンパスではなく博物館で受けなくてはいけないのですか」と聞かれました。提携の後、学芸員科目は原則として（それまで大学に来てもらっていた通常の非常勤講師ではなく）当該博物館の学芸員に担当してもらっていたのですが、それらの授業のうちの相当の部分が、大学ではなく博物館で開講されていたのです。

当初、質問の趣旨がわからず「実習的な授業だからじゃないの？」と答えたところ、ほとんどはセミナールームのような部屋で、普通に講義を聞くだけであると。しかも、大学との間にシャトルバスを運行してはいるが、10分間の休み時間を使って20名前後の受講者が移動するため、タイムロスが出て90分間きちんと授業ができなかったり、（大学に戻ってきて受講する）次の授業に遅刻してしまったりしていると。そう聞いて大変驚き、「わかった。機会を見て学科内で言ってみるよ」と約束したのですが、病気のために果たせなかったことをすまなく思っています。

むろん、あくまでも学生を介して伝聞で得た情報ですから、妥当性を判断するには慎重な手続きが必要です。しかし本当に、移動のために規定通りの授業時間を満たせていないのなら、学芸員課程としての妥当性が問われかねない事態でもあり、すみやかに事実の確認に移るべきでした。

もし学生たちの主張が正しいのであれば、多数の受講者（数十人近い場合もあったようです）よりは1名の講師が移動する方があきらかに能率的なのですから、「ご足労をかけますが、授業は大学の教室でお願いします」と博物館側に申し入れるのは、大学の傲慢ではなく理にかなったあり方でしょう。もちろん実習的な内容の回に限っては、例外的に博物館での開講とすればよい。

その博物館は、設置主体が大学と同じ地方自治体であり、講師をお願いしても二重取りとみなされてしまうため、給与が出せないという事情はあったようです。しかし、提携と非常勤の委託とによって、学芸員の方々も客員の形で大学に身分を得ることができ、研究者番号を取得して科研費等への応募が可能になっていたはずでした（提携時に、その旨の説明がありました）。いわゆるWin-Winな関係であり、大学側が一方的に「借り

かと、いま苦い気持ちを噛みしめています。

まして、ことは学生の勉学の環境に関わる問題なのですから、大学の側として、譲《ゆず》れないものは譲れないと主張すべき局面だったと思います。しかしそうした大学の尊厳は、「地域貢献をしないと大学の意義が問われる」といった不安のもとで、学生たちの学習環境とともにたたき売られてしまった。そう言われてもしかたのない事態ではなかったかと、いま苦い気持ちを噛みしめています。

留学生入試が招く「アファーマティヴ・スパイラル」

入試に関しても、同様の「尊厳の安売り」があります。あきらかに大学が求める水準に達していない学生を、「でも貴重な存在だから」「受けてくれるだけでありがたい」と入学させてしまう。ペーパーテストで行う一般入試では、事前に告知した定員どおりに受け入れますので、こうした問題は別枠で採用する、社会人学生や留学生の場合に顕著です。

拙著『知性は死なない』〔本書、198頁以下〕でも触れましたが、とくに留学生には日本語の問題がありますから、授業上、深刻な事態におちいるケースもあります。この点で、私の大学で留学希望者が多く利用していた「研究生」という制度は、非常によくないものだったと感じています。

留学希望者が、指導を希望する教員にメール等でコンタクトを取り、その教員が個人的に会って印象がよかった場合、「研究生」という身分で自分の研究室（担当する授業等もふくむ）に1年ほど出入りさせる。そこでの勉学の成果を見て、入試を経て入学させるというものですね。留学生に限らず、社会人入学の希望者や、大学院受験をめざして浪人中の一般学生が利用することもあります。

『知性は死なない』の中で多様な問題を考察するにあたっては、「言語と身体」という二分法の視点に着目しました。「否定辞（～ではない）は言語にしかない」とよく指摘されるように、言語にはデジタルな性格がある反面、身体はおおむねアナログな感性を持ち、あいまいさを許容する性質があります。

ペーパーテストは言語でデジタルに「解けた／解けていない」を判定し、面接入試ではそうした形で捉えられない「点数で何点とは言いにくいけど、なんとなく期待できそう」といった部分をつかまえる。平成のあいだを通じて、その両者の組みあわせの比率が、大学入試改革として議論されてきました。

上記した研究生の制度では、受験の前から入学（留学）希望者と、採点する側とのあいだにアナログな関係ができてしまう。俗な言い方をすれば、1年近くも同じ机を囲めば「情が移る」ということもあるでしょう。

その後の入試で匿名の状態の答案が採点されて、合格となるなら問題はありません。しかし小規模な大学の学科レベルの特別入試（留学生や社会人学生の選抜）や大学院入試では、そもそも受験者数が数名にも満たないのが常態です。実質的に、「誰の答案か」わかった上で採点せざるをえません。

在職中に留学生の選抜で、1科目目《め》の日本語試験の得点が20点前後だったにもかかわらず、2科目目の専門科目（実質的には小論文）が90点近いスコアで採点されて、合格となる例に出会いました（ともに満点は100点）。たしかな事実として、採点者は日本語の点数を把握したうえで、小論文を採点していた。私自身が当日、実施委員（記憶では副委員長）として進行を担当したので、断言することができます。逆に言えば私自身も、そのような結果を招来したことに責任を負っています。

もちろん、「ほんとうに90点相当の小論文が書ける留学生であり、日本語試験が20点というのは設問が不適切だった」という可能性もあるでしょう。しかし、その日本語試験は日本語学・日本語教育法などを担当する専任教員、つまり学問的なプロの作問によるものです。いかに稀少な外国人学生を入学させたいからといって、「本学の日本語教員は無能で、適切な問題が作れないのです」と主張するに等しい行為は、大学における尊厳のデフレ、学問の投げ売りと言われてもやむをえないのではないでしょうか。

安倍政権は2018年6月の「骨太の方針」（経済財政運営と改革の基本方針）で、外国人単純労働者の受け入れを解禁すると表明し、日本でも実質的な「移民政策」が始まったとも報道されています。多くの識者が憂慮するように、その場合、日本語能力に関してきちんとしたスクリーニングが行われないと、ホスト・ゲストの双方に負の感情を残す恐れが強い。

移民先の職場で言葉が通じなければ、受け入れる側（日本人）はいらだちを、移民の側は疎外感を覚え、トラブルが続発するでしょう。欧米諸国のように、それが排外主義やレイシズムの温床になるかもしれません。たんなる無知ゆえの偏見ではなく、「現に接してみたが、あきらかにこの国に適応していないのだ」という体験から来る、外国人憎悪ほどおそろしいものはない。

大学は、（国籍に関係なく）入学にふさわしくない希望者には「ノー」ということが認められた——否、ほんらいはそうした選抜を行わなくてはならない組織のはずです。しかし「留学生がいてくれるだけで国際交流になる」といったダンピングの結果、都内の私国立のトップ大学ですら、出版された留学生の博士論文をめぐって盗作疑惑が報じられ、係争中のものもありますが、一部は事実が確定しています。「日本の大学は留学生に甘い」と言われても、一概に否定しがたい状況があると感じます。

差別是正のために少数派を支援するアファーマティヴ・アクションに対する、米国主流派の反発はトランプ現象を生みました。そうした事態を抑えるためにより差別是正の措置を強化すると、「マイノリティなだけで、能力がなくてもあそこまで優遇される」という不満が高まり、よりトランプ的な存在が支持される……。そうした負の「アファーマティヴ・スパイラル」の引き鉄《がね》を、こともあろうに大学が引きかねない現状が、わが国にはいまあると懸念せざるをえません。

先日知ったのですが、たとえば京都大学では留学希望者から教員には直接コンタクトさせず、アドミッション支援オフィスが一括して受けつけた上で、審査を通った場合のみ教員を紹介する形をとっているそうです。同大では一時、やみくもなグローバル化を掲げて学内行政が混乱したとも仄聞《そくぶん》しますが、そうした体制に関しては、優れたモデルを提示していると感じました。

競争社会が鬼胎した「能力の忖度《そんたく》」

2017年を通じて国会での追及が続き、18年3月には財務省による関係文書の改竄《かいざん》まで発覚した森友学園問題では、「忖度」が流行語になりましたね。安倍首相が「森友を優遇しろ」と指示したわけではなくとも、官僚の側が「安倍さんはきっとこうしてほしいだろう」とその意図を憶測し、それに沿って動いてしまう。

この場合、安倍首相はどこまで責任を負うのかという問題が出てきます。批判的な識者は、安倍政権が内閣人事局をつくって官邸に権限を集中させ、政権の意向を酌《く》まないと更迭《こうてつ》されるというプレッシャーを官僚に与えてきた点を強調します。

つまり「忖度せざるをえない状況」に追い込んだのは、そもそも安倍さんなのだから、「負うべきだ」と主張するわけですね。そうした議論は、事態の一面を射ぬいていると は思います。おそらく政治学的にも、ある程度論証可能でしょう。

しかしより広い人間学的な見地に立ったとき、「あの強権的な安倍政権のやることだから」といった議論の進め方に対して、私はつよい違和感を持ちます。

私が教授会で目にした、「忖度」の事例から考えさせてください。前任者の任期満了によって法人の理事長が交替した際、にわかに学部（日本研究が専門）の教授会で「新理事長は、グローバル化に貢献できない学部は、将来的に切っていく方針だ」という噂《うわさ》が流れるようになりました。すると、私が所属していたのは新設の学科で、まだ最初の卒業生すら送り出していなかったにもかかわらず、「学科を統廃合して学部の機構改革をしよう。そうしなければ新理事長は認めてくれない」といった性急な改革論が出現し、賛否を二分する激論となりました（結局、学部の改組は押しとどめられました）。

　しかし理事長がそう考えているという根拠をただすと、明確に指示されたという事実をだれも挙げられない。「一度、理事長に教授会に来ていただいて、じっくり話しましょう。そこで指示されたら、全員納得してやろうじゃありませんか」というと、改革派の急先鋒だった准教授は、ひとしきり理事長の人間性を礼賛したのちに「理事長は本当に素晴らしい方だから、われわれの面前ではかえって気を遣《つか》われて、本音を仰《おつしや》らないかもしれない。われわれから動かなくてはならない」と返してくる。

　要は忖度だったわけですが、注目すべきは上記のとおり、その人物が確認して真実を知るよりも、忖度という状態のままに「留まりたい」という強い意向を示していたことです。真実という概念を知った上でそれを無視するポスト・トゥルースのひそみにならえば、いわばプレ・トゥルース（真実以前）への欲求と言うべきでしょうか。

　私の印象では、そうした忖度への滞留をもたらす構造の最深部には、「意図の忖度」よりも本質的な意味で重篤《じゅうとく》な、「能力の忖度」という事態があると感じます。

　当該の准教授とは、その後に短時間でしたが一対一で話もしました。「本気で、こんな無責任な改革案がいいと思うのですか」と聞くと、内心ではいろいろと考えるところもあるらしい。だったらなぜそんな言動をするのか尋ねると、「大学の生き残りのためには改革が……」といった必要論をぶった後に、「理事長や、改革派の（より要職にある）先生方は、大局を見てしっかり考えておられるはずなんだ」といった回答でした。

つまりその人物は、理事長の意図という以上に能力を忖度していた。そうした構図が、矮小《わいしょう》な学内政治のみならず、平成日本の全体を席巻していたように思います。

たとえば、いまでこそブッシュ・ジュニアやドナルド・トランプといった米国大統領について、指導者の適性を欠く人物という評価は定着しています。しかしつい先日までは、「アメリカの大統領ともあろう人が、短絡的な決断を下すはずはない。裏に高度な計算を秘めているか、米国政府にしか入手できない情報に基づいてのことだ」といった能力の忖度が、大手メディアや論壇誌に——学会誌にも？——溢《あふ》れていたのではありませんか。

尊厳のデフレによって、自分には存在意義があるという感覚を失う、すなわち自己肯定感を奪われてしまう。そうすると、「私自身は無能（無価値）かもしれないが、この人（理事長でも大統領でも）が『有能な人物』であることを知っており、彼に倣《なら》って行動している点では私もまた有能である」といった思惟《しい》様式で、力ある他者の能力を忖度することに自らの存在意義を見出そうとする。

書店のベストセラーの棚にいけば、著者の能力を「忖度させる」書物が山をなしています。キメ顔の著者の写真に、一流大卒、何歳で起業して成功、いま何億稼いでる、親交ある著名人が絶賛……といった「能力」を誇示する帯。読者はそれを手にとることで、「自分は少なくとも、こうした『有能』な人の存在を知っている」と安心するのでしょう。

——その安心を守るために、はたして帯の文句や著作の内容にどこまで内実があるのかは、あえて調べずに。

知性のにない手とされる大学教員ですら同様なのですから、たんに反知性主義だと蔑《さげす》むだけではなにも始まりません。そうした生の様式が、競争社会における「能力」の強調のなかで広まっていった。そのレベルにまで下りて捉えかえさないかぎり、「アベ政治」における忖度もまた、解消しえないのではないかと考えています。

教授会自治を称した「責任ロンダリング」

平成の大学改革では、「大学経営にもガバナンス（統治）が必要だ」といったコンサル好みのフレーズが語られてきました。私などはそう聞くと、「いまは無政府状態という認識なのですか」と返したくなりますが、旧著である『中国化する日本』（文春文庫。原著は2011年）の図式を参照しながら、議論を整理させてください。

同書では——政治主導から大学行政にいたる、平成の「改革派」がしばしば主張してきた——トップダウンでスピーディな意思決定を、近世中国の皇帝専制にたとえました。ただしそうしたしくみは、ハーシュマンの著名な図式でいうEXIT（離脱・退出）の原理と組み合わさることで、はじめて機能する。それが、散沙《さんさ》（ばらばらの砂）のような社会と形容される、中国をモデルに引いたことの含意です。

トップの権限は強力だが、一方で社会の流動性が高く、嫌ならどこにでも転出できるということですね。あまりに退出が続けば、当然にガバナンスは傾き、その責任は不徳な統治者であったトップが負うことになります。

これと対照して概念化したのが、経済史などの分野で「日本的経営」のルーツと指摘されてきた、江戸時代型の「ムラの寄合」的なガバナンスです。名目上はトップを置くとしても、それは輪番制で順送りに回ってくる程度の弱いリーダーで、実質的な権限の面では大差ない構成員たちが、全員での合議をへて結論を出していく。

旧来の教授会自治を想像していただければ、わかりやすいでしょう。これに対して改革派は、学長・理事長の権限を強化し、教授会はその方針に従うようにと唱えてきたわけです。

問題はその教授会に、ハーシュマンが言う意味でのVOICE（発言）があるのか、ということです。そして、それは私の旧著の欠陥でもあります。教授会の意思決定はしばしば、「毎月顔を合わせるのだから、あまりに反対しすぎたら気まずいじゃないか」といった、身体的な近接性が作り出す妥協によってなされています。

ビジネス書の表現で言うなら、「なあなあの関係」であり「空気の支配」ということですね。言語に基づく議論が意外なほど存在しないまま、「みんなで決めたことだから」という最終決定者の曖昧《あいまい》化だけが行われているとも言えます。

こうした体制に慣れると、それを利用しようとする誘因も出てくるようです。推薦入試の合否判定で、「定員割れになってしまうが、最低点の受験者を不合格としたい。私も含めて面接した教員2名の印象が、『絶対に入れてはならない』ということで一致した」と打診されたことがあります。私自身は「尊厳のデフレ・大学のダンピング」に反対の立場でしたから、当初、よいことだと賛成しました。

ところが成績を確認すると、面接での得点が60点と書いてある（100点満点）。大学の期末試験なら、ぎりぎりですが「可」で合格となる点数です。「おかしくないですか。そこまでひどい受験者なら、もっと低い点数になるはずでしょう」とただすと、にやにや笑って「それが、点数をつけるなら60点というのも、面接した2人で一致しているんですよ」と言う。

つまり欠員が出ることの責任を、（たとえば20点といった落第確実な評点をつけて）自分では取りたくない。合否どちらにも振れうる曖昧な点数をつけておき、「落として定員割れを招いたのは、自分の決断ではなく教授会の総意です」という形をとりたかったのだろうというのが、私の理解です。

自治やボトムアップということばは美しくとも、それは容易にこうした「責任ロンダリング」の装置へと転化してしまいます。しかしながら一方で、巷《ちまた》の改革論が言うような「学長によるリーダーシップ」を強化しようにも、それとペアになるべきＥＸＩＴの条件――教員の転出可能性が、現状では担保されていません。

おそらく大学業界でしか通用しない労使関係の用語に「割愛《かつあい》」があります。（特に国公立のあいだで）大学を移籍する際、教授会が当該教員の転出を認めることを「割愛を受理する」と呼ぶのです。

受理されると、たとえば勤続年数の記録が転出の前後で通算されるなどして、給与や定年後の退職金の額などが有利になると言われています。もちろん憲法が定める職業選択の自由によって、割愛が受理されない（＝教授会が転出を認めない）状態でも離職・再就職の形で転職できますが、退職金等が一度清算されてしまうため金銭的には相当な覚悟が必要になると、体験者から直《じか》にうかがったこともあります。

換言すれば、学長等によるトップダウン型のハラスメントがなかったとしても、「あの教員は生意気だから、割愛が来ても否決してやろう」とほのめかすことで、いつでも教授会はパワハラの場になりえるということです。そうした足元にある不条理を見過ごしたまま、のうのうと「江戸時代的なガバナンスの長短」を旧著で論じていたことについては、自身の不明を恥じるほかありません。

グローバル人材は「名誉白人」なのか

大学のグローバル化を言うならばなによりもまず、大学内にひそむこうした「日本固有」の原理をどう剔抉《てっけつ》するかという問題と、向きあわなくてはならないはずでした。

しかし多くの大学で行われたのは、英語で行う授業を増やす・（日本からの送り出しも含めて）留学生を増やす・国際シンポジウムを増やすといった類《たぐい》の、文字どおり表層的なグローバル化ではなかったでしょうか。音として耳慣れない響きが聞こえ、肌の色の違う人が演壇に登れば、それでよいということです。

そうしたあり方で、ほんとうに国際社会で通用する人材が育つものでしょうか。『知性は死なない』の読者の方から、しばしば1章で描かれた「国際シンポジウム」構想への諦観を耳にします〔本書、62頁以下〕。

平素は学生に「天皇制」への批判を教え、学術論文では「皇室外交」にすら違憲の疑いをさし挟んできた教員が、外国の皇太子に来学の可能性があるとなるや手のひらを返して「日本の皇太子殿下もその場にお招きし、教員・学生にご講義いただこう」なる企画を、教授会で高唱していたという挿話ですね。

誤解のないように願いたいのですが、「私ならそうした企画を持ち込まれても、決然と拒否できた」などと主張しているのではありません。現実の問題として、そこまで貴重な機会が実現するかもしれないとなったら、つい普段の主張を棚に上げてしまうことも、組織人としてはあるでしょう。

しかし、いやしくも研究や言論を生業としているのであれば、どのように考えて、従来の主張をここは曲げるのか。そしていかなる方法によって、曲げたとはいっても本来の自己のあり方と不整合を来《きた》さないよう、筋を通すのか。それを言語の形で示す責任があったのではないか、と問いたいのです。

言語の適切な使用を通じて、自己に一貫性を持たせる試みを放棄したとき、人や組織になにが起きるのか。今回はじめて明かしますが、この企画がその後たどった変転は、「言語なき身体」と化してしまった場合の大学の将来を見通すうえでも、示唆を含んでいるように感じます。

発端となった「外国の皇太子」は、戦国時代に日本と交流をもったことで知られる欧州の国の方でした。結局その皇太子の来学はなく（したがって、わが国の皇太子の来学も立ち消えになり）、同国の研究所から数名の学者を迎えてのシンポジウムのみが開催されたのですが、皇太子に代わる日本側のメインゲストとして大学が登壇させたのは、なんと「隠れキリシタンのご子孫」の方だったそうです。私は病気のため参加していませんが、学内に告知するメールでの趣旨説明には「命がけで信仰を守ってきたことの壮絶な歴史をお話しいただきます」とあります。

念のため付記しますが、近世日本のキリスト教禁止は、基本的にはいわゆる武家政権・幕藩体制による処置ととらえるべきもので、「天皇制」の問題圏とはさほど関係しないでしょう。しかし著名な浦上四番崩れなど、それ以上に最も苛烈だったとされる明治初年のキリスト教弾圧は、当時の神道国教化政策にともなうものだと指摘され、歴史学界でも「近代天皇制」「天皇制国家」の課題として長く議論がされてきました（古典として、安丸良夫『神々の明治維新』岩波新書、1979年など）。

むろん大規模な企画ほど、中途のキャンセルや変更に見舞われるものではあります。しかし日本史を専門に掲げる学科が、シンポジウムにおける「皇太子」の代役を「隠れキリシタン」に依頼して恥じないのなら、平素の彼らの研究は（そして、それに基づく学生への教育は）なんのためにあるのでしょうか。

そもそもこの企画のなかに、学術研究と社会への発信とのあいだで不整合を避け、なんらかの一貫性を持たせようとする意志は、存在していたのだろうか。変転の前後に共通するものを強いて見出すなら、来日する欧米の学者をとにかく接待し、自己の学術的な良心よりも彼らの印象のほうを優先する「おもてなし」(?)の発想でしょうか。

当初は「わが国の皇太子がお出迎えします」という歓迎を企図したものの、実現困難とわかるや「激しい弾圧のもとで、みなさんに伝えられた教えを『命がけで守ってきた』人びとをご紹介します」でお出迎えする。たしかに欧州からみえた学者陣としては、どちらでも悪い気はしなかったでしょう。

しかしそれは、平成の思想界でオリエンタリズム、ポストコロニアルなど、さまざまな語彙《ごい》で批判的に論じられてきた「名誉白人」への欲求そのものではないでしょうか。今世紀のグローバル化への対応だと称しつつ、実質的には明治の開国以来の「欧米への媚《こ》び」を反復し、その代価としてなら学問上の立場や成果をいつでも捨てる。そこまで大学教員の「尊厳のデフレ」は進行してしまったのでしょうか。

『エルサレムのアイヒマン』
(ハンナ・アーレント／
英語での初版は1963年刊)

こうした経緯をふり返るとき、このシンポジウムをめぐる過程で起きていたことは、知性において言語が果たすべき役割の完全な放棄、言語の自殺であったように私には思われます。その状態が極限まで進んだとき、元来は人文的な教養を備えていたはずの人間がいかなる変態をとげるかについて、アーレントの著名な元ナチス高官評にはこうあります。

その時々の気分を昂揚させてくれる決まり文句をあるいは自分の記憶の中で、あるいはそのときの心のはずみで見つけることができるかぎりは、彼は至極満足で、〈不整合〉などといったようなことには一向に気がつかなかった。[94]

人文教育再興のために

文科省ぐるみの天下りの責を問われて退官した前川喜平・元次官ではありませんが、旧職を「辞めてはじめて、言論の自由を行使できる」側面があるのが、悲しいかな勤め人の現実でしょう。私自身、本稿でのべた課題について、在職時にじゅうぶん問題提起をしてきたとは言えません。稀にほのめかしたとしても、「理屈は正しくても綺麗ごとだ。大学のきびしい現状をわかっていない」と一蹴されるのが常でした。

しかし、はたしてそうなのでしょうか。２０１８年の初頭に、国立情報学研究所の新井紀子さんが発表された著書が、学界を超えて広く注目を集めています（『ＡＩ vs.教科書が読めない子どもたち』東洋経済新報社）。私はサマリーを読んだきりですが（のちに同書も読了）、教壇でずっと感じ続けていた問題がついに知られる日が来たのかと、ひじょうに身勝手な共感をいだいています。

Google を想定すればわかりますが、キーワードとして指定された単語を拾い集める作業なら、ＡＩは人間を圧倒できる。いわゆるビッグデータ分析のように、Ａという語はおおむねＢと一緒に使われるので、ここでの答えはＢだろうといった推測にも強い。しかし、ＡとＢ「以外で」やＣ・Ｄ・Ｅ「のうち」といった機能語を捨象してしまうＡＩは、論理展開や文脈を正しく把握することができないと言います。まさしく整合的に言語を用いる能力に関して、ＡＩは最も人間に劣っている。

新井さんが指摘するように、授業中に重要語句に下線を引かせ、穴埋め式の期末試験で理解度を問う形になりがちな日本の中等教育は、じつは教材に対して「ＡＩのような読み方」をさせてしまっている。そうして育った子供たちは、じっさいには教科書の文面を正しく読めておらず、今後は労働力としてＡＩに代替される危険性が高い。

そうであれば、大学の使命とは「ＡＩ的でない読み方」を、学生に身体化させることでなくて何でしょうか。そのことが将来的に、人間とＡＩとが互いの長所を活かす、幸福で生産的な共存を可能にするのではないでしょうか。そしてそれは、高度な言語的技法で書かれたテキストを扱ってきた、伝統的な人文学が担ってきた教育そのものではないでしょうか。

教壇で気づいたことですが、まじめで熱心にもかかわらず「間接話法が理解できない」学生は相当数にのぼります。架空の例ですが、「『現代思想』などの論壇では、忖度の蔓延《まんえん》が安倍政権の問題として語られている。たとえば……」として、同誌の論文を引

(94) Ｈ・アーレント『新版　エルサレムのアイヒマン　悪の陳腐さについての報告』みすず書房（大久保和郎訳）、２０１７年、77頁。

用した上で、その論調を批判する與那覇の文章を読ませたとしましょう。なぜかそうした場合に、「與那覇先生は安倍政権がもたらした忖度を批判している。具体的には……」として、引用された『現代思想』の論調と、それを批判する著者の主張とが入れ替わったレジュメが出てくるのです。

エビデンスのない憶測ですが、「忖度」の典型として巷間に流布した財務省による森友問題関係資料の改竄事件にも、私はそうした背景があるのではと感じています。改竄によって削除された文言のうち、もっとも注目を浴びかつ批判されたのは、同省との折衝中に森友学園の側が「われわれは首相夫人ともつきあいがあり、応援してもらっている」旨を主張した記録でした。

あくまでも間接話法であって、そのまま真実とは限らない以上、本来であれば隠蔽《いんぺい》する必要はない。そのまま国会に示して、「これは交渉を有利に運びたかった学園側が、そう主張していたという意味です」と説明していれば、問題は収束したかもしれません。しかし間接話法というリテラシーへのハードルは、意外に高い。おそらくはそこで、逆方向の「能力の忖度」が働いてしまったのではなかったか。

きちんと資料を提示しても、どうせ能力の低い国民は（AIがそうであるように）「『財務省・森友・安倍』が文書上でつながった！」としか読まないのではないか。だったら最初から、心配な記述は消してしまえ……。そういった発想が財務省のエリート官吏にはなかっただろうかと、教壇での体験から私は感じるのです。

言語の扱いに習熟するには、いわずもがな読むだけでなく「書く」作業も重要です。

こちらも同じ問題に例を借りると、この疑惑を大ごとにしたのは2017年2月17日、「私や妻が関係していたということになれば、それはもう間違いなく総理大臣も国会議員も辞める」と安倍首相が国会（衆議院予算委員会）で答弁したためだとされていますね。

しかし「関係」というのはきわめてあいまいな概念であり、したがって「関係がある」と主張するのはたやすく、逆に「関係がない」ことを立証するのは困難です。つまり「関係はない。関係があったら辞める」というのは、ほんらいは主張する前に躊躇《ちゅうちょ》・逡巡しなくてはいけない表現だったはずです。

そうした感覚は、じつは大学での論文執筆の体験を通じてこそ、もっともよりよく身体化されていきます。

たとえば「福澤諭吉の自主独立の思想と、同時代のナショナリズムは『関係がない』」とする卒業論文のドラフトが持ち込まれたら、教員は「別個のものと考えるべきである」「にわかに同一視できない」などの表現に、書きなおすよう指導するでしょう。逆に、どうしても決定的な論証が見つからず悩んでいる学生がいたら、「なんらかの関係はあったものと推定される」で論を結ぶよう、アドバイスするかもしれない。安倍首相は法学部卒なので、卒論が必修ではなかった可能性もありますが、おそらくはそうした教育を欠いていたように感じます。

日本社会に言語の居場所を取り戻すための人文教育の必要性を、大学がもういちど高く掲げるのに十分な好機は、まさにいま熟しているのです。しかしそうした自身の本分を、堂々かつ平明な文体で世に問うことをせず、逆に「ディープラーニングとしての人文学」「AI・人間・〈いのち〉」といった借りもののネーミングで、登壇者ですら演目を信じていないシンポジウムを濫造《らんぞう》し、外部からお客さまを招いてお茶を濁してしまう。

もう一度アーレントを引くならば、「紋切り型の文句で自慰するというこの恐ろしい長所」。そうした恥ずかしい姿をこれ以上、教員は学生に見せるべきではありません。いかに稚拙であれ、自分自身の言葉で語ることでしか「大学のきびしい現状」を脱する方法はないと、私は考えています。

病気からみつけたもの——互酬性《ごしゅう》の根源へ

教壇にあったとき、教育における「互酬性の復権」が必要ではないかと、しばしば感じていました。いまにしてふり返れば、マルセル・モースやカール・ポランニーの名で知られる思想圏で考えていた、ということかもしれません。

学習指導要領のような公定の指針がない大学では、学生が熱心に学ぼうとすればするほど、より多くを教員から引き出すことができる。しかし、「どうせ人文系の学部だから、就職とは関係ないんでしょ」という態度で、最初から相手を低く見て授業に参加しているかぎり、大学の側もたいしたものは返してくれない。

むろん、学生にばかり「互酬性への無理解」を責めるのはフェアではありません。お話ししてきたように、教員たちも「どうせ、世間での大学の評判はこんなものだから」

「学問を知らない消費者に受けるのは、この程度の企画だから」として自らの価値を投げ売り、尊厳のデフレを進行させ、社会とのあいだに不幸な関係を築いてしまいました。

青臭くて恥ずかしいのですが、震災から1年後にあたる２０１２年3月の卒業式で、学生（多くは２００８年4月入学）を相手に大演説をぶったことがあります。彼らのうちの何人かが初年次教育の私の授業で講読していた文献2冊について、改めて私の口から以下の部分を読み上げたのでした。

僕だって、放射能はこわいから、原発など、なくてすむなら、それに越したことはない。しかし、仮に国民投票で原発廃止を決めた後に、石油価格が何らかの理由でものすごく高騰したとしたらどうする。[95]

尖閣諸島のあたりで、そう遠くない将来、日中の紛争が起きることはあり得ます。そうなったとしても、日本の弱みは、世論が軍事力の実力行使に対して二つに割れること、でしょう。[96]

２００８年の時点では、雲の上の議論のように聞こえていたかもしれない。しかし11

(95) 杉田敦『デモクラシーの論じ方　論争の政治』ちくま新書、２００1年、１１5頁。
(96) 船曳建夫『右であれ左であれ、わが祖国日本』ＰＨＰ新書、２００7年、34頁。

年の震災以降に、あなたたちは「あのとき学んだことが本当に起きたな。大学とは、それだけの学びができる場所だったのだな」と感じたのか。それともそんな話はしれっと忘れたまま、教員のガイドツアーつきで名所古刹《こさつ》や資料館を回る「マイナーなディズニーランド」で遊んでいるだけだったのか。そうした問いかけです。

大学はこれ以上、尊厳を安く売らなくていい。否むしろ、上記してきたような価値をほんらいは持っているのだから、それ以下の値段で売るのをやめなければならない。かつて教員であったものとして、その考えはいまも変わりません。

しかし一方で、人間社会の一番の基層とみる識者も多い互酬性の原理では、じつは覆いつくせないものがあるのではないか――。病気の最中に考えていたのは、そういったことでした。

私自身も体験しましたが、「うつ状態」と呼ばれる病状では、一般に言われる「意欲の低下」以上に能力が下がります。能力主義に基づく近代社会のなかでは、それは当然、自己肯定感を根底から喪失させてしまう。

互酬性で助けあおうにも、「能力を失った自分には、なにも相手に提供できるものがない」という認識が、その発動を阻害してしまうのです。自責観に基づく妄想（自分は存在するだけで罪だ、生きている価値がない……）や、希死念慮《きしねんりよ》・自殺企図の基盤にも、同じものが横たわっているように感じます。

これはいわば尊厳のデフレがどん底に達した、あるいは自己評価の「底が抜けてしまった」状態とも言えるでしょう。だからうつ状態の人は、病気の前には絶対に引っかからなかったであろう、陳腐なスピリチュアリズムや詐欺的なカウンセリング・サービスにも騙されてしまうことがあります。

逆に、これまた健康時なら一笑にふした程度の小さな成功（ごく普通の就労や、仲間内での些細な優越感など）を手にしただけで、過大な自己承認を覚え、同様の条件を満たさない病者を見下しはじめる場合もあります。ともにインターネットを検索してみれば、そうした人びとの痕跡がいくらでも落ちています。

グローバル化（生産地の経済的最適化）にともなう価格低下としてのデフレを、第二次安倍政権は中央銀行の貨幣供給で改善しようと試みて、理論と現実の不整合により失敗しました。同じように、競争のフィールドが全世界化してゆくグローバル化の下で進んだ「尊厳のデフレ」は、たんに互酬性という論理の復権によっては止められない領域にまで、進んでしまったのではないでしょうか。

そもそも互酬性が機能しはじめる素地を――旧著（『日本人はなぜ存在するか』集英社文庫。原著は2013年）で用いた概念を使って表すなら、ポジティヴな「再帰性」のスイッチが入る条件を、人間の経済のより根源から思考すること。互いを見下し、買いたたきあってしまう「尊厳のデフレ・スパイラル」の根底に、助けあいを申し出られないほどの自己肯定感の剝奪《はくだつ》があるとしたら、なにをきっかけにして、相互に承認しあい高めあってゆくプロセスを起動できるのか。

そこまで立ち返らないかぎり、政治と市場の主導で進んだ平成の大学批判も、それに対して繰りひろげられた反批判も、空《から》振りに終わってゆく構造は変えられないのではないか。

それがいま大学を離れて、私の考えていることです。ご専門によっては、「そんなことは、ずっと前から研究が積み重ねられてきた。たとえば、こうした議論がある」と、閃《ひらめ》く方もいらっしゃるでしょう。

資金調達用のパンフレットにすぎない「新しい学問の領域」などではなく、そちらこそを世に問うていただければと、切に願います。そうした問題系がいつか、大学という内側からひび割れつつある「器」をもういちど、内実ある学びの場へと変えてゆくのではないか。私はそう予感しています。（談）

（初出『現代思想』２０１８年10月号。なお、原文にあった「追記」は省略した）

Coda3 ——リワークと私——ブックトークがあった日々

2015年

こんなにみんな喋《しゃべ》れるんだ。

大学病院の精神科を退院したぼくが、Sクリニック（仮称）のリワークデイケアを見学に訪れたのは5月末だった。2か月以上も入院しただけあって、最後のころは患者さんどうしで余暇を過ごしたり、看護師さんとジョークを言いあったりできるようになっていた。

そもそも歴史学者だったはずのぼくが、まったく文章を読み書きできなくなったのは、2014年の夏だった。ほんらいはすぐ休職すべきだったのだけど、大学のカレンダーにあわせて、その状態で半年間勤めてしまった。

平成期にうつ病の知名度はだいぶ上がったけど、多くの解説書は「意欲がなくなる病気」といった説明に終始して、「脳の機能障害」だという肝心な部分が伝わっていない。

2013年の途中からなにをやっても気分が上がらず、どん底の状態で、ずっと自分を病気ではと疑ってきたぼくでも、まさか「読み書きができなくなる」だなんて症状は想像の外だった。

せめてもの幸運は、投薬がまったく効かないなかで、「通常のうつ病ではなく、躁うつ病（双極性障害／双極症）かも」と思いつくだけの理性が残っていたことだ。病名を鑑別する短期の検査入院に申し込んだところ、「検査どころでなく即、治療のための入院が必要な状態だ」と診断されて、2015年の3月頭からは事実上、ずっと病院にいた。

入院中に起きたことについては、折に触れて紹介しているし（たとえば『歴史がおわるまえに』亜紀書房の序文）、いつか違ったかたちでまとめたい気持ちもある。だから今回は、退院後のリハビリ――リワーク施設の話をさせてほしい。

Sクリニックは入院中、「退院したらリワークに通いたい」と申し出て、精神保健福祉士（PSW）のお姉さんに探してもらった候補のひとつだ。同院のデイケアはうつ病の休職者を主たる対象にしていて、双極症や適応障害にともなう「うつ状態」の人たちも含まれている。だからたぶん元気がなく、寡黙《かもく》でテンションの低い人たちが集まっているんだろうなと、見学前は勝手に予想していた。

それなのにプログラムではみんな、ぼくよりもよく喋った。入所の後になって、たまたま同じテーブルに話し上手なメンバーが揃《そろ》っていたと知るのだけど、とにかくそのときはまた「病気でなにも喋れない人」として一から出なおしになるようで、ショックだった。
幸いなことに間もなくわかるけど、こういう状態になるのは、ぼくだけじゃない。
リワークはいくつかのステップに分かれていて、決められた課題をこなさないと次の段階に進めない。読み書きの能力に関してだと、最初の課題は「A4用紙に1枚分、本から文章を引用してタイプすること」、それだけだ。逆にいうと、それですら最初はハードルに感じる参加者がいるくらい、うつの状態で脳にかかる負荷は高い。

ぼくは日本史を教えるのがしごとだ。

健康なとき、右の文の意味がわからないという人はまずいない。だけれども、文字面《づら》はおなじでもこう印字されていたら、どうだろう。

ぼ　くは日　本史　を教　え　るのがし　ごと　だ　。

「くは日」って、なんだ? 祝日かなにかだろうか。「本史」というからには、別史や外伝があるのか。「を教」は「お経」の誤植のようにみえるし、「るのがし」はなにかを逃したということなのか。
ふつうの文庫や新書を読んでいるときでも、あらゆる活字が、こんな風に頭に入ってくる。だからなんべん読んでも意味がわからず、むしろ恐怖感が募ってきて、こわい。

それがうつの最悪期の状態だと考えてもらえれば、A4で1枚の文章を写すだけでも課題として機能することが、わかると思う。

ぼくは入院時の治療の効果で順調にできたけど、問題は次のステップである「要約」だ。これはさすがに、本を横に置いてタイプするだけというわけにはいかない。書いてあることを文面のままではなく、自分のことばになおさなくてはいけないのだから、比較にならない負荷がかかる。

――どうしよう。

病気になる前は、学者としてあたりまえにやっていた作業が、できそうにない。だけどありがたかったのは、デイケアのプログラムに毎月1回、「ブックトーク」の時間があったことだ。

いま読んでいる本、読んで面白かった本を持ってきて、みんなに回しながら口頭で紹介し、感想をシェアする。まだ読んだり話したりが難しかったら、「聴くだけ」の参加もありだ。1冊あたりにかける時間も、決まっていない。紹介を希望する人数しだいで当日調整され、質疑応答も込みで1人あたり10分前後というところか。

つけていた記録で確認すると、ぼくは最初、7月の回でマンガの『ラーメン発見伝』(久部緑郎原作・河合単作画、小学館)を紹介している。天才だけど感じの悪いグルメ王と、センスはあるが青臭い主人公との対決を軸に進む点が、『美味《おい》しんぼ』の亜流といわれることもあるけど、原価率や利用客のマナー、口コミ対策といった「経営」の側面が入っているのが大きく違う。登場するラーメンも、実際にお店で商品としてなりたちうるもの。

「高級志向の『美味しんぼ』はもはや原価を無視しすぎて、一生誰も食べられないメニューだったりするじゃないですか」

そう紹介すると、聞いている人が顔をほころばせ、笑ってくれる。

久しくなかった感覚だ。それはぼくが病気になるよりも、かなり前からそうだった。

もしあなたが地球上でたったひとりの人間だったら、たぶんあなたは「書く」という行為をしないだろう――伝える相手がいないのだから。同じように「読む」という営為も、じつはひとりではできないのだと思う。

なぜ人は読む（ないし、読める）のか。それは書き手の伝えようとすることが、自分にも届くはずだとする確信と、そうやって受けとったパスを周囲の人に回せば、きっとよろこんでもらえるという期待があるからだ。そうした信頼関係がない場所では、人は書くことはもちろん、読むこともできなくなるのではないか。

ぼくは勤めているとき、3回、同僚たちに「騙された」ことがある。ぼく以外の全員にだけ事前に情報を回しておいて、当日いきなり会議に出し、なにがなんだかショックでわからないうちに物事を決めてしまう。『知性は死なない』〔本書、193頁以下〕に詳しく書いたけど、なかでもとくに3度目は抜き打ちで、ぼく自身を事実に反する根拠で非難する議題を出された。

こうした、自分を陥《おとし》れる人たちと一緒に働くことは、ふつうに考えて不可能だ。にもかかわらず無理をして、職場近くの精神科にかかって服薬してまで出勤を続けていたら、やがて読むことも書くことも話すことも、できなくなった。

周囲への信頼がない場所では、じつは「個人」の能力も発揮できない。逆にいうと環境を変えて、目の前にいる人たちとの関係をつなぎなおせる場所に移れば、もういちど、読んで書くことの基礎になる非人称的な（＝ぼくという個人だけに属するのではない）力のようなものが、少しずつもどってくる。

もちろん当時はこんなふうに、自分と周囲を俯瞰《ふかん》して考えていたわけじゃない。だけど本を読んで話した内容に、笑顔で応えてくれた人たちがいたことで、はじめてぼくのなかでなにかのスイッチが入ったことは、まちがいないと思う。

この年にブックトークで紹介したマンガで、ほかに思い出深いのは中道裕大《ひろお》『放課後さいころ倶楽部』（小学館）。6巻目が出る直前だった11月に取りあげたけど、当時はまさかアニメ化される（２０１９年）とは思っていなかった。

同作を知ったのは、ボードゲームの専門店だった。入院が大型連休をまたぐとわかったとき、退屈に耐えられないと感じて、病棟で遊ぶゲームを（院外外出の扱いで）買いに行った。店内がボードゲームで埋め尽くされた「こんな空間があるのか」という驚きのなかで、ちょこんと置いてあるコミックに目がとまった。

京都を舞台に、女子高生がボードゲームで学園生活を楽しむ本作の（初期の）主人公は、「遊び」に必要な3つの側面を代表している。ゲームに詳しいミドリは理数系の秀才で、ルールやカードの構成を分析して「論理的」に戦略を立てるのが得意。ただし人の心理を見抜くのが苦手で、その点ではいじめられっ子だった過去があるために、相手の表情や性格を「感覚的」につかめるミキに分《ぶ》がある。転校生のアヤはどちらの面でも抜けた子だけど、かわりにどんなハプニングでも「楽しめる」、底抜けの明るさをもっている。

嬉しいことにデイケアには月に2回前後、ゲームの時間があった。そのときこのマンガを持っていくと、ルールの説明を助けてもらうのにも役に立つ。お子さんのいる参加者が、「学童保育にぜひ置いてほしい」とコメントしてくれたのが印象的だった。

結局、要約の課題はノンフィクションの名作である、D・ハルバースタム『ザ・コールデスト・ウインター　朝鮮戦争』（文春文庫）で書いた。上下2巻の大作で、われながらよくできたなと思うけど、病気の前から興味のある主題で、長いあいだずっと読みたかった作品を選んだのがよかったのだと思う。

読み書きができないところまで破壊された能力は、たぶん「均一」なペースではもどってこない。本人の一番コアにある特性に近い部分や、周囲の人との交流をつうじて活性化された箇所が、まず速やかな伸びをみせて、その後ではじめて「その他のもろもろ」が、ゆっくり牛のあゆみでついてくる。それがぼくの実感だ。

だからぼくは回復のための読書は、「あせらない」ことが大事だと思う。なにがなんでも有益な本、復帰後の仕事につながる書籍でなければ、と決めこんでしまうと、最初のステップになるはずの「伸びやすいところ」が成長できず、かえってスイッチが入らない。

デイケア仲間からほかの施設の例もいくつか聞いたけど、有益そうに〝見える〟内容のカリキュラムに特化しているタイプのところは、評判がよくなかった。なにがスイッチになるかは人によって異なる以上、できるだけ幅広いプログラムを準備して、かつ利用者どうしの交流（たとえば、昼休み中の会話の弾みぶりで判断できる）が活発なリワークのほうが、ほんとうは有効なのだとぼくは思っている。

だからブックトークで毎月紹介することを目標にしつつも、純粋に「むかし読みたくて読めなかったもの」を中心に、マイペースで本を選んでいった。おどろいたのは、学生のころファンだった推理作家の北森鴻《こう》さんが亡くなっていたこと（２０１０年没、48歳）。調理師免許を持ち、日本史にも造詣《ぞうけい》が深い書き手だった。民俗学者や骨董商が主人公のシリーズが人気で、なにより食事のシーンは必ずおいしそうに読ませる。

いちばん好評だったのは2月に紹介した、三軒茶屋のダイニングバー「香菜里屋《かなりや》」が舞台の連作だ（北森鴻『花の下にて春死なむ』以下４冊、講談社文庫）。探偵役はマスターの工藤さんだけど、シャーロック・ホームズのように正式な「依頼」が相談の形で持ちこまれることは、あまりない。お客さんどうしのなにげない会話を聞きながら、その裏にひそんだ事件の謎に店主だけが気づき、解いてしまうパターンが多い。エピソードをまたいでなんどか登場するキャラクターもおり、通読すればあたかも自分も常連客になった心地を味わえる。

むろんデイケアでは飲酒はご法度《はっと》だけど、なんだか似てるな、と感じていた。通っているあいだは担当するスタッフ（ぼくの場合は臨床心理士だった）がついて、月1回のペースで面談するし、利用者どうしがグループを組んで悩みを相談しあうプログラムもある。もちろんそれらにも助けられたけど、公式の治療の内側だと「大丈夫ですよ」と言われてても、つい真意を疑ってしまうことも多い。「親切にしてくれるのは仕事だからじゃないか？　内心ではダメなやつと思っているのでは？」といったぐあいだ。

ランチタイムなどの空き時間は、この点ですごく貴重だ。いっしょにご飯を食べながら「さっきの本、面白そうですね」と言ってもらえたりすると、すっと素直にことばを受けとめられる。そうした非公式な関係が、どれだけ充実しているかは、リワークにかぎらず実際に働く職場の雰囲気を決めるうえでも、大事なんじゃないだろうか。

大きなボードを広げず、カードだけでできるタイプのゲームだと、こうした昼休みに軽く遊んで、初めて同席する人とも親しむきっかけをつくることができる（入手しやすいところだと、アマゾンでも購入できる『ニューロストレガシー』（ワンドロー）を挙げておく）。まだうまく話せない状態の人でも、プレイする流れのなかで一緒に盛りあがれるし、放っておくと一方的にしゃべり続けてしまうタイプの人は、逆にゲームに関心が集中することで、周囲と話が嚙みあいやすくなる。

――いわば、会話の松葉づえだ。

車椅子の人でも外出しやすいようにスロープを増やそう、と聞いて反対する人は、ふつういない。だけどそうした配慮はもっと細やかに、通院や介助を必要とする狭義の「障害者」ではない人に対しても、発揮されていいし、そうすることができる。（たとえば会話を盛りあげる）「能力」というものを、個人の内側にあると見なすのではなく、さまざまな補助具と組み合わさって、周囲との関係性のうえに発現してゆくものだと、考えることができれば。

回復にはそうした、ゆったりした時間の流れが必要なのだと思う。気忙《きぜわ》しい日常のなかでは、見過ごして死角に投げ入れてしまっていた、人間の真実を拾いあつめるための。

7月に紹介したコミックの『おもいでエマノン』（梶尾真治原作・鶴田謙二作画、徳間書店）は、そんな風に読むこともできる。SF界の重鎮である梶尾さんの名編を、独特のタッチで知られる鶴田さんがマンガにした。エマノンとはNO NAMEを逆さに読んだ命名で、固有の姓名がないかわりに、歴史上に存在した誰でもありえるような、そんな不思議な女性のキャラクターである（本書カバー参照）。

高度成長下、全共闘の争乱や大阪万博の前夜にあたる1967年に、若い男性主人公はフェリーの船上でエマノンに出会い、驚くべき話を聞く。彼女は一個人としては19

50年に生まれた17歳の少女だけど、その精神は地球に生命が発生して以降の、すべての記憶をもっているという。もし本当なら、そんな存在が生まれたのは、なぜ――。ネタバレはしたくないから、ストーリーはここまでにしておく。ただぼくが伝えておきたいのは、体感時間としては「個人の一生」と「全生命史」を生きている2人がともに過ごす、この作品が湛《たた》えている途方もないやさしさについてだ。

ダイバーシティ（多様性）が大事な時代だと、人はたやすく口にする。でも多様性とはなにか。すでに競争社会で功なり名とげた人が、「じつは発達障害です」「ほんとうはレズビアンでした」とワイドショーで告白して、ファンから拍手をもらうことだろうか。さまざまな病気や障害、性の指向をもつ人がいっしょに暮らせることは、もちろん大切だ。だけどその基礎には、それぞれの人が「自分のテンポ」で人生を送ることができる、言ってみるなら時間のダイバーシティがなければ、過ごしやすい社会にはつながらないんじゃないか。

かつてうつのような病気はもちろん、個々の性格さえも脳内の化学物質の偏《かたよ》りにすぎないから、薬をサプリのように飲んで自在に変えられるとする議論がはやった。いまもたとえば「超高速の車椅子」みたいな技術を作り出せば、テクノロジーで障害者を「健常者なみ」にできるといって、国や企業から投資を募っている研究者は多い。

そうした未来が仮に実現すれば、たしかに「差別」がなくなるのかもしれない。だけどなんと痩《や》せこけて、みじめなSFだろう。すさまじい物量を投入して、むりやり人間を「標準形」へと加工することで、ようやく苦しんでいる人のつらい気持ちを消せるだなんて。

多様な時間の流れとともに生きることを、おたがい認めあえるなら、はるかに少ないコストでいま、まさにこの場所で、ぼくたちは多様なまま共にいることができるはずなのに。

2017年

いつのまにか、リワークでのぼくには「ゲームマスター」なるあだ名が定着して、主治医に大笑いされていた(ちなみに、正しくはこの語はゲームの「司会者」を指すもので、達人という意味はない)。だけどぼくだってそろそろ、この場をどう去るかを考えないといけない。

だから1月のブックトークでは、ゲーム関連の入門書を取りあげている。なかでも、すごろくやの『大人が楽しい紙ペンゲーム30選』(スモール出版)は紹介したあと、デイケアの本棚に置いてもらうことにした。タイトルのとおり、とくに製品を買わなくても、紙とペンさえあれば楽しめる創作ゲームを多数おさめた本だ。

ぼくのお気に入りは「ワードウルフ」。ただし同書の説明は少しわかりにくいので、インターネットで検索して初心者向けのルールを見つけた方がよいかもしれない。なんども自分が司会をして、プログラムのなかでやってきた。

たとえば10人の参加者に1枚ずつ紙を配るけど、8人には「奈良」と書いてあり、2

人だけ「京都」と書いてある（参加者は、本人に配られた紙片しか見ることができない）。ゲームがはじまったらひとりずつ、手もとの言葉について一言コメントしてもらって、誰が少数派なのかを相互に探っていく。2周したあとに投票して、多数派は少数派をあぶり出せれば勝利、逆に少数派は見つからずに逃げきれたら勝ちだ。

自分が多数派かわからないうちはみな不安なので、「地名ですよね」「日本の土地ですよね」などと言っていく。だんだん空気が読めてくると、「修学旅行で行きますよね」「古い都《みやこ》がありましたよね」と大胆になる。しかし、ついつい（京都、が多数派だと錯覚して）「新幹線が止まりますよね」と言ってしまったら、バレてしまってアウト。

こうしたゲームの面白さは、「誰とやるか」で毎回遊びの質が変わることだ。すでに答えはほぼわかっているのに、慎重居士《こじ》で無難なことしか言わない人もいれば、このタイミングでもう勝負かけちゃう？　というくらい果敢な人もいる。逆にいうと発言の内容が同じでも（たとえば「昔行ったことがあります」）、どんな性格の人が言ったのかで、平常運転なのか、自信がなくて正体を隠そうとしているのか、ニュアンスがまったく別のものになる。

こうした関係は、かぎられたごく少数の専門家がプラットフォームを整備し、圧倒的多数をその上で踊らせてお金をとる娯楽産業のモデルとは、対極にある。遊ぶひとりひとりの個性自体が、プレイするうちに定められたルールに浸透して、いつのまにかゲームの内実を変えていく。

後に知ることだが、それは一方向的な「治療」ではなく、患者と周囲の人間関係の

「相互調整」を重視するようになってきた、精神医療の新しい動向とも近い（詳しくは、斎藤環《たまき》氏との共著『心を病んだらいけないの?』新潮選書を参照）。幸いにもそうした体験の楽しさが伝わり、ぼく以外の人が仕切り役になって、ぼくが紹介したいくつかのゲームをプログラムで遊ぶ機会も増えていった。

――よかった。辞めることに決めた職場と違って、ここにはなにかを「残す」ことができた。

デイケアに寄贈した本では4月に取りあげた、堀田純司『僕とツンデレとハイデガー』（講談社文庫）も忘れがたい。きっかけは昼休み、さる〝超訳〟のニーチェ本を読んでいた参加者が「わけわかんない」というのに応えて、つい「それはニーチェの思想と関係ない本だから、わかるはずがないですよ」と教えてしまったことだ。それだけ言っておわりというのも無責任な気がして、読みやすい入門書を紹介することにした。

女子高生がドラッカーに学ぶといった自己啓発書が売れたころに出たこの作品では、無気力な主人公の男子大学生が、デカルトからハイデガーまでの「美少女化した哲学者が通う中学校」にタイムワープし、勉強しなおすことになる。面白いのはその仮想世界では、自宅に帰ると妹分にあたるツンデレキャラがいて、その日に出会った思想家に対する「後世からの評価・批判」も教えてくれる点だ。著者の堀田さん自身は研究者ではないが、単行本版の帯では哲学者の木田元《げん》も推薦《すいせん》していたくらい、内容的にもしっかりしている。

宗教的に迫害されたスピノザがいじめられっ子で、倫理主義者のカントは風紀委員、ヘーゲルはどこか「大人の女性」っぽいなど、キャラをデフォルメするなりにオリジナルにも敬意をはらっているのが嬉しい。紹介するきっかけになった参加者にも、「いままでで一番わかりやすかった」と好評だった。

――この場所こそひょっとしたら、そうした「学校」みたいなものかもしれない。正しい意味での。違う時間の流れかたを体感することで、思考のありかたを変えてみるための。

そう思えるようになった自分にとって、名ばかりの教育施設となりはてるさまを見てきた大学に、留まろうとする理由はなかった。すでにその使命を失った場所を、これからも使命に忠実な者が去る。日本中の職場でいま、病気に関係なく毎日のように起きていることを、自分もやるだけのありふれた一コマだ。

職場には7月に辞意を伝え、翌月以降にあれこれの撤去作業をすませて、10月に退職した。そもそも2年半以上、顔を出していなかったから、とくになんの感慨もない。むしろ問題はリワークの方をいつ、どのように退所するかだった。

なにせゲームマスターと呼ばれるくらいだから、それなりに「元気に回復した」患者ということで通っている。そんな人でも復職できずに失業したよ、みたいな雰囲気を醸《かも》して、ネガティヴな影響を周りに残したくない。だからもう少し居座り、翌年頭からふつうに復職するメンバーの多い、年末の卒業ラッシュにまぎれていなくなることにした。

だから12月のブックトークが、ぼくが本を紹介する最後。逡巡したすえに、病気に直接関連する本と、そうでない本のそれぞれを、ひとつずつ取りあげた。

まず前者は、回復のために読む「参考書」としていちばん有益だった、J・シマンスキー『がんばりすぎるあなたへ　完璧主義を健全な習慣に変える方法』（小林玲子訳、阪急コミュニケーションズ）。副題に表れているように、この本じたいは強迫性障害（OCD）をあつかうものだけど、それ以外の疾患をもっていたり、病気ではないけど毎日が生きづらいという人にも役立つ内容だと思う。

OCDは日本では潔癖症《けつぺき》と同一視されて、「手洗いを止められない病気」だと思われている。映画では軽度の症例をジャック・ニコルソンが『恋愛小説家』で、重度の（実在した）患者をレオナルド・ディカプリオが『アビエイター』で演じて、ひろく知られた。だけど実際にはたんなる清潔志向に留まらない、「完璧でないと納得できず、自分を許せない」思考の癖《くせ》という性格がつよい。

ぼくは正式に診断されたわけではないけど、自分をずっと（軽度の）OCDだと思っていた。自分の文章や授業で使うプリントに、一箇所でも誤字を見つけると、猛烈な不快感が心のなかに湧きあがって、苦しいのに抑えられない。もっともシマンスキー氏の場合は、博士論文を書くときの相談で、指導教授と「ある一文を太字にするときには、末尾のピリオド（句点）も太くするべきか」を激論して帰ってきたそうだから、ぼくよりずっと重症だ。

この本では臨床心理学の専門家になった彼が、自身も含めた患者たちが少しでも楽になるための、実践的なテクニックを綴《つづ》っている。たとえば「あと少しで切りのよいところまで行くから」としてつい働きすぎてしまう人は、まずは楽しみや息抜きの予定を先に手帳に書き込んでから（残りの空き時間で）働いたほうが、過労になりにくい。あるいは「すべての側面で一流の人間でいないとカッコ悪い」と感じてしまう場合は、自分にむけた架空の「弔辞《ちょうじ》」を書いてみよう。人生が終わったとき、ほかの人にどう記憶されていたいかを考えれば、自然と優先順位がみえてくるはずだ。

——そういえば、ぼくの弔辞に大学や学問の名前なんて、もう必要ない。そんなものなしでも、これだけ多くの人たちと、魂の奥底に触れる交流ができた。それこそが、ぼくの人生でいちばん、大事なことだから。

病気と直接関係しないほうは、コミックの中村光『荒川アンダーザブリッジ』（スクウェア・エニックス）。アニメのほかに実写でもドラマと映画（2011〜12年）になっただけあって、知っている参加者のほうが多い。

財閥の御曹司《おんぞうし》にして意識高い系の青年実業家だった主人公（リク）は、自分は金星人だと主張する若いホームレスの女性（ニノ）に助けられる。「人に借りを作ってはいけない。必ずすぐ返せ」とするビジネスマナーを叩きこまれて育っていた彼は、お礼に

「恋をさせてほしい」と彼女に頼まれてしまった結果、奇矯《ききょう》で異常なキャラクターばかりが住む荒川河川敷でいっしょに暮らすことになる。

非常識だけど、非常識な生き方にブレがない。／村長の中でそれが一番「本物の生き方」だからよ。／それを貫けるってかっこいいでしょ。

（3巻68話）

一体どこの誰に言われたか知らねーけど／だめとか違うとか言ってくるやつらは／人数いるだけで神様でも何でもねーんだぜ。

（5巻116話）

ドタバタしたギャグ（ただし住民はウケねらいでなく本気なので、つっこむのはリクだけだ）の奔流《ほんりゅう》のなかに、時折ふっとこうした箴言《しんげん》が入る。辞めてきた職場と、入院した病院やデイケアを比べたとき、そのとおりだな、と腑に落ちる。

自分は病気ではなく、世間の「常識」にそっていると主張する人ほど、その生き方が日々「ブレ」ているのが、いまの時代の特徴だと思う。選挙ごとに投票先が変わっても、小さな不祥事ひとつでファンからアンチに転じても、1年前とは180度逆のビジネスのビジョンを掲げていても、本人は自分がブレたと思っていない。むしろ一貫して「人数いる」側についていることだけを誇りに、他人に向かって「だめとか違うとか」ばかり言いつづけるのが、彼らの生きがいであるらしい。
ぼくが病気をつうじて、知りあった友人たちから学んだことは、それとは正反対の関係性があり得ることだった。だからこの作品で描かれる河川敷は、ぼくにとっては入院やデイケアの隠喩《いんゆ》になる。

地球人と金星人が握手をかわす。『荒川アンダーザブリッジ』
（中村光、スクウェア・エニックス、2008年、7巻193話より）

作中でストーリーの軸になるのは、ほんとうに金星人であることが徐々にあきらかになるニノと、リクの恋愛だ。とはいえ金星人の常識は地球とまったく違うので、（地球人の目線では）なかなか進展しない。リクは最初はニノの反応にずっこけ、時にいらいらするけれど、やがてむしろ、彼女とのそうしたズレを楽しむことをおぼえはじめる。

7巻目の末尾近く（191～193話）にいたって、ようやくふたりは2度目のデートをする。金星人には、恋人どうしでも手を握る習慣がない。だけど代わりに、地面に長い線で円周を描いて愛情を表現する。そうした食い違いに気づいたとき、たがいに「つっこむ」のではなく、おかしくても相手のマナーに合わせる。美しいラブシーンだと思う。

——別に、他人から見て「ヘン」でもいいんだ。そこに本人なりの誠実さがあり、それを尊重しあえる関係性が、周囲に広がっているのであれば。

最後のブックトークでは、たしかそんな話をして、紹介を終えたと思う。言いたいことは、伝わったんじゃないか。たぶん。

こうして2017年が幕を下ろすのとともに、月1回のブックトークがある日々は終わった。

ここからは、このゆるやかな時間の流れのなかで得たものを、デイケアの外の人たちともわかちあうために、ぼくが本を書く番だ。離職前に原稿を出版社に預けていた『知性は死なない　平成の鬱をこえて』の刊行は、翌年4月にせまっていた。

（初出　里山社『病と障害と、傍《かたわ》らにあった本。』2020年10月刊）

参考文献

本文中に書名が出てくるもの、出典注であげているものは略しました。おおむね、本文での叙述の流れと関連する順にならべています。

はじめに

井上達夫『リベラルのことは嫌いでも、リベラリズムは嫌いにならないでください　1〜2』毎日新聞出版、2015〜16年。

中北浩爾『自民党政治の変容』NHKブックス、2014年。

大沼保昭『「慰安婦」問題とは何だったのか　メディア・NGO・政府の功罪』中公新書、2007年。

木村幹『日韓歴史認識問題とは何か　歴史教科書・「慰安婦」・ポピュリズム』ミネルヴァ書房、2014年。

第1章

後藤謙次『ドキュメント平成政治史　1〜3』岩波書店、2014年。

江藤淳「『ごっこ』の世界が終ったとき」『一九四六年憲法　その拘束』文春学藝ライブラリー、2015年。

小菅信子『放射能とナショナリズム』彩流社、2014年。

第2章

B・スプリングスティーン『ボーン・トゥ・ラン　ブルース・スプリングスティーン自伝　上・下』早川書房（鈴木恵・加賀山卓朗訳）、2016年。

第3章

木村敏『心の病理を考える』岩波新書、1994年。

『新装版　生命と現実　木村敏との対話』河出書房新社（聞き手・檜垣立哉）、2017年。

木田元『ハイデガーの思想』岩波新書、1993年。

丸山眞男「肉体文学から肉体政治まで」『丸山眞男セレクション』平凡社ライブラリー（杉田敦編）、2010年。

片山杜秀『近代日本の右翼思想』講談社選書メチエ、2007年。

加藤典洋『僕が批評家になったわけ』岩波書店、2005年。

東浩紀『存在論的、郵便的　ジャック・デリダについて』新潮社、1998年。

仲正昌樹『増補新版　ポスト・モダンの左旋回』作品社、2017年。

『危機の詩学　ヘルダリン、存在と言語』作品社、2012年。

和田春樹『スターリン批判　1953〜56年　一人の独裁者の死が、いかに20世紀世界を揺り動かしたか』作品社、2016年。

J・キーガン『チャーチル　不屈の指導者の肖像』岩波書店（富山太佳夫訳）、2015年。

第4章

柄谷行人「刊行に寄せて　なぜ『共産主義者宣言』か」K・マルクス『共産主義者宣言』平凡社ライブラリー（金塚貞文訳）、2012年。

森本あんり『反知性主義　アメリカが生んだ「熱病」の正体』新潮選書、2015年。

I・ブルマ＆A・マルガリート『反西洋思想』新潮新書（堀田江理訳）、2006年。

R・H・ロービア『マッカーシズム』岩波文庫（宮地健次郎訳）、1984年。

鹿野政直・鶴見俊輔・中山茂編『民間学事典　人名編・事項編』三省堂、1997年。

松田素二『日常人類学宣言！　生活世界の深層へ／から』世界思想社、2009年。

石井淳蔵『ビジネス・インサイト　創造の知とは何か』岩波新書、2009年。

塩沢由典『複雑系経済学入門』生産性出版、1997年。

竹内洋・中公新書ラクレ編集部編『論争・東大崩壊』中公新書ラクレ、2001年。

中井浩一『大学入試の戦後史　受験地獄から全入時代へ』中公新書ラクレ、2007年。

『徹底検証　大学法人化』中公新書ラクレ、2012年。

A・ヒッチコック＆F・トリュフォー『定本　映画術』晶文社（山田宏一・蓮實重彦訳）、1990年。

第5章

塩川伸明『《20世紀史》を考える』勁草書房、2004年。

佐藤優『自壊する帝国』新潮文庫、２００８年。

佐藤優『甦るロシア帝国』文春文庫、２０１２年。

山内昌之『瀕死のリヴァイアサン　ロシアのイスラムと民族問題』講談社学術文庫、１９９５年。

山内昌之『帝国とナショナリズム』岩波現代文庫、２０１２年。

山内昌之『中東複合危機から第三次世界大戦へ　イスラームの悲劇』ＰＨＰ新書、２０１６年。

石井規衛『文明としてのソ連　初期現代の終焉』山川出版社、１９９５年。

池田嘉郎『ロシア革命　破局の８か月』岩波新書、２０１７年。

Niall Ferguson. *Colossus: The Rise and Fall of the American Empire*. Penguin, 2009.

藤原帰一『デモクラシーの帝国　アメリカ・戦争・現代世界』岩波新書、２００２年。

古矢旬『アメリカ　過去と現在の間』岩波新書、２００４年。

大西直樹『ピルグリム・ファーザーズという神話　作られた「アメリカ建国」』講談社選書メチエ、１９９８年。

春名幹男『秘密のファイル　ＣＩＡの対日工作　上・下』新潮文庫、２００３年。

権容奭『岸政権期の「アジア外交」「対米自主」と「アジア主義」の逆説』国際書院、２００８年。

豊下楢彦『安保条約の成立　吉田外交と天皇外交』岩波新書、１９９６年。

矢吹晋『敗戦・沖縄・天皇　尖閣衝突の遠景』花伝社、２０１４年。

大嶽秀夫『アデナウアーと吉田茂』中公叢書、1986年。

仲正昌樹『日本とドイツ　二つの戦後思想』光文社新書、2005年。

E・トッド『「ドイツ帝国」が世界を破滅させる　日本人への警告』文春新書（堀茂樹訳）、2015年。

『問題は英国ではない、EUなのだ　21世紀の新・国家論』文春新書（堀茂樹訳）、2016年。

梶谷懐『「壁と卵」の現代中国論　リスク社会化する超大国とどう向き合うか』人文書院、2011年。

内藤湖南「新支那論」『支那論』文春学藝ライブラリー、2013年。

桜井啓子『シーア派　台頭するイスラーム少数派』中公新書、2006年。

宮田律『オリエント世界はなぜ崩壊したか　異形化する「イスラム」と忘れられた「共存」の叡智』新潮選書、2016年。

井筒俊彦『イスラーム文化　その根柢にあるもの』岩波文庫、1991年。

K・ベントゥネス『スーフィズム　イスラムの心』岩波書店（中村廣治郎訳）、2007年。

下斗米伸夫『宗教・地政学から読むロシア　「第三のローマ」をめざすプーチン』日本経済新聞出版社、2016年。

大塚英志『感情化する社会』太田出版、2016年。

第6章

佐々木正人『アフォーダンス 新しい認知の理論』岩波科学ライブラリー、1994年。

網野善彦『歴史を考えるヒント』新潮文庫、2012年。

阿部謹也『「世間」への旅 西洋中世から日本社会へ』筑摩書房、2005年。

安倍晋三『新しい国へ 美しい国へ 完全版』文春新書、2013年。

城繁幸『内側から見た富士通 「成果主義」の崩壊』光文社ペーパーバックス、2004年。

大竹文雄『経済学的思考のセンス お金がない人を助けるには』中公新書、2005年。

N・ワプショット『レーガンとサッチャー 新自由主義のリーダーシップ』新潮選書(久保恵美子訳)、2014年。

池田信夫『資本主義の正体 マルクスで読み解くグローバル経済の歴史』PHP研究所、2014年。

山田久『同一労働同一賃金の衝撃 「働き方改革」のカギを握る新ルール』日本経済新聞出版社、2017年。

Coda 2

A・O・ハーシュマン『離脱・発言・忠誠 企業・組織・国家における衰退への反応』ミネルヴァ書房(矢野修一訳)、2005年。

文庫版あとがき　なつかしいリハビリの季節

本書は「過渡期の作品」である。

キャリアの折り返し点のような場所で発表されたため、スタイルが完成されているというよりはむしろ崩れており、変化の途上としか形容できないはずの作品が、意想外に最も独創的なものになることはわりと多い。ビートルズのシングル「ストロベリー・フィールズ・フォーエバー／ペニー・レイン」がそうだし、もうちょっとアカデミズムっぽい例を出すなら、レヴィ＝ストロースの『野生の思考』がそうだ。

もちろん、この本がそうした20世紀文化の金字塔に匹敵する、などと僭称したいのではない。むしろ、ニュアンスとしては逆である。

文庫化にあたり校閲者に指摘されて気がついたのだが、本書の単行本版では、3章の扉のキャプションでローリングストーン誌の「6月2日号」と記すべきところが、なんと「6月2月号」となっていた。ぼくはけっこう几帳面《きちようめん》に校正はやるので、病み上がりだったにしても信じがたいレベルのミスである。

また、ぼくはなるべく平明な文体を心がける方ではあるのだけど、いま読み返すと本書はちょっと不自然なくらい「ひらがな」の表記が多い。しかもこれ、なんとなくそうなったのではなく、自覚的にやっている。

少なくともデイケアに通いながら、リハビリの一環を兼ねてこの本を書いていた当時のぼくにとっては、本書で行われている漢字とかなの配分が「適正な水準」に見えていたのだ。繰り返すがぼくは自分の文章に対して几帳面なタイプなので、いまも手もとにはそのとき作った、「なにを漢字で表記しなにをひらがなにするか」の一覧メモが残っている。

だから文庫版のゲラに赤を入れているとき、不思議な気持ちがした。

大幅な文章の変更はしないように心がけたが、やはりどうしても言いまわしとして直したいところは出てくる。そこで赤ペンを入れるのだけど、いま、新しい語彙に入れ替えようとすると、表記としては単行本の文体よりも自ずと漢字が多くなって、統一感が壊れてしまう。

なので、つくづく変な話ではあるが、最初に赤ペンで入れた漢字表記を、さらに赤い二重線で消して、わざわざひらがなに直したりする。そうしたことが、何回も起きた。一見するとすごくムダなことをしているようだけど、ぼくにはむしろ、なつかしくて心が落ちつく体験だった。たぶん、校正作業を通じてそうした気分を味わうことは、ほかの本では起こらない。

あぁ、この頃のぼくにとっては、これが自然な文体だったんだな——。かつて経由して、しかししばらくの間忘れていた「病気からの回復期」の自分と、もういちど対面する体験。それがこんなに気持ちいいなんて。

多様性の尊重ということが安易に口にされる昨今だが、そうした試みが真に根づくのは、それぞれの人が自分のなかに多様性を飼い、養い、つきあっている場合だけだろう。

いま起きていることは逆に、多様性の側に立つと自称する人が自らを閉ざし、SNSでも多様性陣営の結束が一枚岩であることを誇り（この時点でなにかおかしい。「一匹狼友の会」みたいな遂行矛盾だ）、オンラインの動画や文章で「俺たちは『正しい考え』を変えないぞ！」と気勢を上げる事態だ。

しかし、その先には、なにもない。

本書ではなぜそうした道が、そもそもインターネットなどない時代からすでに行き詰まり、逆にいま、ほんとうはどのような道が望まれているのかについても、書いたつもりでいる。

「過渡期」を通りすぎた後の自分は、もう本書に記したよりもだいぶ、大学や学問の前途に悲観的だ。そのことは、令和の新型コロナウイルス禍での彼らの役立たずぶりを批判した『歴史なき時代に』（朝日新書、2021年）に記したし、いっぽうで本書では断片的なスケッチとして描かれたポスト冷戦期の全体像も、より体系化された通史として『平成史　昨日の世界のすべて』（文藝春秋、同年）にまとめている。

それでも、本書のなかに表現された過渡期の自分は、たぶんいまも、陰に陽にぼくのなかでぼくの知性らしきものを支えながら、呼び出されるのを待っているんだと思う。

文庫化に際しては、文藝春秋の加藤はるかさんにお世話になった。彼女の尽力により、鶴田謙二さんと梶尾真治さんからは、大好きな作品をカバーにお借りする許可をいただくことができた。東畑開人さんはご多忙のなかで、この言葉足らずの「あとがき」よりもはるかに聡明な、すばらしい解説を寄せてくださった。

すべての人に感謝しつつ、この本がひとりでも多くの読者に、きっとあなたのなかにもいる「多様な自分」への経口補水液として、ごくごくと飲まれますように。

著者識《しる》す

2021年、災禍と猛暑の夏に

解説　ゲームマスターと元歴史学者――そのワイルドな知性

東畑開人

「みなさん、こんにちは。えーっと、わたくしが元歴史学者の與那覇潤です」

こんな挨拶で始まる動画がYouTubeにアップされている。丸善ジュンク堂の一角にできた特設コーナー「與那覇潤書店」（２０２１年３月６日〜９月５日）のPR動画だ。自ら選書し、７つのコーナーに分けて配架した本たちを元歴史学者が紹介していく。最初のコーナーは「歴史に興味を持つまで」。学生時代に読んできた本について、彼は語り始める。

「元歴史学者なんで、歴史を大学で教える仕事をちょっと前までしてたんですけれども……」呵々《かか》と笑う。「こういうのを小さい頃に読んでいると、将来を誤るのかな、という本を並べました」

私も笑ってしまう。元歴史学者が歴史学をdisる。なんとお行儀が悪い。ワイルドな知性が暴れている。

「元」歴史学者――奇妙な自己規定だ。

元プロ野球選手ならわかる。ときどきテレビで見る。球団との契約が終わったら「元」になる。それは実証可能な社会的事実だ。だけど、学者に「元」は存在するのだろうか。大学を辞めても、学会に所属しなくなっても、学者は学者なのではないか。

いや、違う。学者を辞めることは可能だ。もう学問はやらない。そういう人生の決断はもちろんありうる。だけどそのとき、人は自ら「元」学者と名乗るだろうか。まして、こんなに嬉しそうに、呵々と笑いながら。

それでも與那覇氏は宣言する。自分は「元」歴史学者なのだ。かつては歴史学者であったけど、今は違う。歴史学者としては死んで、元歴史学者として再生した。そういう歴史を背負って、ここでこうして語っているのだと宣言する。

何があったのか。かつて数多《あまた》の本を矢継ぎ早に出版し、メディアで舌鋒鋭く活躍し、人々を魅了した歴史学者に何が起こったのか。あのソフィスティケートされた知性は何によって殺害され、そしていかにしてワイルドな知性として再生することになったのか。本書『知性は死なない』で描かれるのは、その死と再生の物語である。

ただし、副題である「平成の鬱をこえて」が示すように、與那覇氏はただ個人的な事情を物語るにとどまらない。彼は「元」ではあるにせよ歴史学者なのだろう。彼自身の小さな物語から、大きな歴史を浮かび上がらせようとする。そう、時代の病を描こうとする。

だとするのであれば、現役の臨床心理学者である私にも、少しは出番があるはずだ。

何かを付け加えることができるはずだ。なぜなら、本書で語られているのは、「平成」という時代を病み、その後遺症を引きずって生きる私たちみんなの物語であるのだから。

何が歴史学者を殺したのか

本書前半の基本旋律は喪失である。小泉内閣の顚末、天皇の生前退位、トランプ大統領の誕生などなど。平成に生じた出来事を通して、その時代に失われていったものが語られる。そして、そのような時代に迷走するばかりで有効な対処をなしえなかった知識人たちの姿が嘆かれる。

並行して與那覇氏自身が体験した痛ましいエピソードが綴られていく。研究会のメーリングリストでの目を疑うようなメール、同僚との軋轢、教授会での糾弾。一つ一つは些細な出来事だったかもしれない。それらはあくまで、見解や意見の相違が露わになる日常の一コマだ。だけど、歴史学者の魂はすり減っていく。

歴史学者は敗北を重ねていく。

空気に抗して、考えること。「みんな」のムードに流されずに思考を続けること。そのために歴史を参照し、見せかけの現象の裏にある構造を見抜くこと。

與那覇氏は知性を働かせようとしては、敗北していく。つまり、周囲から理解されず、孤独になっていく。その文体は重い。エピソードを重ねるたびに、閉塞感が強まり、窮地に追いこまれていく。魂が窒息する。

よくあることだと言われるかもしれない。確かにそうだ。知性とは一人で考え続けることなのだから、孤独は宿命だ。空気に抗おうとしたら、人は孤独にならざるをえない。どの職場でも起きていることだ。そういうときに私たちは転職やキャリアチェンジを考え始める。

だけど、歴史学者の絶望は深い。なぜなら、彼がいたのは知性を働かしても孤独にならないはずの場所であったからだ。学問や大学とは知性を働かすことで他者とつながれる場所であったはずだからだ。

彼は二重に裏切られている。今この瞬間裏切られているし、かつて夢見たものに裏切られている。この幻滅。そこに「平成の鬱」が立ち現れる。

平成の鬱

著者より４つ年下の私にも痛いほどわかる。平成の後半に大学に入り、大学院に進んだ私たちの世代は、大学という場所が大きく変質していく時期を生きてきた。

世の中には学者といわれる人たちがいて、彼らは自由にものを考え、それを語り、文章にすることで生きている。そういう人たちの共同体が「大学」である。そうしたものに憧れを抱いて、大学に入学し、一生の仕事として学問をやろうと思ったのだ。

もちろん、それが現実を知らない青臭い幻想であったのは間違いない。かつても今も、大学が人間によって構成されていることは変わりない。学者は人間的に制約されているし、大学は（ときに嘆かわしき、ときに愛すべき）人間的な愚かしさに満ちた場所だ。それは古今東西変わらない真理であろう。

それでもかつては、学問の側に「知的自由の共同体」という幻想を提示するだけの余裕があったし、学者たちにもそういう建前を維持する気概があった。実際、そのような知的自由を体現した書物が多く出版されていた。それらに誘惑されて、あの時代の青年たちは、人生の他の可能性を捨てて、大学院に進学した。

しかし、大学は変わっていった。ゲームが変わったのだ。学者は研究者へとアイデンティティを変えた。自分の思想を構築することよりも、研究論文の数を増やすことの方に優先順位が置かれ、個人戦ではなくチーム戦が勝ちパターンになり、研究費を獲得できるような短期的な成果を上げることを迫られた。大学自体も企業のように競争にさらされるようになった。国の補助金を獲得し、入学者を増やすことが生き残るためのルールになった。

かつて大学とはゲームを疑うための場所だった。自分がいかなるゲームの中にいるのかを見抜き、よりよいゲームを構想すること。そういう批判的知性の蓄積が学問の進歩だと信じられていて、そういう幻想に大学はドライブされていた。だけど、今では大学そのものがルールにがんじがらめになり、ゲームの中で必死に点数を競うプレイヤーになってしまった。

この幻滅は、おそらく大学だけではあるまい。さまざまな職場で、さまざまな業種で、同じことが起きている。かつて憧れを抱いた業界が、今ではルールを変えてしまっている。自分のための場所があると思っていた仕事が、ひどく凡庸で、画一的な労働しか求めていない。

誰が悪いということではない。陰謀もなければ、黒幕もいない。個々人はそれぞれに理想を追求しようとしてきたし、幻想を維持しようとしてきたはずだ。だけど、それを上回るほどの圧倒的な暴風が吹いた。社会が変わってしまったから、ゲームもまた変質せざるをえなかった。

この幻滅こそが、平成の鬱の正体だ。かつて愛した輝かしきものが、平成を通して、まるで異なるものへと変容してしまっている。

その最中でも、かつてあった知性を愛し、そのように振舞おうとし続けた歴史学者は、病に倒れざるをえなかった。魂は一度死んでしまった。

ゲームマスター

知性はうつろうかもしれないけれども、病によってすら殺すことはできない。知性は死なないのだから。

「はじめに」に置かれたこの美しい一文が示すように、かくして殺害された歴史学者は、本書の後半で再生していく。まるで暴風で折れた古木から、柔らかい新芽が萌え出るかのように。

多くの読者がお気づきのように、この本は與那覇氏の回復の記録であると同時に、回復の手段でもある。つまり、こうして言葉を紡ぐことが、知性を働かすことが、彼を癒していく。

だから、この本はひどくいびつにできている。鬱についての一般的な説明がなされたかと思えば、世界情勢が議論され、大学論を経由して、デイケアでの日々が綴られる。文体は混ぜこぜで、論旨も右往左往する。

ここにあるのは、暗闇の中にいた與那覇氏が、ごく身近なもの一つずつに知性の光を当てていくプロセスである。その小さな光が、彼がいかなるゲームに巻き込まれ、傷つき、病んだのかを明らかにしていく。そうやって、彼は羅針盤を取り戻していく。その痕跡がこの本には刻まれている。

おそらく、文章の一貫性や、本の完成度としては、2021年に出版され、與那覇氏の代表作となるであろう『平成史　昨日の世界のすべて』に比べると及ばないだろう。実際、本書には単行本のときにはなかったいくつかの文章が増補されているが、それらでは彼の文章は明らかに逞しくなり、かつての強靭さを取り戻している。そのことが逆に、この本が過渡期に書かれたものであることを言い伝えてくれる。

それでも、この本が類をみない傑作であるのは、この構成と文体の危うさによっている。つまり、いまだ暴風に脅かされ、いつ摘まれてしまうかわからない新芽の危うさ。それでも、その新芽は世界を知り、己を知ろうと暗中模索する。その思考の軌跡が本書にはビビッドに描かれているのだ。

考える葦。蒸気や一滴の水にでも殺されてしまうひとくきの葦。自然の中でもっとも弱きもの。

知性とは脆弱《ぜいじゃく》さを抱えることによって、研ぎ澄まされ、明晰さを得る逆説的な存在なのである。

その象徴がデイケアでのゲームの場面だ。本書の最後に収められた「リワークと私」には、彼がデイケアで「ゲームマスター」と呼ばれていたことが記されている。

ゲームマスターとはゲームが強い人ではない。皆が楽しめるようゲームの差配をする人のことだ。デイケアに集う人々には、さまざまな能力の差異がある。だから、うまくゲームをやれる人もいれば、そうでない人もいる。そういう能力差にもかかわらず、みんなでゲームを楽しむために、ゲームマスターが活躍する。みんなが参加できるゲームを探してきて、ルールを自在に運用する。

ゲームのために人間がいるのではない。人間のためにゲームがある。ルールは世界を貧しくするためではなく、豊かにするためにある。

かつてゲームを疑う知性は彼を孤独にした。だけど、デイケアでは違う。ゲームの構造を見抜き、別のゲームを提案し、ルールをフレキシブルに運用する知性は、人々が一緒に「居る」ことを可能にしてくれる。すると、そういう差配をするゲームマスターにも居場所ができる。知性が彼を他者と結びつける。こういう知性のありように、與那覇氏自身が癒されていく。

元歴史学者の誕生

本書は死と再生の物語だ。かつてあった知性は死に、新しい知性としてよみがえった。ゲームの中で最高のパフォーマンスをなしえたソフィスティケートされた知性から、ゲームそのものを疑うお行儀の悪いワイルドな知性へ。歴史学者は死に、「元」歴史学者が誕生したのだ。

だから、この「元」にこだわることには必然性がある。そこにこそ「否定」が刻まれている。歴史学というゲームの外に出て、そのゲームを疑うワイルドな知性。それが彼を「元」と名乗らせずにはおかない。

すると、この元歴史学者がまだ学問を信じているように見えてくる。何度も裏切られてきたし、幻滅してきたはずだ。それなのに、学問を信じている。いや、以前よりも強く信じているのかもしれない。だからこそ、彼は執拗に歴史学を dis るのだ。

哲学をばかにすることこそ、真に哲学することである。

かつてパスカルは『パンセ』にそう書いた。学問とは常に反学問を、あるいは「元」学問を、つまり自己否定を、内側に抱えている矛盾した存在だ。だけど、精神医学が反精神医学によって豊かになったように、そのことによって学問は生き生きとし始める。なぜなら、学問とは自分自身を疑う営みであるからだ。自分自身を否定する不気味な何かを抱え、自信を失い、脆弱になることによってのみ、知性は研ぎ澄まされる。だとするならば、元歴史学とは歴史学を癒そうとする試みに他ならない。

知性が人を傷つけることもあるだろう。行き過ぎることもあると思う。そしてそのことで自らを損なうこともあるかもしれない。ソクラテスが同時代の人を傷つけ、その結果死刑になったように、知性とは危ういものなのだ。

しかし、知性が人を癒すこともある。傷ついたとき、病んだとき、喪失したとき、知性はそのことそのものを認識し、振り返り、他者と共有できる言葉を生み出す。そのことによって、他者とつながり直すことを可能にしてくれる。

知性は死なない。いや、それだけじゃない。死なないために知性が蠢《うごめ》く。そういうプロセスを本書は教えてくれる。

（「現」臨床心理学者）

単行本　２０１８年４月　文藝春秋刊
カバー　『おもいでエマノン』（原作・梶尾真治／作画・鶴田謙二、徳間書店、２００８年）より
写真提供　ユニフォトプレス
ＤＴＰ制作　エヴリ・シンク

文春文庫

知性《ちせい》は死《し》なない
平成《へいせい》の鬱《うつ》をこえて　増補版《ぞうほばん》

定価はカバーに表示してあります

2021年11月10日　第1刷

著　者　與《よ》那《な》覇《は》　潤《じゅん》

発行者　花田朋子
発行所　株式会社　文藝春秋

東京都千代田区紀尾井町 3-23　〒102-8008
TEL 03・3265・1211㈹
文藝春秋ホームページ　http://www.bunshun.co.jp

落丁、乱丁本は、お手数ですが小社製作部宛お送り下さい。送料小社負担でお取替致します。

印刷・図書印刷　製本・加藤製本

Printed in Japan
ISBN978-4-16-791786-9

（　）内は解説者。品切の節はご容赦下さい。

保阪正康
瀬島龍三　参謀の昭和史
太平洋戦争中は大本営作戦参謀、戦後は総合商社のビジネス参謀、中曾根行革では総理の政治参謀。激動の昭和時代を常に背後からリードしてきた実力者の六十数年の軌跡を検証する。
ほ-4-3

堀　栄三
大本営参謀の情報戦記　情報なき国家の悲劇
太平洋戦争中は大本営情報参謀として米軍の作戦を次々と予測的中させて名を馳せ、戦後は自衛隊情報室長を務めた著者が稀有な体験を回顧し、情報に疎い組織の欠陥を衝く。（保阪正康）
ほ-7-1

松本清張
日本の黒い霧（上下）
占領下の日本で次々に起きた怪事件。権力による圧迫で真相は封印されたが、その裏には米国・GHQによる恐るべき謀略があった。一大論議を呼んだ衝撃のノンフィクション。（半藤一利）
ま-1-97

松本清張
昭和史発掘　全九巻
厖大な未発表資料と綿密な取材で、昭和の日本を揺るがした諸事件の真相を明らかにした記念碑的作品。「芥川龍之介の死」「五・一五事件」「天皇機関説」から、「二・二六事件」の全貌まで。
ま-1-99

柳田邦男
零式戦闘機
太平洋戦争における日本海軍の主力戦闘機であった零戦。外国機を凌駕するこの新鋭機開発に没頭した堀越二郎を中心とする若き技術者の足跡を描いたドキュメント。（佐貫亦男）
や-1-1

山本七平
私の中の日本軍（上下）
自己の軍隊体験をもとに日本軍についての誤解や偏見をただし、さまざまな〝戦争伝説〟〝軍隊伝説〟をくつがえした名著。鋭い観察眼と抜群の推理力による冷静な分析が光る。
や-9-1

山本七平
一下級将校の見た帝国陸軍
「帝国陸軍」とは何だったのか。すべてが規則ずくめで大官僚機構ともいえる日本軍隊を、北部ルソンで野砲連隊本部の少尉として惨烈な体験をした著者が、徹底的に分析追究した力作。
や-9-5

（　）内は解説者。品切の節はご容赦下さい。

湯浅 博
歴史に消えた参謀

吉田茂の軍事顧問　辰巳栄一

戦前は、英米派として対米開戦派と戦い、戦後は吉田茂とともに陸上自衛隊の礎を築いた男。彼の武器は情報（インテリジェンス）だった！　名参謀の姿が鮮やかに蘇る！　（中西輝政）

ゆ-11-1

海軍乙事件
吉村 昭

昭和十九年、フィリピン海域で連合艦隊司令長官、参謀長らの乗った飛行艇が遭難した。敵ゲリラの捕虜となった参謀長が所持していた機密書類の行方は？　戦史の謎に挑む。（森　史朗）

よ-1-45

腰ぬけ愛国談義
半藤一利・宮崎 駿
半藤一利と宮崎駿の

最後の長編作品『風立ちぬ』を作り終え、引退を決めた宮崎駿が敬愛する半藤一利にだけ語った7時間強。ふたりの昭和史観や漱石愛、日本のこれから……。完全収録した文庫オリジナル。

G-3-2

イアン・トール（村上和久 訳）

太平洋の試練 真珠湾からミッドウェイまで（上下）

ミッドウェイで日本空母四隻が沈み、太平洋戦争の風向きは変わった——。米国の若き海軍史家が、〝日本が戦争に勝っていた百八十日間〟を、日米双方の視点から描く。米主要紙絶賛！

ト-5-1

アンネの日記
アンネ・フランク（深町眞理子 訳）
増補新訂版

オリジナル、発表用の二つの日記に父親が削った部分を再現した〝完全版〟に、一九九八年に新たに発見された親への思いを綴った五ページを追加。アンネをより身近に感じる〝決定版〟。

フ-1-4

アンネの童話
アンネ・フランク（中川李枝子 訳）
酒井駒子 絵

アンネは童話とエッセイを隠れ家で書き遺していた。「パウラの飛行機旅行」など、どの話にも胸の奥から噴出したキラリと光るものがある。新装版では酒井駒子の絵を追加。（小川洋子）

フ-1-5

陸軍特別攻撃隊（全三冊）
高木俊朗

陸軍特別攻撃隊の真実の姿を、隊員・指導者らへの膨大な取材と、手紙・日記等を通じて描き尽くした記念碑的作品。特攻隊を知るために必読の決定版。菊池寛賞受賞作。　（鴻上尚史）

歴-2-31

（　）内は解説者。品切の節はご容赦下さい。

阿川佐和子
強父論
94歳で大往生、破天荒な父がアガワを泣かした34の言葉。故人をまったく讃えない前代未聞の追悼に爆笑するうち、なぜか胸が熱くなる。ベストセラー『看る力』の内幕です。　（倉本　聰）
あ-23-25

青木新門
納棺夫日記　増補改訂版
〈納棺夫〉とは、永らく冠婚葬祭会社で死者を棺に納める仕事に従事した著者の造語である。「生」と「死」を静かに語る、読み継がれるべき刮目の書。　（序文／吉村　昭・解説／高　史明）
あ-28-1

秋元良平　写真・石黒謙吾　文
盲導犬クイールの一生
盲導犬クイールの生まれた瞬間から温かな夫婦のもとで息を引き取るまでをモノクロームの優しい写真と文章で綴った感動の記録。映画化、ドラマ化もされ大反響を呼んだ。　（多和田　悟）
あ-69-1

阿部　豊
生命の星の条件を探る
もし地球が一面、海に覆われていたら？　逆に水量が十分の一に減ったら？　生命が存在する惑星の条件とは何か。早逝した天才研究者が誰しも抱く疑問に答える。　（阿部彩子・須田桃子）
あ-76-1

相澤冬樹
メディアの闇　「安倍官邸VS.ＮＨＫ」森友取材全真相
森友事件のスクープ記者はなぜＮＨＫを退職したのか。官邸からの圧力、歪められる報道。自殺した近畿財務局職員の手記公開へとつながった実録。文庫化にあたり大幅加筆。　（田村秀男）
あ-86-1

石井妙子
日本の血脈
『文藝春秋』連載時から大きな反響を呼んだノンフィクション。政財界、芸能界、皇室など、注目の人士の家系をたどり、末裔ですら知りえなかった過去を掘り起こす。文庫オリジナル版。
い-88-1

生島　淳
箱根駅伝　ナイン・ストーリーズ
どうして「箱根」は、泣けてしまうんだろう……。二〇一五年に初優勝した青山学院大学から駒澤、東洋、明治、山梨学院、早稲田まで。日本最大のスポーツイベント箱根駅伝の真実と、奇跡のストーリー。
い-98-1

（　）内は解説者。品切の節はご容赦下さい。

生島　淳
奇跡のチーム
ラグビー日本代表、南アフリカに勝つ
二〇一五年九月、日本ラグビーの歴史を変えたW杯南アフリカ戦勝利に至る、エディー・ジョーンズHCと日本代表チームの闘いの全記録。『エディー・ウォーズ』を改題。（畠山健介）
い-98-2

植村直己
極北に駆ける
南極大陸横断をめざす植村直己。極地訓練のために過ごした地球最北端に住むイヌイットとの一年間の生活、彼らとの友情、そして大氷原三〇〇〇キロ単独犬ぞり走破の記録！（大島育雄）
う-1-7

上野正彦
死体は語る
もの言わぬ死体は、決して嘘を言わない――。変死体を扱って三十余年の元監察医が綴る、数々のミステリアスな事件の真相。ドラマ化もされた法医学入門の大ベストセラー。（夏樹静子）
う-12-1

上野正彦
死体は語る2
上野博士の法医学ノート
「砂を吸い込んだ溺死体」は何がおかしい？　首吊り自殺と見せかけた他殺方法とは？　二万体を超す検死実績を持つ監察医が導き出した、死者の声無き声を聴く「上野法医学」決定版。
う-12-2

上原善広
日本の路地を旅する
中上健次はそこを「路地」と呼んだ。自身の出身地から中上健次の故郷まで日本全国五百以上の被差別部落を訪ね歩いた十三年間の記録。大宅壮一ノンフィクション賞受賞。（西村賢太）
う-29-1

梅津有希子
高校野球を100倍楽しむ
ブラバン甲子園大研究
テレビ・ラジオで話題沸騰！　誰もが知る応援曲のルーツ探しから「逆転の魔曲」まで、吹奏楽マニアの視点で甲子園アルプス席の名門校を直撃取材。試合中継を爆音で聴きたくなる！
う-32-2

上橋菜穂子・津田篤太郎
ほの暗い永久《とわ》から出でて
生と死を巡る対話
母の肺癌判明を機に出会った世界的物語作家と聖路加国際病院の気鋭の医師が、文学から医学の未来まで語り合う往復書簡。未曾有のコロナ禍という難局に向き合う思いを綴る新章増補版。
う-38-1

（　）内は解説者。品切の節はご容赦下さい。

江藤　淳
閉された言語空間
占領軍の検閲と戦後日本

アメリカは日本の検閲をいかに準備し実行したか。眼に見える戦争は終ったが、アメリカの眼に見えない戦争、日本の思想と文化の殲滅戦が始った。一次史料による秘匿された検閲の全貌。

え-2-8

榎本まみ
督促ＯＬ　修行日記

日本一ツライ職場・督促コールセンターに勤める新卒の気弱なＯＬが、トホホな毎日を送りながらも、独自に編み出したノウハウで年間二千億円の債権を回収するまでの実録。（佐藤　優）

え-14-1

榎本まみ
督促ＯＬ　奮闘日記
ちょっとためになるお金の話

督促ＯＬという日本一辛い仕事をバネにし人間力・仕事力を磨くべく奮闘する著者が、借金についての基本的なノウハウを伝授。お役立ち情報、業界裏話的爆笑4コマ満載！（横山光昭）

え-14-2

榎本まみ
督促ＯＬ　指導日記
ストレスフルな職場を生き抜く術

日本一過酷な職場・督促コールセンターの新人ＯＬが、監督者へ昇格。でも今度は部下の指導に頭がイタイ!? 持ち前の前向きさで仕事を自分の武器に変えてしまう人気シリーズ第3弾。

え-14-3

奥野修司
ねじれた絆《きずな》
赤ちゃん取り違え事件の十七年

小学校入学直前の血液検査で、出生時に取り違えられたことが発覚。娘を交換しなければならなくなった二つの家族の絆、十七年の物語。文庫版書きおろし新章「若夏《うりずん》」を追加。（柳田邦男）

お-28-1

奥野修司
ナツコ　沖縄密貿易の女王

米軍占領下の沖縄は、密貿易と闇商売が横行する不思議な自由を謳歌していた。そこに君臨した謎の女性、ナツコ。誰もがナツコに憧れていた。大宅賞に輝く力作。（与那原　恵）

お-28-2

奥野修司
心にナイフをしのばせて

息子を同級生に殺害された家族は地獄の苦しみの人生を過ごしていた。しかし、医療少年院を出て、「更生」した犯人の少年は弁護士となって世の中で活躍。被害者へ補償もせずに。（大澤孝征）

お-28-3

（　）内は解説者。品切の節はご容赦下さい。

奥野修司
看取り先生の遺言
2000人以上を看取った、がん専門医の「往生伝」

「治らない患者さんのための専門医になる」決意をし緩和ケア医療に専心、がんで亡くなった医師の遺言の書。日本人が安らかに逝くために「臨床宗教師」の必要性を説く。（玄侑宗久）

お-28-5

沖浦和光《かずてる》
幻の漂泊民・サンカ

近代文明社会に背をむけ〈管理〉〈所有〉〈定住〉とは無縁の「山の民・サンカ」はいかに発生し、日本史の地底に消えていったか。積年の虚構を解体し実像に迫る白熱の民俗誌！（佐藤健二）

お-34-1

小野一光
新版　家族喰い
尼崎連続変死事件の真相

63歳の女が、養子、内縁、監禁でファミリーを縛り上げ、死者11人となった尼崎連続変死事件。その全貌を描く傑作ノンフィクション！　新章「その後の『家族喰い』」収録。（永瀬隼介）

お-71-1

小野一光
連続殺人犯

人は人を何故殺すのか？　面会室で、現場で、凶悪殺人犯10人に問い続けた衝撃作。『家族喰い』角田美代子ファミリーのその後、〝後妻業〟筧千佐子との面会など大幅増補。（重松　清）

お-71-2

大竹昭子
須賀敦子の旅路
ミラノ・ヴェネツィア・ローマ、そして東京

旅するように生きた須賀敦子の足跡を生前親交の深かった著者がたどり、その作品の核心に迫る。そして、初めて解き明かされる作家・須賀敦子を育んだ「空白の20年」。（福岡伸一）

お-74-1

大杉　漣
現場者《げんばもん》
300の顔をもつ男

若き日に全てをかけた劇団・転形劇場の解散から、ピンク映画で初めて知った映像の世界、北野武監督との出会いまで——。現場で生ききった唯一無二の俳優の軌跡がここに。（大杉弘美）

お-75-1

梯　久美子
愛の顚末《てんまつ》
恋と死と文学と

三角関係、ストーカー、死の床の愛、夫婦の葛藤——小林多喜二、近松秋江、三浦綾子、中島敦、原民喜、中城ふみ子、寺田寅彦など、激しすぎる十二人の作家を深掘りする。（永田和宏）

か-68-2

沢木耕太郎
テロルの決算
十七歳のテロリストは舞台へ駆け上がり、冷たい刃を老政治家にむけた。大宅壮一ノンフィクション賞受賞の傑作を、初版から三十年後、終止符とも言える「あとがき」を加え新装刊行。
さ-2-14

沢木耕太郎
キャパの十字架
史上もっとも高名な報道写真、「崩れ落ちる兵士」。だが、この写真には数多くの謎が残された。キャパの足跡を追ううちに、明らかになる衝撃の真実とは。司馬遼太郎賞受賞。（逢坂　剛）
さ-2-19

沢木耕太郎
キャパへの追走
多くの傑作を撮影したロバート・キャパ。故国ハンガリーを出てからインドシナで落命するまで、その現場を探索し、著者自らの写真により克明に追跡する。（田中長徳）
さ-2-20

沢木耕太郎
敗れざる者たち
クレイになれなかった男・消えた三塁手・自ら命を断ったマラソンの星――勝負の世界に青春を賭け、燃え尽きていった者たちを描く、スポーツノンフィクションの金字塔。（北野新太）
さ-2-21

佐々淳行
平時の指揮官　有事の指揮官
あなたは部下に見られている
バブル崩壊以後、国の内外に難問を抱え混乱がいまだ続く日本の状態はまさに〝有事〟である。本書は平和ボケした経営者や管理職に向け、有事における危機対処法を平易に著わした。
さ-22-6

佐々淳行
私を通りすぎた政治家たち
吉田茂、岸信介、田中角栄、小泉純一郎、小沢一郎、不破哲三、そして安倍晋三。左右を問わず切り捨て御免、初公開の「佐々メモ」による恐怖の政治家閻魔帳。（石井英夫）
さ-22-19

佐々淳行
私を通りすぎたマドンナたち
女傑、淑女、猛女……。彼女たちとの出会いで、私は鍛えられた。政治家、実業家、女優など四十二人に及ぶ美女たちとの交遊録。「ミスター危機管理」、最後の告白。（石井英夫）
さ-22-20